如果
末日无期

王十月 著

人民文学出版社

图书在版编目(CIP)数据

如果末日无期/王十月著. —北京:人民文学出版社,2018
ISBN 978-7-02-014403-7

Ⅰ.①如… Ⅱ.①王… Ⅲ.①科学幻想小说—中国—当代 Ⅳ.①I247.5

中国版本图书馆CIP数据核字(2018)第145998号

责任编辑 付如初
装帧设计 李思安
责任印制 徐 冉

出版发行 人民文学出版社
社 址 北京市朝内大街166号
邮政编码 100705
网 址 http://www.rw-cn.com

印 制 河北鹏润印刷有限公司
经 销 全国新华书店等

字 数 196千字
开 本 850毫米×1168毫米 1/32
印 张 10.875 插页3
版 次 2018年8月北京第1版
印 次 2018年8月第1次印刷

书 号 978-7-02-014403-7
定 价 39.00元

如有印装质量问题,请与本社图书销售中心调换。电话:010-65233595

谨以此书献给“我们”,囚禁在时间之域的所有生命。

目　录

第一部　子世界······001

第二部　我心永恒······064

第三部　莫比乌斯时间带······133

第四部　胜利日······203

第五部　如果末日无期······266

后　记······336

第一部　子世界

我们极有可能活在计算机虚拟的世界中。

——费恩·罗伯特

小说家张今我正在写作，一只黄蝶从窗外飞到他的台式电脑上，轻轻翕动着翅膀。黄蝶翅膀上有着黑褐色的眼状花纹。小说家张今我盯着这只不速之客翅膀上的花纹看，一组时间，在他的脑海里浮现出来。

2017年2月1日，22点23分。

今我在电脑上敲下故事的第一句话。

这是故事开始的时间，也是今我生命中的一个重要节点。这是小说家常玩的把戏，将一些独属作家本人的特殊时间大摇大摆放在作品中。这是未来现实主义作家张今我的生命密码。从这一刻开始，他寻常的人生变得与众不同。

这天，他经历车祸，大难不死。当时，他刚在灵都参加完世界科幻文学大会，与会期间，听了物理学家罗伯特教授的一场关于人类永生技术的演讲。他觉得，罗伯特教授关于人类永生的理论更加像是哲学或者巫术。会议结束，他坐大巴回家。上车刚坐定，上来一个身材高挑，有着水亮大眼睛的女孩。女孩看一眼今我身边的空座位，一言不发就坐下了。

一路上，女孩戴着耳塞闭目听音乐。

今我想和女孩搭讪，却没有机会。

他站起来，示意女孩让一让，他要从行李架上拿东西。

女孩欠身让出空间。

今我说：谢谢，然后从包里拿出一本上海译文出版社出版、黑色封皮的《单向度的人——发达工业社会意识形态研究》。

女孩朝他的书瞟了一眼，没说什么。这让今我有些失望。他希望女孩会好奇这本书讲了些什么，这样他就可以侃侃而谈马尔库塞，谈这位法兰克福学派最为知名的激进哲人及其思想学说。

马尔库塞认为，随着工业技术的发展，社会变成了单向度的社会，政府于是转变了控制方式，通过提高生活水平来逐渐弱化人的否定和批判意识。

女孩没有给他表现的机会，她一直戴着耳塞听音乐，偶尔还会跟着哼出声音来。后来，女孩哼唱的声音越来越大，跑调厉害，引得同车人不时朝她窃笑。

今我拿手中的书碰了碰女孩。女孩摘下耳机，睁大本来已经够大的眼睛。不用说话，眼睛已经将她想说的表达出来了。

在后来漫长无尽的人生中，今我会一次次想起那双大眼睛。他不止一次向女孩的父亲描述他见到的那双大眼睛。女孩的父亲吸着空烟斗吞云吐雾。是的，吸着空烟斗，吞云吐雾。

当然，这都是后话。当时，今我微微一笑，指着她的耳塞说：

戴这个跑调。

女孩表示怀疑：跑调吗？

一点点。

女孩莞尔：那就是跑得离谱。

今我说：艾薇儿，我的最爱。

女孩收起耳机，不再听音乐。

认识一下，张今我，写小说的。

作家呀！女孩眼里跳出一团光：你是我认识的第一个作家。你写什么的？

今我说：发生在未来的故事。

科幻小说？我喜欢。女孩失去了先前的矜持：我叫如是，如是我闻的如是，VR（虚拟现实）程序员。

两人开始有一搭没一搭地闲聊，从科幻小说到电影《黑客帝国》，从虚拟现实、量子力学、人工智能的知识派仿生派之优劣，到各种宇宙模型、人择原理、爱因斯坦的宇宙常数、暗能量，甚至人类永生。两人聊得投机，一个话题与另一个话题起承转合行云流水。后来，他们谈话的声音越来越大，不时发出的笑声激起了同车人抗议，如是这才说她累了。

今我说：你睡会儿，还有一小时才到终点。

如是塞上耳塞，闭目。感觉到今我在看她，脸上浮起一丝得意，微微将头侧向今我的肩。

今我从未遇到过可以这样漫无边际聊天，且每个领域都能找到相通点的女孩。今我想，该问她有没有男朋友。今我感觉他恋爱了。自从李梅走后，今我已经很久没有这样的感觉了。又想，这样漂亮的女孩，哪能没有男友。今我感觉他失恋了。

从恋爱到失恋，今我在一瞬间感觉到时空弯曲。

车祸就在此时发生。一辆失控的货车迎面撞上大巴。

今我一直不能原谅自己，在大巴受到猛烈撞击的那一瞬间，他本能地抱住了前面的座椅靠背，忘记了靠在他肩头的如是。

这是今我的秘密，也是他内心的耻辱。

车祸造成十三死二十二伤。今我只是轻微脑震荡加多处软组织挫伤，观察一天就出院了。

如是伤势严重，昏迷不醒。

五个多月过去了，在今我开始写这篇小说时，如是仍然处于昏迷之中。

如是成了植物人。

她的家人没有放弃她。她的家人，说来只是她父亲一人。一位已过古稀的老人。今我去医院看望如是，他第一次见到如是的父亲，就觉得此人特别。老人总是含着一个空的木质烟斗，烟斗大约有不少年头，裹了一层润泽温厚的包浆，以至于木烟斗有了红铜的质感。他时常吸着空烟斗，吸得有滋有味，仿佛烟斗里塞满了烟丝。

今我就在心里叫他怪烟客。

有一次，今我终于忍不住问怪烟客：您干吗总是吸空烟斗？

怪烟客反问：是空的吗？

今我疑惑地说：不是空的吗？

怪烟客端着烟斗，又嗞嗞吸了一口，说：那就是空的。

今我喜欢上了怪烟客。他们成了朋友。今我没敢告诉怪烟客，在车祸发生的那一瞬间，他本能地选择了自救，置身边的如是于不顾。

一切像在隔夜。

一切已如经年。

今我如同陷在怪烟客吐出的看不见的烟雾之中。

现在，他面对电脑显示屏枯坐良久，写作也变得与往日不同。他删掉了前面那句，然后写道：

> 2017年2月1日，晚，10点23分。VR软件工程师，奥克土博实验室博士研究生，有着一双清澈大眼睛的瑞秋，死于车祸。

今我写下了时间，写下了人物和事件。他试图写这个与他只交流过不到一小时的女孩。他对如是的其他了解均来自她的父亲，那个不愿放弃植物人女儿的怪烟客。对这个父亲而言，今我成了他唯一的倾听者和少数的支持者。

瑞秋。今我给小说中的女主取了个英语世界里女性常用的名字。他也不清楚，面对显示屏，他的脑子里为何浮出来的是这个名字。小说家的脑回路本就是奇特的。

他接着写：

行车记录仪清楚记录下车祸的整个过程。当时瑞秋驾驶着一辆排量2.0的酒红色雪佛兰探界者。车速40迈。时间已晚，出事地段车流量很小。她扣着安全带，车里播放的是她喜欢的加拿大歌星Avril Lavigne的*Here´s to Never Growing Up*。音乐让疲惫工作了一天的她略显亢奋，她当时的反应速度应该处于正常状态。肇事车是一辆突然从对面失控冲过隔离护栏的改装越野。改装越野撞在探界者的左侧，雪佛兰失控，冲出十多米远，车身转了两个圈才停下。改装越野司机当场死亡，后座上的一名男子只是轻微脑震荡。瑞秋当场身亡。

瑞秋生于1990年。

瑞秋的母亲在大地震中亡故，那年瑞秋八岁，瑞秋父亲未再娶。瑞秋和父亲相依为命。父亲是山区县城中学的物理老师，也是瑞秋人生中的第一个偶像。瑞秋的父亲此生并没有做出特别的成绩。他对人类和人类所处的世界有着极大的兴趣，他痴迷研究的东西，被认为是可笑的。他这样的人有一个统称：民科。在大众眼里，他们基本上是生活能力低下、狂热偏执、爱钻牛角尖、缺少专业能力的代名词。瑞秋父亲成不了物理学家。他甚至不是好的物理教师，他经常在课堂上讲授一些与教材和考试无关的奇谈怪论。

他认为我们身处的宇宙是被黑洞吞噬后逃逸到黑洞边缘的信息幻象。

他说物理理论和佛经对宇宙的认识惊人相似。

学生对他的课评价甚高。但学生的意见此处无效，因为家长的不满，他被学校勒令不得再在课堂上讲授这些奇谈怪论，否则将被开除。他妥协了，他要养家糊口。但他认为他掌握的是物理学最前沿的知识，认为这些知识对人类是有益的。学校不让讲，他就回家给女儿瑞秋讲。当别的孩子在父亲的怀里听安徒生或者格林时，他抱着女儿瑞秋到屋顶认识天上的星星，讲述时间、空间、宇宙大爆炸、人类是外星人的实验品、黑洞、白洞、灰洞、虫洞、奇点，讲述时间旅行以及暗物质。

他曾经和天才物理学家罗伯特有过一面之缘。关于罗伯特的故事，读者将在一本名叫《如果末日无期》的书中读到。他与罗伯特进行过较深入交流，他的一些看法，得到了罗伯特的认同，甚至影响了罗伯特的研究。当时，罗伯特正致力于人类永生的研究，认为这个中学物理教师的想法神奇而独特。但这并未改变人们对于瑞秋父亲的看法。他只能为女儿描述神秘的世界。他的讲述深深影响了瑞秋。

瑞秋从小对数学与物理表现出了超凡的兴趣和与之相匹配的能力。她的本科与硕士皆就读于麻省理工学院，2016年考取著名的奥克土博实验室，师从年轻的天才物理学家奥克土博，主要研究方向是人工智能和虚拟现实。她的专业能力与敬业精神深受导师奥克土博信赖。如果不是意外车祸，她将成为科学界的明日之星。

接到瑞秋车祸的消息，瑞秋的父亲并未显得过于悲伤与惊慌。他坚信女儿是神迹，在她的生命中，一直有着某种强大的未知力量庇护着她。他坚信上帝造出这神迹，就不会听凭她毁于无意义的意外。

这是瑞秋父亲生命中的隐秘。

在瑞秋迄今二十七岁的生命中，他多次见证这神迹。

瑞秋三岁那年，从五楼窗台坠下，发现时已无呼吸心跳。医生宣布她死亡后不到一小时，神迹出现，她苏醒过来。

第二次是在瑞秋八岁那年，大地震，近十万人失去生命。瑞秋和母亲一起深埋在废墟底下。母亲没有挺过来，无水无粮的瑞秋却在废墟底下坚持了六天。第七天，她被消防员从废墟底下救出。后来，父亲问女儿是怎么坚持下来的，瑞秋告诉父亲，她曾经感觉自己死了。生命像一段漫长的代码，她眼看着代表她生命的那段代码迅速消失，她陷入了无边的黑暗。之后的记忆是空白。后来，她的生命代码被重新编写，她再次获得生命。

瑞秋对父亲讲起过，也对蜂拥而来采访生命奇迹的记者们描述过，然而除了父亲，没人相信这个八岁女孩的描述。瑞秋父亲坚信，所谓代码的消失与重新编写就是神迹。他坚信人类的命运冥冥中被另外的力量掌握与左右着。

这个力量，可以叫他神、上帝、外星人，或者什么。

瑞秋第三次遇到神迹，在她十六岁。那年，瑞秋失恋，她认为生命失去了意义，吃下大量安眠药，却在昏睡三天三夜后苏醒过来。当她看着守在身边的父亲时，抱着父亲痛哭一场。从此，她的性格变得开朗而乐观。

瑞秋告诉父亲，昏睡中，她曾听到一个声音对她说她的生命不仅属于自己，也属于每个爱她的人，她无权这样自私放弃自己的生命，她还有未完成的使命。她再次感到生命代码在迅速被Backspace键消除的时候，消除突然终止，生命代码一个字母、一个字母、一个符号、一个符号地在恢复。恢复的过程那样漫长，时断时续，有时会在一瞬间恢复一长段，有时经过数小时没有一个字节的进展。醒来后，记忆慢慢变得模糊了。那个声音却在她的脑子里渐渐清晰起来。

那是一个好听的，略显忧伤的男声。那声音对她说，瑞秋，我要你快乐、开心，我决定给你写入快乐的生命代码。

瑞秋肯定地告诉父亲，那是个中年男子成熟沧桑而又忧伤的声音。

瑞秋告诉父亲，那个声音已经刻入了她的脑海里，于千万人的声音中，她能准确分辨出来。

后来，她考取奥克土博的博士，第一次听见奥克土博说话，她的眼泪汹涌而出，无法抑止。是奥克土博，在她昏迷时，她听到的，是她的导师奥克土博的声音。

她试图找到答案，并和从事濒死体验研究的心理学家Dr.梅进行过深入交谈。请留意，Dr.梅将在后面的故事中出现。而且举足轻重。

Dr.梅和科学史上那些杰出的大神一样，同时在多个领域做出伟大贡献，却将一生的智慧与最大的努力，投入到无聊的研究之中。Dr.梅就是这样的人。在神经医学、量子纠缠领域，他都是不可忽视的存在。但他更加迷恋的心理疗法和濒死研究在国际同行中享有盛誉。

在听了瑞秋的濒死描述后，Dr.梅说如瑞秋这样的濒死体验属于极少见的。大多数人的濒死体验会感受到安详，看到极为强烈而明亮的光芒溢满房间。有这样濒死体验的人在受访者中占五分之三；还有些人能感受到灵魂出窍并飘浮在空中，看见自己的肉身躺在床上；还有一些能感受到自己在穿越时空隧道，或对过往人生做瞬间而全景式的回放。当然，也有极少数受访者体验和瑞秋相似，他们曾经与神交流，这种交流常常被描述为一个洪亮的男声告诉他们大限未到，让他们回到身体里。

在瑞秋的描述中，也出现了神秘的男人声音。

Dr.梅认为，这些访问，有一部分是出自受访者的真实记忆，但不排除有些是受访者的编造。

Dr.梅相信瑞秋不会编造，但对于那个男人的声音出自她的导师奥克土博，Dr.梅解释，一定是她之前曾经听过奥克土博的声音，而且，奥克土博在她的心中有着神一样的地位。

瑞秋觉得Dr.梅说的似乎有道理，她十六岁之前就看过奥克土博的演讲视频，为他的风度与学识倾倒。

瑞秋的濒死体验是独特的，她感受到了代码。

Dr.梅的解释是，这种感受与她的研究方向，她的职业，她的知识积累有关。她一直从事着代码编写工作，因此在濒死时，大脑皮层的记忆会与代码编写有关。

如果是这样，如何解释在她八岁那年感知到的代码？那时的她，尚未接触到代码。她问。

Dr.梅无法回答。

瑞秋说她更愿意相信她父亲的猜测，她可能是在无意间触摸到了生命的根本，触摸到了我们所处世界的真相。

但真相是什么，父亲无法解释，她也无法解释。

瑞秋让Dr.梅深深受挫，他的研究最大的困境在于，他本人并未有过濒死体验。从此，他试图开发一个系统，来满足人们在现实生活中无法实现的所有愿望。

正是基于对女儿生命中三次奇迹的坚信，瑞秋的父亲在接到女儿车祸的消息后，并没有陷入绝望与恐慌。他赶到医院时，医生已宣布瑞秋死亡，正等着他的到来以便在死亡通知书上签字，然后，瑞秋将被送进太平间。

瑞秋的父亲掏出木质空烟斗，使劲吸着，仿佛里面塞满了劣质的烟丝。

他拒绝签字。

事不过三。瑞秋经历三次死而复生，上帝这次似乎已经放弃了她。

看着女儿已经冰凉的身体，瑞秋的父亲无法接受女儿不是神迹这一现实。支撑他的信念瞬间坍塌。瑞秋的父亲感觉到心脏被一双长满毛的巨大手掌在拼命挤压，成了肉泥，眼前只有黑暗，无边的黑暗。

他要死了，他知道。

他的灵魂没有出窍，也没有看到圣洁的光芒，有的只是无边的黑暗和冰冷。

半小时后，瑞秋的父亲被抢救过来。他没死。可是他内心的悲凉比死要深沉一万倍。他体验到了死，那无边的黑。没有人为他续写代码，没有濒死体验。他昏过去又被救过来。他现在只想知道女儿瑞秋怎样了。

他请求医生，再为他的女儿做最后一次努力。

写到这里，未来现实主义小说家张今我停止敲打键盘。

故事并非杜撰。故事中的瑞秋即生活中的如是，连瑞秋父亲吸的空烟斗，和怪烟客的也是一模一样。不过，瑞秋也不全是如是，她的故事，有些源于怪烟客的讲述，有些，却是不由自主涌到今我脑子里的信息，他只是尽可能忠实地将这些信息准确翻译成文字而已。

在书房的黑暗中呆坐。

他喜欢在黑暗中写作，除却电脑屏发出的冷色蓝光，房间再无其他光源。他喜欢在这黑暗中让思绪四处行走如幽灵。现在，他遇到了难题，他在故事的开篇就将主人公写死了，故事如何发展？重要的是，他将瑞秋当成了如是，他不能让瑞秋死。

于是，他在电脑上敲下：

瑞秋没死，就在瑞秋的父亲请求医生再为他女儿努力一次时，医生惊喜地发现，连接在瑞秋身上的心电图显示器“滴”的一声，那条水平线突然有了起伏。瑞秋成了植物人，昏睡了整整半年。

这年7月15日，瑞秋从昏睡中苏醒过来。

事实上，这只是今我的心愿。他要在虚构中让瑞秋躲过一劫，并为这死里逃生找到令人信服的理由。如是车祸昏迷五个多月了，今我已失去初时的冲动与热情，从每天去医院探望一次，到每周一次，再到现在，已有近一个月没去了。期间，怪烟客打电话给今我，今我当时要参加一个书展，说回来后一定去看如是，回来后又忙别的了。

他不敢面对如是和她父亲。

他对如是的醒来已不抱希望。

他记得第一次见到如是的父亲——老人瘦削，眼睛锐利如鹰隼。

你是小女的同事？怪烟客目光逼人。

今我说：……朋友。

今我暗问自己，配得上“朋友”二字吗？如果不是朋友，那算什么？

如是的父亲反过来安慰今我：孩子，如是没事，她不过是累了，想好好睡一觉。她是上天派来的使者，她不会死，她会醒来的。

今我以为老人伤心过度，在说胡话，一时不知该如何安慰。当然，他也认为如是很快会醒来。第二天，他又去看如是。一连几天后，如是的父亲相信，今我和他女儿关系不一般。

不要放弃如是，怪烟客对今我说，你若放弃，定会后悔。如是不可能死，她一次次死而复生。她的生命是奇迹。他对今我讲了许多如是生命中的往事，有一次，他很认真地告诉今我，生命是一段代码。

今我说：也许吧，谁又知道生命的本质是什么呢，谁又知道世界的真相是什么呢。

怪烟客说：孩子，你是不一样的人，你和她们不一样。

怪烟客指着护士们说：她们以为我是疯子，以为我这里出了问题。

怪烟客用食指敲着脑门：真正有问题的是她们。

护士笑着说：大爷，谁敢说您脑子有问题啊，有问题的是我们。众人皆醉您独醒呢。

怪烟客说：小姑娘，你能说出这样的话来，是有智慧的，也不能说我就是醒着，我也只是半梦半醒罢了。

关上电脑，今我决定去看望如是，陪如是的父亲，那个被他称为怪烟客的男人喝上两盅老酒，安慰他的坚持与固执。他也有许多疑问想要和怪烟客探讨。然而如是不在病房。他问了同病房的陪护，没人知道。去住院部前台咨询，护士告诉今我，杨如是出院了。

护士说，那个怪老头真的神了，他说他的女儿一定会醒来，没想到，昏睡了半年的植物人，真的醒来了。

那，杨如是，她人呢？今我问。

出院了啊，半个月前就出院了，我给你查查看啊。护士说着查了住院的记录：你看，杨如是，7月15日那天醒来的，7月25日出的院。

7月15日？你再看看，确定是7月15？

今我忽然觉得眼前的一切变得不真实起来。那护士近在眼前，说话的声音却似远在天边。

你自己看。喏，这里。7月15日。护士指着住院记录说。

今我没有看护士递过来的记录，他如坠迷雾之中，深一脚浅一脚地出了医院。

“瑞秋成了植物人，昏睡了半年。这年7月15日，瑞秋从昏睡中苏醒过来。”

今我清楚地记得，他在小说中写下的这句话。瑞秋苏醒的日子，居然是如是苏醒的日子。今我已不清楚他是怎么回到家的。他恨自己，如果说出车祸时没有救如是尚情有可原，毕竟那是出于人的本能，可为什么我就这样没有耐心？怪烟客说过，如是是神迹，她多次死而复生，这次也一定会死而复生，为什么我就不相信怪烟客的话？应该给如是发条微信祝贺她康复。

拿出手机，一时却不知说什么好。

想给怪烟客打个电话，又觉得没必要。

他翻开如是的微信朋友圈。如是刚昏迷时，他每天翻开如是的微信朋友圈，那是他了解她的另一个途径。在如是昏迷的前三个月，温习如是的朋友圈，是今我每天的必修课。一转眼，差不多有一个多月没看了。在7月15日如是醒来的那天，有一条更新。她发了一张写满代码的图片。说：

六个月，死里逃生。
感谢不弃不离的老爸。
感谢我的神，
你续写了我的生命代码。
感谢这全新的生命，
感谢你，亲爱的，给我新的名字——
瑞秋。

没错，是瑞秋！如是的微信用户名也改成了瑞秋。

如是。瑞秋。

为什么如是改名瑞秋？

“感谢你给我新的名字”。这个“你”又是谁？

问题超出了令我对世界的认知。他无法将如是的新名瑞秋和他在小说中写下的瑞秋看作是纯粹巧合，也无法将瑞秋苏醒的日期与如是苏醒的日期看成巧合。

如果不是巧合，这一切又当如何解释？

他感到头痛得厉害。双手压在额际，大拇指用劲摁两边的太阳穴，头痛也没有缓解。一阵冷风从后背吹过，从胳膊开始，瞬间浑身软绵无力。令我清楚，他的血糖又在瞬间降低了。

他有严重低血糖症，却找不出问题所在。一度，医生怀疑他患有胰腺癌，这是夺走乔布斯生命的不治之症。在医生的建议下，令我住院做糖耐量试验，平时饿上一会儿就会犯病的他，居然在医院里坚持不进食达72小时，空腹血糖浓度一直维持在5.0mmol/L左右的正常水平，而在平时，只要超过正常吃饭的点一会儿，他就会犯病。

医生很无奈地说：你这样的人属于心理暗示敏感者，再饿上72小时也测不出结果。当外界给你一点点应激，血糖会迅速降低到2.8mmol/L以下。

医生为今我做了各种检测，最后的结论是糖耐量异常导致低血糖。是什么原因导致糖耐量异常？不明。

现在，今我体内的血糖迅速降低。他去冰箱拿了条巧克力。只要吃下去，血糖马上就可上升到正常值。巧克力放到嘴边时，今我想起如是生命中出现的多次濒死体验，想到如是那条神奇的微信。他怀疑，现在所处的世界不过是幻象，或者，他是在梦中。

这是个好机会。

如果世界真的是幻象，那么低血糖症是幻象，生与死也是幻象。

死不可怕，或许借由死方可见证生。

如果现在在梦中，那在梦中死去一百次又何妨？

如果这一切是真实的，他活在真实的世界，那就好好体验一下濒死的感觉吧。

今我调整好呼吸，侧卧在客厅的沙发上，平静地迎接濒死体验的到来。

他感觉自己如同一个有沙眼的轮胎，体内的力量在缓缓消逝，眼前的一切开始模糊起来。他盯着沙发前的那个船木茶几，茶几是五年前他和李梅一起买的。那时他有李梅。李梅也是VR程序员。李梅曾经不止一次向他描述未来VR可能达成的世界。李梅那时经常出差，今我常抱怨李梅出差太多。李梅说，再过十年，你就不会有这样的抱怨了。到时，强大的VR能让人们的远程交流变得与面对面一样，甚至性爱体验也一样。今我说，在VR的世界里，人类将变得无所不能？李梅说，理论上VR的世界也应该有边界，但边界在哪里尚不得而知。只是，现在尚处在4G时代，VR技术刚刚起步，将来，随着5G甚至6G时代的到来，VR将变得无所不能。李梅无限憧憬着人类超脱肉身限制的时代。然而，李梅没能活到她描述的那个时代。她死于癌症。她临终时握着今我的手说，真是太遗憾啊亲爱的，不能陪你看到一个崭新时代的到来了。你也不用悲伤，也许，我们现在所处的世界，是未来人类在计算机中虚拟出来的呢。罗伯特·费恩就这样认为。

李梅！

现在，今我在恍惚中见到了李梅。

李梅盘腿坐在船木茶几对面的绿色坐垫上，笑盈盈看着他说你这个傻子，想体验濒死的感觉吗？当你体验到时，你就真的死了。你无法回到现实世界，体验还有什么意义呢？

今我说：那我就死吧，死了就和你在一起了。

李梅伤感地说：你说违心话，变得言不由心了，你怎么会舍得瑞秋呢？

今我一时语塞。

李梅说：再说了，你死了，也不可能和我在一起呀。人死如灯灭，死了，就没有意识；没有意识，你就不存在，你只是一堆碳水化合物，而不是灵性上的你。

今我说：那我现在怎么看得到你呢？现在的你，不是真实的存在吗？现在的你，是没有肉身束缚的自由意识，不是吗？

李梅说：你摸摸我的手。

今我摸到的只是虚空。

李梅说：你看，现在的我不过是你的幻觉，我存在于你的意识之中；没有你，我也就不存在。回去吧。

李梅说着就消失了。

今我眼前，空余那渐渐模糊的船木茶几和茶几对面空空的绿色坐垫。

今我背后的冷汗越来越密集，心里慌乱得如十万八千只猎狗在追赶十万八千只兔子。

我不能死。今我想。

他差不多用了最后的一丝力气，将巧克力塞进嘴里。他闭上眼，慢慢调匀了呼吸。李梅远去了，十万八千只兔子远去了，十八万千只狗追赶着十万八千只兔子远去了。今我的心渐渐平静下来。血糖恢复到正常状态，只是身体如虚脱了一样乏力。

我见到了李梅。这是濒死体验吗？还是如李梅所说，所谓的濒死体验，只是幻觉？那么，瑞秋和如是，哪个是真实？哪个是幻觉？

今我再次点开如是的微信朋友圈。那条微信还在。今我对自己说，冷静一点，不能乱。他告诉自己，这不合逻辑的一切，背后定有支撑它的逻辑，只是，这逻辑超出了他目前的认知。

也许是怪烟客曾经提到过瑞秋这个名字？

也就是说，如是本来就有个名字叫瑞秋。而他后来在写作时，不自觉地就用了过来？这样的事情在生活中并不少见。可今我在记忆里搜索了许久，却想不起来怪烟客提到过瑞秋。今我又仔细回忆了他与如是仅有的四十分钟的交谈，他确信，他们的交谈中，没有提到过瑞秋。

还有，那个要命的7月15日怎么解释？

他在写下瑞秋苏醒之前，根本不知道如是已经苏醒。

最站不住脚的，或者说最不负责任的解释就是巧合。

除了巧合，还有一种可能。

今我想到了这种可能，他自己都笑了：他有特异功能，他是上帝派来的造物，他能让虚构变成真实。他在小说中让瑞秋苏醒了，于是如是就再次死里逃生。他在小说中把如是写成了瑞秋，于是如是就改名叫瑞秋。

也就是说，如是的生命，存在于我的虚构之中。不，不，不。今我想，这太荒谬了。可是，今我止不住顺着这样的想法往下想。如果是这样，怪烟客所说的，掌握着如是生命的那个冥冥中的神迹难道是我？可是问题又来了，如是之前所经历的那一次次死里逃生又怎么解释？

今我想，现在他在梦中。他梦见了如是苏醒，出院，梦见如是发了一条微信朋友圈。梦见自己犯低血糖，梦见自己想体验濒死感觉时见到了李梅，梦见自己吃下了巧克力，梦见自己在梦中被这个问题困扰，也就是说，现在，他可能是在梦中。

然而，有什么办法来确认自己是在现实之中，还是在梦境之中？

如果现在处在梦中，那之前和如是一起发生的车祸是真实还是梦境？

据说痛感可以确认现实与虚幻，他用指甲掐自己的虎口，能感觉到痛。难不成这痛感也是梦中的痛感？或者，真的如李梅所说，他现在所处的世界，是人类用计算机虚拟出来的VR世界。

李梅说过，在VR的世界里，一切皆有可能。两个远程性爱中的人，甚至可以互换身份体验对方的感受，那么，这一点痛的感觉又算得了什么？生活在VR世界里的人，可以在VR的世界里再创造出一个VR的世界，并让再创造出的VR世界里的人再创造出一个虚拟的世界……层层叠叠无穷尽也。那么，生活在VR世界里的人，同时也创造着世界，他们以为自己是主宰一切的神，其实，不过也是程序员借助强大的技术制造出来的幻觉？

他想，就当这一切是场梦吧。也许，他写的书，真能影响到现实，如果是那样该多好。如果是那样，他要写下他与李梅的故事，他要在故事中让李梅死而复生，然后他们再次意外相遇。这样想时，他的心情好了起来，再次点开了如是的微信朋友圈，再次见到了那条微信。

六个月，死里逃生。
感谢不离不弃的老爸。
感谢我的神，
你续写了我的生命代码。
感谢这全新的生命，
感谢你，亲爱的，给我新的名字——
瑞秋。

图片如旧，文字如旧。

这一次，今我没有慌乱，他开始理智地分析问题。解决问题的办法无非两种，一种是努力跳出迷宫，另一种是往迷宫深处走，看看这迷宫深处究竟是什么。跳出迷宫的办法，最有效的是去见如是，听如是解释她这半年来的死而复生，她怎么突然改名瑞秋。而另一种方法是深入这迷宫深处，继续书写瑞秋的故事。他要看看，他是否真的能用书写左右如是的生命。于是，他收拾心境，向迷宫深处走去——

在瑞秋昏沉沉不知生死时，年轻的天才物理学家奥克土博遇到了大麻烦。

这个麻烦，源于许多年前，他违反VR法则偷偷写下的一条程序。他当时就意识到，他的这个小动作，可能给整个系统带来致命的伤害，但他还是决定这样做，以至于后来，他要用一个补丁来弥补之前犯下的错，然后再用一个补丁来修补前面的补丁。奥克土博并不为他犯下这样的错而后悔，相反，他认为，他漫长的人生，因为有了这个错而生动丰满。那是2030年。那年，奥克土博38岁，作为一名天才的科学家，他曾在剑桥大学卡文迪许实验室学习、工作，后来，他创建了奥克土博实验室，他是那个时代的VR技术领军人。瑞秋是他的助手。他们共同参与了一项代号为“子世界”的虚拟现实计划。

2030年，多么久远的记忆。

在遥远的2030，人们刚刚开始享受6G带来的一系列天翻地覆的改变。

当时的VR技术开始了第一次大爆发。人们对于这项技术的前景与认知尚浅，他们无法想象五百年后，人类将拥有多么强大的虚拟现实技术。人类已经从三维空间进入到五维空间，他们不停创造着各种时间点的宇宙，不断进入这些宇宙内部的时间。每个宇宙皆如我们现在所处的宇宙一样浩大无际，而这些宇宙，不过存在于实验室某一组超级计算机之中。

他们真正做到了纳须弥于芥子。

他们让这些宇宙自行发展，看会遇到什么问题，如何解决问题，由此为人类的生存发展提供帮助。当然，这项技术实验刚刚开始的2030年，VR技术刚开始第一次爆炸。那时的VR技术相比于500年后，如同旧石器时代人类使用的工具之于2030年的量子计算机。在当时人们普遍还在使用比较初级的VR技术时，奥克土博实验室接受了ZERO财团的支持，与数十家科技公司合作，用计算机虚拟出一个自足的世界。

他们虚拟了人类所需的生命环境，并虚拟了一个比2030年晚100年的时代——2130年。虚拟了2130年人类想要拥有而又尚未拥有的科技，虚拟出了一批高智商的人类。他们让这些人类在虚拟的世界里自我学习自行发展，看他们在一个世纪之后能发展出怎样的科技。他们将这个世界命名为“子世界”，而将当时人类所在的世界命名为“元世界”。这个计划就是影响了人类历史的“子世界计划”。子世界拥有和元世界不一样的时间轴，相当于旧时神话传说中的天上一天人间一年。天上指元世界，人间则是人类用VR技术创造出来的子世界。

理论上，子世界的一切皆可控。

2030年的人类是子世界的造物主，是主宰子世界的神。

原则上，他们不会干涉子世界的运作。无论子世界发生大规模的战争，毁灭性的动乱，还是发展出了超越人类的黑科技。子世界存在的最高法则，是2030年的VR精英们精心设定的。

子世界最高法则：子世界的人类，永远不能质疑他们所处世界的真实性，不能危及元世界。

也就是说，无论他们的科技如何发展，这条法则将成为子世界的天花板，成为他们无法触摸到的真理。他们将不得去探求他们所处世界的真相，从而发现他们是人类虚拟出来的幻影。子世界的虚拟人类，对于人类历史的认知，皆源于元世界为他们虚拟的记忆。他们相信宇宙大爆炸，相信人类进化史，相信人类经历过原始社会、奴隶社会，经历过工业革命、信息时代，并且经由2030年渐渐走到2130年。他们有宗教，有神灵。

如果无人揭示真相，他们就是我们。

当子世界的科技发展到他们开始质疑并接近世界真相时，元世界可视情况启动程序干涉、阻止子世界的虚拟人类得知真相。从某种意义上来说，子世界是人类世界的先行者、探路人、防火墙。同时，也是人类创造出来的科技奴隶。

没错，科技奴隶！

这是当时，ZERO董事局主席朱元一对子世界人类的定义。

奥克土博反感使用“奴隶”这样的词，但他知道，事实就是如此。用另外一个好听的词更显虚伪。子世界为元世界而存在，他将引领人类前行，提前预案，躲避灾难。子世界的科技领先元世界100年，差距将会越拉越远。设计者们相信，子世界的存在，会成为元世界人类的福音。

这是个庞大的系统，在ZERO董事局的统筹下，遍布于世界各国的数十个顶尖级科学团队加入了这一计划。这些团队分管子世界的不同领域，植物世界、风云雷电、天体运行，小到微生物世界，都有不同的团队管控。如神话传说那样，各路神仙各司其职。于是，这些平时古板的科学家，纷纷按自己所司之职，对应了从希腊神话到东方神话中的各路神仙。

他们私底下称ZERO董事局主席朱元一为宙斯。

奥克土博实验室主要负责子世界里人类的生死，这是子世界的核心，也是子世界计划中最为复杂和未知的部分。因此，同事们平时爱开玩笑，称奥克土博为塔纳托斯，有时又叫他墨尔斯、阿努比斯、阎王爷。

于是，奥克土博就在希腊、罗马、埃及和中国神话之间往来穿梭。

大家有时还会开玩笑，问奥克土博将那象征着时间流逝的长柄镰刀藏什么地方了。这样的梗，几乎融入了他们的日常生活。奥克土博有时也开玩笑，说他手里拿的可不是长柄镰刀，而是生死簿、判官笔，你们这些家伙小心点，不然我在生死簿上这么一勾，你们就结束了。

虽然只是科技怪物们的插科打诨，但奥克土博却时常会有恍惚感，觉得他们这些科学家就是神。他们像上帝一样，了然子世界人类经历的一切，子世界人类的幸福、痛苦、悲伤、喜悦。

奥克土博看到子世界人类的痛苦、灾难时，会产生强烈地帮助他们的冲动，这对他来说，不是难事，他只要修改一条代码，就能改变一个人的命运走向，决定子世界里一个人的生死；他只要修改一条程序，就能阻止子世界里的一场战争。然而理智告诉他不能这样做。董事局也设定了一系列风控机制，防止有人私下做出改变子世界自然走向的举动。因为哪怕一点轻微的改动、一个人物命运的变化，所牵动的将是整个子世界的走向。

他们是子世界的上帝，如同上帝不曾阻止人类的相互杀戮一样，他们并没有去干预子世界的运行。或者，在大多数科学家眼里，他们并不曾将子世界里的人类当成真实的人类。那不过是他们虚拟的存在。

作为死亡之神而存在的奥克土博是个异类。

他从一开始就犯下了大错，他将子世界里的人类当成了真实的人类。他对他们的情感，如同对真实世界的人类一样。而他又掌管着生死，每天见证的是子世界里的各种死亡，这让他心境一日日灰暗。如果真的有神，他觉得，在众神之中，死神是最痛苦的。

同事们知道了他的痛苦，戏称他为“痛苦死神”。

那时，痛苦死神奥克土博尚未结婚。他是独身主义者。瑞秋比奥克土博小整整十岁。28岁的瑞秋，一直默默喜欢奥克土博。她曾经向奥克土博表白，被婉拒了。但情况在子世界计划实现之后，开始发生了改变。奥克土博变得有些依赖瑞秋，这大约缘于，瑞秋是他最好的倾听者。

这天下班时，奥克土博问瑞秋有没有时间一起走走。瑞秋内心欢喜如万千只喜鹊在跳跃喧哗。奥克土博后来一直记得那天，当时已是深秋，夜气袭人。奥克土博穿了件黑色长呢风衣，瑞秋穿了件米黄色风衣，高腿靴，披了一条浅紫色羊绒披肩。走出公司大楼，扑面的寒风将她的风衣吹起。

瑞秋说：好冷。然后自然地挽住了奥克土博的胳膊。

奥克土博略微僵直了一下，让胳膊留在了瑞秋的臂弯里。

瑞秋兴奋地将头轻轻靠向奥克土博，说：你真高，走在你身边，我觉得自己好小啊。

奥克土博没有说话。

两人就这样默默地走到了不远处的江边。深秋的夜晚，江边依然流连着一对对情侣。对面高楼的灯光倒映在江面，荡漾一江黄红蓝绿紫。他们在江边遇上了奥克土博的好友，一直醉心于人类永生研究的罗伯特教授，他们站着寒暄了几句，然后作别。

瑞秋说：听说他一直在研究人类长生不死之法。

奥克土博望着江面摇晃的色彩和流逝的江流，发出了一声长叹：人生苦长，活那么久，该有多痛苦。

瑞秋说：你有心事？

奥克土博说：没事。他转过身，背倚着江边的石栏，将瑞秋拥在怀里。

瑞秋闭上了眼，她在等待奥克土博的吻。

奥克土博却只是轻轻将她抱在怀里。

你有心事可以告诉我的。瑞秋说。

死了那么多的人。

瑞秋知道，奥克土博指的，是今天在子世界里发生的一场大屠杀。一个赌徒，在体育馆用机枪疯狂射杀了一百五十三人，射伤三百余人。

奥克土博在微微发抖。瑞秋紧紧抱着奥克土博。

那是虚拟世界里发生的事情，死一百五十三人，不过是一百五十三串代码的消逝，你别难过。瑞秋安慰道。

奥克土博说：我们不是子世界的人，怎么知道他们的感受？我们看他们是一串代码，而在他们自己看来，他们就是活生生的人。他们的痛苦，和我们一样真切。

瑞秋不知该如何宽慰奥克土博，她和奥克土博一样难受。她也一次次问自己，对这个用VR技术制造出来的子世界，到底该如何看待。面对子世界的灾难，他们这些子世界的神，是否应该进行干预。理智告诉她，这样想是不对的，可她和奥克土博一样止不住这样想。

奥克土博也找不到答案，明明自己有能力让一场屠杀消失于无形，可他却只能视而不见。他想到了中国先贤老子的一句话，“天地不仁，以万物为刍狗”。现在，他就是这天地，他真的能视子世界的人与万物如刍狗吗？他做不到。这让他对自己的研究产生了疑惑，为人类的无情彻骨寒凉。

两个人就这样抱着，直到深夜。

奥克土博送瑞秋到她家楼下。他亲吻了瑞秋，在车里看着瑞秋家的窗户亮了起来才离开。

回到家的奥克土博睡不着，给瑞秋发出了VR聊天邀请。

瑞秋穿着性感的内衣。

奥克土博走过去，抱紧了瑞秋。

现实生活里难以突破的禁区，在VR的世界里仿佛不存在。他们通过VR尽情享受他俩的第一次性爱。其间，奥克土博将自己的意识感受替换到瑞秋的身体里，他感受到了瑞秋和他做爱时的感受。中国先哲讨论的子非鱼的问题，现在已经不成问题。

子非鱼，亦知鱼之乐。

他感受到了瑞秋的兴奋，激动，高潮的涌起与渐渐退却之后的平静与满足。瑞秋也应该感受到了他的孤独、寂寞、无助。既然两个不同的人在VR的世界里能互换感受，为什么元世界的人不能进入子世界，去感受他们的喜悦与哀伤？他们究竟是作为真实的人而存在，还是一段段代码写下的幻象？

带着这样的想法他渐渐入睡。早上醒来时，他和瑞秋又通过VR缠绵了一番。然后，奥克土博开车接瑞秋上班。瑞秋还是披着那条浅紫色羊绒披肩。

一切如昨。

一切非昨。

上班的时候，他们依然在注视着子世界的一切。下班后，一起喝咖啡，晚餐，散步。然后各自回家，通过VR极尽欢娱。奥克土博从来没有邀请瑞秋到他家，和她进行非虚拟状态下的性爱。瑞秋也没有提出过这样的要求。他们之间发生了许多，又似乎什么都没有发生。

一切就这样按部就班。

十年后，奥克土博48岁，瑞秋38岁。他们依然年轻，依然保持着虚虚实实的关系。没有婚姻，没有孩子，没有真实世界里的性爱。他们依然眼看着子世界的生死痛苦，只是，奥克土博的内心已开始麻木。

他躲在瑞秋的爱里不愿正视子世界里的痛苦。

元世界的十年，子世界的时光向前推进了一百年。子世界的科技进步只能用神速来形容。ZERO集团因为学习了子世界的某些先进技术，发展成为这个时代科技业的超级巨无霸。

意外发生在奥克土博48岁那年，也就是2040年，子世界的科学家们创造了一个世界。子世界的人类将这个计划命名为“〇世界计划”。

元世界面临了新的挑战，他们能掌控子世界，却无法掌控〇世界，也无法干预〇世界。他们不知道如果毁灭子世界，〇世界是否会继续存在。如果有一天，〇世界再虚拟出另一个世界，那将意味着什么。

问题摆在了ZERO集团董事局面前。

董事局主席朱元一召开了董事会。有项目负责人提出，要立刻对子世界进行干涉，修改程序，阻止子世界的科学家们继续开发〇世界，减缓子世界的科技发展速度，比如给子世界制造灾难、战争。有科学家则认为，〇世界是基于子世界而存在的，如果毁灭子世界，〇世界将不复存在，只要元世界能控制子世界，事实上也就间接控制了〇世界。但有人反驳，认为这只是无法证实的假设，何况〇世界的科技发展已经超出元世界的认知。说元世界能控制〇世界，就如同说一群原始人能控制21世纪的人类。还有科学家认为，就算现在修改子世界的程序，也无法阻止〇世界发展。因为那是发生在遥远未来的事情。

董事局主席朱元一却提出了他的问题，ZERO集团和子世界制造的〇世界，有什么关系。为什么子世界的科学家，将他们制造的世界称之为〇世界，他们是否突破了子世界的最高法则，或者，他们发现了什么，他们想向我们暗示什么？

科学家们就董事局主席的问题展开了争认与假设，却无法求证，没有答案。

争论日复一日，了无新意。各种各样的论证、听证会每月一次，十二次听证会下来，依然没法达成共识。而在这争论的一年里，子世界的时光过去了十年，〇世界的时光则过去了一百年。

就在此时，〇世界的一项计划，将元世界逼得没了退路。

〇世界的科技高度发展，活在〇世界的人类，对于人类将往何处去这个问题越来越有自信，地球对于他们来说早已经不是唯一的家园，但是一个巨大的谜团却困扰着他们。他们也在问“我们从何处来”这样的问题。如同元世界在子世界的规则上做了限定，子世界也为〇世界的发展做出了限定，这限定如出一辙。子世界的人类并没有意识到，他们是元世界虚拟出来的存在，以为自己才是元世界。而〇世界则对来处有了疑惑，于是他们启动了一个不同于元世界和子世界的虚拟世界计划——返祖计划。

元世界和子世界将目光伸向未来，而〇世界却将探索的目光投向时间来处，投向138.2亿年前宇宙大爆炸发生的那个瞬间。他们的计算机足够强大，以至于他们能以百万倍于子世界，千万倍于元世界的速度，还原从大爆炸以来发生的一切。照这样的速度下去，只要元世界的138年，〇世界的科学家们就会看到2030年，看到奥克土博他们这些科学家是如何使用VR技术创造出子世界，子世界又如何创造出〇世界的。这样，他们将突破VR技术的最高原则，揭示出他们存在的真相——他们不过是幻中之幻，是梦中之梦。

直到这一刻，元世界的科学家们才明白，ZERO和〇的关系。他们就是要让时间从线性变成一个密闭的环，从而，让一切重而复始。

问题是，到那天，〇世界的虚拟人类得知真相时，会发生什么？这是无从知晓的谜，是悬在元世界头顶的达摩克利斯之剑。

有科学家认为138年很短，不能将问题留给下一代；也有科学家认为138年足够漫长，以现在的科技发展速度，到时元世界完全能找到解决问题的方法。他甚至引用了20世纪的中国伟人邓小平的讲话，说这样的问题放一放不要紧，我们这一代人解决不了，相信下一代有智慧解决。

奥克土博沉默良久，说：我现在思考的，不是要不要去干预子世界从而干预〇世界，我们对〇世界的了解太有限，估算出的返祖计划时间轴有偏差。

所有人都在看着奥克土博，不知他想说什么。

奥克土博说：我真正忧心的，是返祖计划时间比我们测算的要快，哪怕快那么一点点。各位想过没有，如果，我是说如果，返祖计划的时间离我们不是138年，也不是138天，而是，〇，零距离。

会议大厅里死一样沉默。

奥克土博的假设是很有可能的。

科学家们都明白了，如果奥克土博这一假设成立，结论就是：我们现在就活在〇世界虚拟的世界里。

究竟是我们创造了子世界，还是〇世界创造了我们？

所有人都陷入了沉默。

每个科学家都明白奥克土博提出的假设的要害所在。

董事局主席和董事们，却有许多人没有听明白。

奥克土博站起来，他要用更通俗的语言，向主席和董事们讲解他的担忧。他用演示器虚拟了一个飘浮在空中的圆。

如何确定我们现在所处的世界是否为〇世界所创造？奥克土博说：这是个无解的题。当我们所有人都认为自己是上帝时，突然发现我们也是奴隶。当我自称“痛苦死神”时，也许有另一个“痛苦死神”在注视着我的痛苦。当在座所有人都认为我们才是真实的存在，是我们虚拟了别人的世界时，我们每个人，包括这个世界，很可能也是虚拟的，我们触摸到了自己设定的禁区。凭什么我们就自负地相信，我们可以创造子世界，而在我们的头顶没有另一个元世界？凭什么我们在看着子世界又创造世界的时候，却认为自己是元世界？谁才是造物的源头？如果造物之外还有造物，那最先的造物在哪里？

奥克土博虚拟了一条漂浮的线，说：过去我们认为，时间是一条线。我们站在这条线的中间某个点。我们可以通过时间旅行回到过去，也可以通过创造子世界去向未来。可是现在，时间不是一条线，而是这样一个封闭的圆。是〇。万物起于〇，万物归于〇。如同中国古老文化的阴阳双鱼一样，循环往复，无休无止。这样理解时间才是合乎逻辑的，元世界创造子世界，子世界创造〇世界，〇世界再创造元世界。这所有的世界都是元世界，所有的世界都是子世界，所有的世界都是〇世界。我们的时间，我们的生命，都在这个圆里轮回。我们互为因果。我们设计子世界是因也是果。

有人说：奥克土博先生，您是科学家，可是你对宇宙的理解，却是佛教对宇宙的理解，您这是在宣扬因果轮回的论调。

奥克土博说：科学与哲学与宗教，本就是殊途同归的。

那么，有人提问，奥克土博先生，您提出的“圆形时间说”十分迷人，问题是，我们是否应该与子世界进行沟通和干预。

奥克土博说：如果我们承认时间是圆形的，那么，我们干预和不干预，都是唯一的选择，都是正确的选择。我们选择干预，那么，世界本如此；我们选择不干预，那么，世界本亦如此。

您这是否定了人的意义？有科学家激动了。

奥克土博说：我只是假设。也有另一种可能，我们现在的认知仅限于三维空间，而对于其他的维度，我们不得而知。或者，我们改变了子世界，没被改变的子世界将会继续按规律前行，而被改变了的子世界形成另一维度，另一个世界。于是，我们的时间，就不是简单的圆形，而是一个无限庞大的球形集合体。

就好像是……奥克土博为了让董事局的主席、董事们听懂他在说什么，想了一个比喻，说，就好像一串葡萄一样，每一粒葡萄都有一个独立的时间。

董事局主席和董事们明白他在说什么了，纷纷点头。

又有人提出问题：奥克土博先生，也就是说，您是赞成我们与子世界沟通干预了？按照您的推论，我们干预与不干预都是必然，那么，我们为什么不尝试着干预？如果时间因我们的干预形成了分支，不过是另造一个时空，我们的干预看来也是无害的。

奥克土博说：我赞成干预，但我赞成谨慎的，能有效控制，不造成大困扰的干预。并且，也不要直接干预，我们对于子世界的所有了解，都是基于模型与观察，我们应该和子世界进行更多沟通，甚至可以先派人去子世界，做好充分的调研。

这个办法好。董事局主席朱元一说。董事们纷纷表示附和。

奥克土博发言之后是投票。投票结果，以一票的微弱优势，通过和子世界先行沟通的方案。

接下来，拿出了以最小代价达到最佳结果的方案：派元世界的人进入子世界，替代子世界的科学家，从子世界的角度去理解元世界虚拟出来的世界。

这个计划被称为“下凡计划”。

类似神话传说中的派神仙下到凡间。具体实施是招募两名志愿者，然后修改程序，杀死两名在子世界里主管〇世界计划的科学家，用志愿者的生命信息替代被杀死的科学家，这样，两名子世界的科学家表面上是死而复生，事实上是偷梁换柱。理论上来说，两名下凡者到子世界，拥有子世界的肉身，思想与灵魂将属于元世界。他们知道自己肩负的责任。他们是下到凡间的神，带着神的使命。在元世界，这两名志愿者因剥离了灵魂，将变成植物人。直到子世界里的他们死去，植物人也将死去。

也就是说，以当时的技术，“下凡计划”是一张有去无回的单程票。

奥克土博反对计划的具体细节，他认为元世界的人类无权以这样的方式杀死子世界里的生命。但他的意见被否决了。

子世界不是真实的存在，所谓的生命，不过是一些复杂代码自我演化的结果。更何况，为了元世界的安全，别说是杀死子世界的两条生命，如果有需要，毁灭整个子世界也是有可能的。董事局主席一语定乾坤。

瑞秋决定作为志愿者下到子世界。

奥克土博说：我也下去，陪你。

瑞秋说：我希望你留在这里，只有你留在这里，我在子世界才是安全的。我要信得过的人留在这里作为我的联络者，为我提供技术支持。再说，你是项目负责人，董事局不可能同意你下凡。

奥克土博说：你知道下凡意味着什么。我们这一切设想只是基于理论，谁也没有去过子世界，谁也无法预知，到子世界后究竟会怎样。

瑞秋笑着说：也不一定，如果我到子世界，再从子世界深入〇世界，从〇世界回到我们现在的世界，我们还会相见。不要和我争，让我下去，有你在，我安心。

是晚，奥克土博和瑞秋再没分开，他们真实地结合在了一起，虽然肉体的欢愉不如在VR世界里那样强烈，而另外一种真实的，踏实的，心灵之间无障碍的欢愉，却是VR世界里无法体会到的。

奥克土博这才发现，在VR的世界里，哪怕他和瑞秋换成对方的身份，也并未真正做到忘我；而现在，在真实的性爱中，他和瑞秋，有那么一刻，真正忘了“我”的存在，两个人成了一个人。

如是说：元世界，子世界，〇世界。张今我，你的脑子里怎么会有这么多奇怪的想法。

如是苏醒过来已经有一个半月，她康复得不错，有规律的生活，彻底放下了工作压力，在父亲陪伴下，她在童年时期生活过的乡间度过了一段无忧岁月。

现在，今我坐在如是对面。

从山野潜来的微风，将走廊上那架叶已半黄半绿的葡萄扰动，阳光洒在叶片上，如水波荡漾。如是依偎在一把硕大的藤椅里，脸上也荡漾着明亮的光。在她的记忆中，这把藤椅是父亲的专利。小的时候，她经常看见父亲坐在藤椅里微微闭着眼发呆。

有风，天凉，把披肩披好。今我提醒如是。

半个月前，今我终于鼓起勇气给如是发微信，提出来看望她。

他对如是说：对不起，在车祸发生的那一瞬间，我没能保护你。在你昏睡的那几个月，我没能坚持来看你。

如是回复了一个笑脸，共享了她的地址，说，有时间就来吧。

今我当天就起程赶了过来。他住在如是家，每天陪着她，每天和如是的父亲怪烟客聊天。

有时如是累了，在藤椅里休息，今我就坐在她身边写下有关瑞秋的故事。

有风，把披肩披好。今我一边提醒如是，一边起身，帮如是将那条硕大的浅紫色羊绒披肩往身上裹了裹。

这条披肩我见过。今我说。那一瞬间，有电流击过组成今我的每一粒原子，每一粒夸克。

如是说，一条披肩而已，这样的披肩很多。你说的子世界，〇世界，很有意思，不愧是科幻小说家。不过，以我们现有的VR技术，不可能虚拟出这样的世界。也许，一千年以后可以实现吧。

2030年，今我说，用不了那么久，2030年就能实现。

如是微笑着看着今我。她说话声音很轻，很慢。这不是今我记忆中的如是。不只是因为身体还有些虚弱，经历这次死里逃生，她的性格也发生了巨大改变。今我记得，他们邂逅时，如是那样活泼，当时在车上，几乎全是如是说，今我听，而现在，她变得不爱说话，成了一个倾听者。

你怎么确定是2030年，而不是更早，或者更晚？

如是这样说时，今我甚至觉得，如是的眼里荡漾着母爱。

今我说：我确定是2030年。

如是说：写小说可以虚构，但作为科学家，我要告诉你，这是不可能的。

今我将小木椅往前挪了挪，他想抓住如是的手，但他终究没有。

如是看着有些窘态的今我。眼前这个男人，似乎已经与她相识相守了几辈子。

你喝茶。如是指着茶杯。

今我端起已经发凉的茶，一饮而尽，然后又倒上一杯。

瑞秋。今我说。

哎！如是答。

你怎么叫瑞秋了？

如是说：这名字不好吗？我死过一次了，现在的我，是新生，在祥瑞的秋天获得新生。

你在微信上写，感谢你赐给我新的名字，这个“你”，是谁？

这个问题，今我问过如是许多次，可是如是一直没有回答他。现在，她依然没有回答，只是将目光从今我的头顶掠过，望着树后的远山。

你是谁？如是也在心里问自己。她也没有答案。她知道，那个“你”，一定与她有着不一般的关系。

也许，是我的前生，有那么一个“你”。如是想。

为什么会是瑞秋？今我没等如是回答，继续说：有太多巧合，我小说中的主人公叫瑞秋，而你也改名瑞秋。我写下7月15日瑞秋苏醒过来，你正是在7月15日苏醒的。今我指着如是披着的披肩，说，你有一条这样的披肩，在我的小说中，瑞秋也有一条这样的披肩。

如是用苍白的双手轻轻绞着披肩的一角，眼睛依旧望着远处起伏的群山。

瑞秋，是啊，为什么我要给自己改名瑞秋？为什么我当时要写下，“谢谢你给我一个新的名字”。“你”是谁？“你”在哪里？

今我说：那么，奥克土博，你还记得他吗？

如是从远山收回目光，将目光落在今我的脸上，落在今我浓黑的眉上，落在今我显得有些疲惫迷茫的眼睛上，落在今我高挺的鼻梁和有些干裂的嘴唇上。如是的心里忽然涌起强烈的愿望，希望今我不再去谈论那些巧和，而是用他的唇，轻吻她。

奥克土博，你还记得吗？今我不依不饶。

不是你小说中科学家的名字吗？

今我说：不是在小说中，你再想想，在你昏迷时，是否见过他？你一定听过。你应该听过，在你昏迷的时候，他应该出现过。你好好想想，在你昏迷的那段时间。

想不起来了。如是忽然有点儿头疼：对不起，你让我慢慢想，一下子想太多的问题，我的脑子就乱了。但是，你说的奥克土博，我怎么觉得，我们是认识的。

今我兴奋地说：你当然认识。你是奥克土博的助手，你们是恋人，你来到子世界，他留在元世界。今我用手指了指天，作为你的联络人，你不记得了？你是从天上下凡的神仙。是从元世界下到子世界里的人类。你每次死而复生，都是因为他，奥克土博。是他更改了你的生命程序让你重生。这次也是。只是，从前，他会及时让你重生，而这次，他用了半年时间。我也不知道为什么会这样，不知道他遇到了什么。

如是笑着说：今我，这不是你写的小说吗？你将小说和生活混在一起了。我怎么可能是天上的神仙下凡呢。如是眼里又泛起了母性的怜爱。

这怜爱让今我突然控制不住情绪，站起来大声地说：我没有弄混，我现在很清醒！我们，我们所处的世界，不是真实的世界，是2030年的人类虚拟出来的。我们都是电脑制造出来的幻象，我们生活在电脑中间。

说完，今我竟抱头痛哭了起来。他也不知道自己为什么突然情绪失控。

怪烟客听见今我的嚎叫，走了过来。他害怕今我伤害他女儿，挡在今我面前，说：年轻人，你坐下，冷静一点。

如是安慰说：今我，就算我们是计算机虚拟出来的幻象，那又有什么了不起呢？只要我们活着的感受是真实的，我们这一刻，你、我、我爸爸，我们坐在这秋日暖阳下聊天，追问我们生的真相，这种痛苦，纠结，是真实的，就足够了，何必去纠缠我们的世界是真实的还是电脑制造出来的呢？

今我长叹一声说：对不起，我不是因为这个。我能接受生命的虚幻，我以为我接近了真相，找到了答案，可是我突然发现了一个问题，我搞错了，一定是我的脑子出了问题。我脑子很乱，很乱，难道真的是上次车祸，把我的脑子弄坏了？

如是说：别急，什么问题，你把什么问题搞错了？你慢慢说。

今我说：子世界计划是在2030年开始的，如果我们是元世界的人类制造出来的幻象，那么我们应该生活在2030年之后才对，可是现在是2017年。这个解释不通。

如是说：我有些累了，你也累了，先去休息吧。我们明天再聊，好吗？

今我显得无比沮丧。他以为接近了真相，却发现再次走到了分岔小径的迷宫中。他还想到一个更重要的问题，瑞秋来到子世界时，到底经历了什么？她怎么不记得自己的使命了？

今我走后，如是显得忧心忡忡。

父亲说：你们聊天，我也听了一些，今我所说的环形时间，倒是有些意思。

如是说：老爸，您相信他说的？

父亲说：世界的真相谁也不知道。

如是说：我担心那次车祸伤了他的脑神经，应该劝他去医院做脑部CT。

父亲说：也许吧，他是有时清醒，有时糊涂了。

可是，老爸，怎么解释他写7月15日那天瑞秋苏醒了，我就真的苏醒了？怎么解释我忽然给自己改名叫瑞秋？而且，他所说的奥克土博，我真的觉得很熟悉。好像，我和奥克土博在一起生活过很多年一样。

父亲说：孩子，你这次大伤了元气，你要好好休息。

如是躺在藤椅里，秋日阳光已渐渐有些暗淡，山野潜来的风，带来湿润的露意。如是将披肩再往紧里裹了裹。

父亲说：你回房间去休息吧。

如是说：没事的爸，我再坐一会儿。

如是慢慢在记忆中搜寻着今我提到的名字，奥克土博，她依稀记得这个名字，记得在这次漫长的昏睡中，有个声音在叫她，瑞秋，瑞秋。奥克土博，是的，奥克土博。一个中年男人好听的声音，没有具体的人物形象，只是声音。是奥克土博重新续写了她的生命代码，让她再次活过来了。子世界，〇世界。如是隐约忆起，她不是第一次听说子世界和〇世界，在今我对他讲起这些之前，她就听说过子世界计划。只是一切都是模糊的，仿佛是许多年前秋夜里的一个梦。晚饭时，如是对今我说，也许，你是对的。我隐约记得，在我昏睡时，有人叫我瑞秋，于是，醒来后，我就改了“瑞秋”这个名字。

今我欣喜地拉着如是……不，拉着瑞秋的手，说，你终于想起来了。我小说中所写下的一切都是真实的。你来自元世界，肩负使命。可是，为什么你不记得你肩负的使命？为什么你不记得你来自元世界？为什么你没有直接成为VR科学家？为什么你来到子世界的时间不是2030，而是1990年？我又是谁？我为什么会知道这些？我为什么会遇见你？并且用这样的方式告诉你这一切？我们到底是处在元世界创造出来的子世界，还是处在〇世界虚拟出来的元世界？如果是在元世界，那么，你应该在13年后，成为科学家奥克土博的助手，并且志愿去子世界，你将再次成为植物人，你会爱上奥克土博。可是不对，如果你是瑞秋，如果我们处在〇世界虚拟出来的元世界，2030年时，你28岁，你应该出生在2002年，而不是1990年。令我再次由兴奋而变得失落。他一次次觉得自己揭示了真相，又一次次被漏洞击倒。真相看似触手可及，却又永远不可捉摸。

到底发生了什么？奥克土博，这个人是关键。令我只能将问题交给故事，将那些涌向大脑的文字如实记录下来——

瑞秋下凡后，漫长的岁月，奥克土博一直沉浸在无法抑制的痛悔之中。他一次次冒着天大的风险对之前犯下的错误进行纠正，又一次次在错误中越走越远。他知道，事实上，他已经永远失去瑞秋。他能做的就是尽他的可能保护好在子世界里的瑞秋。至于下凡计划的成败，他已不再那么关心了。

和瑞秋一起下凡的另外一位志愿者叫艾杰尼，是个和瑞秋同龄的天才科学家。事实上，在艾杰尼下凡之后，大家才意识到他自愿下凡是个骗局。

从世俗的眼光来看，艾杰尼是这个世界上少有的幸运儿，父亲是ZERO董事局主席朱元一，母亲ZERO是这个时代最伟大的油画家。父亲朱元一的人生故事，充满了传奇。他从来没有见过自己的父亲，在他出生前，他父亲就离开了，他母亲很忙，从小，是一台智能机器能陪伴着他成长。智能机器人教会了他许多的东西，特别是商业运作上的知识。这为他后来建立自己的商业帝国，打下了坚实的基础。后来，为了追求艾杰尼的母亲，朱元一以母亲的名字ZERO命名了这家公司。

艾杰尼的人生一帆风顺，他智商极高，从小接受着最好的教育，在他的人生中没有“失败”二字，连挫折都没有。父亲想将他培养成商业帝国的接班人，而他却选择了考入奥克土博实验室成为一名科学家。事实上，进入奥克土博实验室后他才知道，这个实验室不过是他父亲庞大商业王国中的一片小小疆土。他千方百计想要逃离父亲光环的笼罩，最终也未能如愿。

为此，他一度沉溺在VR的世界里不能自拔，换衣服一样换性伴侣。

他在VR的世界里体验不同的角色，然而新鲜感很快就消失了。

现在，他最想体验的，只有死亡。他之所以还活着，是缺少那么一点点死的勇气。事实上，如果不是“下凡计划”的推出，他迟早会择自杀。“下凡计划”激活了他，他想活在一个未知的、虚拟的世界里，在那个世界，没有他父亲的光环或者说是阴影。

他从一开始就没想过下到子世界完成所谓的“任

务”，他想要做的是破坏“下凡计划”。当他提出要下凡时，所有人都表示不理解。他列举了许多理由，年轻，是科学天才，更重要的，他是董事局主席的公子。他进入子世界，能更好地保证项目不会因为公司高层反对而搁浅，而且，计划会获得更充足的保障。他的这些理由，足以说服除他父母之外的所有公司高层和科学家。而对付父母的反对，他以自杀威胁；宣称任何人如果反对他为科学献身，他将以死明志。更为重要的是，作为董事局主席，朱元一不应该反对自己的公子作为志愿者去实施自己支持的计划。

按照计划，艾杰尼和瑞秋只是第一阶段的下凡者，以后还将陆续派更多的科学家下到子世界。谁也没有想到，艾杰尼是抱着逃离元世界的想法下到子世界的。和团队的每个人一样，第一次派人下到子世界，谁也无法预料他们会经历什么。一切皆是未知，正是因为这未知，让艾杰尼产生了强烈的兴趣，他想要完全不一样的人生。他不要显赫的家庭，不要一出生就要什么有什么。确认成为第一批下凡者后，他就开始悄悄计划逃离元世界的操纵。他倾尽才智写好了一条病毒，利用工作和他的特殊身份，将病毒植入他和瑞秋的生命代码中。按原计划，艾杰尼和瑞秋作为寄生物，为他们选定的宿主是子世界一男一女两名参与〇世界计划的科学家。但艾杰尼的病毒扰乱了原本设定的时间，他根本不想去未来，他要回到过去，回到2030年之前的世界。

艾杰尼的计划成功了。等到元世界的科学家们发现问题时，艾杰尼和瑞秋已经来到1990年的子世界。他们寄生在两位母亲的子宫里。十个月后，一切如艾杰尼所愿，来到子世界的艾杰尼和瑞秋，已经完全忘了他们来自元世界。

木已成舟。

于是，只能让瑞秋和艾杰尼自然成长，然后再慢慢想办法唤醒他们。为此元世界只能使用各种方式，试图让瑞秋和艾杰尼复苏，让他们明白肩负的重任。

然而，艾杰尼和瑞秋无法收到元世界发出的信号。

艾杰尼设计的超级复杂的病毒阻止了他们。

瑞秋三岁时，从高楼跌落。奥克土博自作主张，重新编写瑞秋的生命代码。他成功了，瑞秋死而复生。但奥克土博的行为受到了最严厉的批评，差点被公司驱逐。奥克土博进行了申诉，他认为，为了瑞秋下凡，元世界已经付出了极大的代价，不能眼看着下凡计划的人这么早就夭折。自从下凡计划开始，人类已经违反了不干预子世界的原则，既然这样，不如将错就错进行跟踪研究。他能续写瑞秋的生命代码，这是难得的实践。他有信心恢复对瑞秋和艾杰尼的控制。

奥克土博获得了董事局主席的支持，他不能让儿子如同野人一样下到子世界，从此脱离他的掌控。他要让儿子走上他认定的正途。

瑞秋八岁那年，在地震中遇难。在董事局的授权下，奥克土博再次改写了瑞秋的生命代码。他在代码中私自写下了一些信息，他要让瑞秋回忆起他。他不知道瑞秋能接收到多少信息，但他相信，瑞秋总能收到一些。

瑞秋十六岁那年，爱上一位男生。奥克土博无法忍受，看着那男生和瑞秋做爱时，他甚至动了杀机。对他而言，只需要改写那男生的生命代码，就可以让他毙命，但他终于控制了自己的愤怒。好在男生很快就抛弃了瑞秋。奥克土博看到失恋后痛苦的瑞秋，他的心也在流血。他没想到，瑞秋会如此痴爱另外一个人，而将他忘到了九霄云外。他后悔了，当初应该和瑞秋一起下到子世界。后来瑞秋选择自杀，是奥克土博再次修复她的生命代码，让她死而复生。

如此三番几次，奥克土博变得急躁起来，他要想办法让瑞秋尽快复苏，让她明白她是谁，她从哪里来，她要做什么。

然而，艾杰尼植入的病毒一直难以清除。

奥克土博组织了最强的团队，试图攻克这一难关，进展却不尽如人意。

瑞秋和艾杰尼在子世界长到28岁，于元世界不过是三年不到的时光。在元世界的努力下，艾杰尼和瑞秋终于相遇了。这是他们下到子世界后的初次相遇。这次相遇，让元世界的科学家们兴奋不已。

他们相遇后不久，车祸发生了。

不惜一切代价救醒她。董事局主席指示。

艾杰尼并没有生命危险，只是轻微脑震荡。

奥克土博提议，借机将写有元世界信息的代码写进艾杰尼受损的大脑，然后慢慢激活它，让他复苏。

他的提议得到批准。

奥克土博相信，他最终将攻克艾杰尼病毒。

不料，再次为瑞秋修改代码时却遇到了问题。瑞秋的代码经过多次修改，元世界对子世界过度干预的后遗症已经显露。一个人的生命变化，引发的是一系列的复杂变化。是否再次修改瑞秋的生命代码，科学家们的意见不统一。董事局经过了长达两小时的讨论，认为被唤醒的艾杰尼在子世界需要帮手；经过八小时的技术攻关，在子世界里昏迷长达近半年的瑞秋再次死而复生。

今我长长叹了口气。

他意识到，随着时间的推移，元世界的科学家们已经找到了消除艾杰尼病毒影响的办法。

他们正在唤醒艾杰尼和瑞秋，他们终将无处可逃。

今我复苏了。他明白了，他就是从元世界下到子世界的艾杰尼。他明白了他的天命。他明白了，他所记录的那些涌入他大脑的信息，不完全是他虚构的故事，而是元世界写入他大脑的信息。

他刚开始写作这个故事时，有些情节尚在他的掌握之中，比如瑞秋的车祸，艾杰尼的车祸。这时他还有作家的主动，有从生活到故事的变形，后来他成了信息记录者。他以为自己在写小说，却不自觉地被元世界唤醒了。

这让他感到无限悲伤。

他终于明白了我是谁，我从何而来。他明白了他不过是一串任由元世界摆布的代码。

他一辈子在逃离父亲的控制，从元世界逃到了子世界，但依然无处可逃。现在，父亲像神一样，将控制他更多。

他来到子世界，是想做个自由的，独立的人。艾杰尼病毒被攻破，并不意味着自己走投无路了，他将尽他所能，摆脱元世界的控制。

哪怕生命是一串代码，他也要做一串能主宰自己的代码。

他不知道是否该把真相告诉如是，不清楚知道真相后如是会如何选择。

瑞秋爱着奥克土博，当她完全复苏，明白了她就是瑞秋，她会如何选择？

她把自己当成元世界人还是子世界人？她会选择今我还是选择奥克土博？

如果她选择站在元世界的立场，就意味着今我将失去如是。

未明真相时，今我如坠浓雾之中。现在，真相大白，他变得更加无助了。今我决定和如是的父亲怪烟客好好聊聊。这个痴爱物理的老头子是个有趣的人，也是个智慧的人。他是完完全全的子世界人，没有肩负元世界的任务，也许能给今我客观的建议。今我原以为要费尽牛九二虎之力，才能向怪烟客解释清楚这一切的来龙去脉。他先讲了元世界对时间的认识，讲元世界创造子世界，子世界创造○世界，而○世界又在创造元世界。

怪烟客说：这想法不新鲜，和佛家的轮回差不多，和庄周梦蝶也差不多。不过，这是有意思的宇宙模型，我们的时间不是线性的，而是环形的。

今我说：在元世界人的理解里，应该是这样的。

然后呢？怪烟客说。

今我说：我对您讲这些，是让您对我接下来要讲的事理解起来比较容易。接下来，我要讲述的，不是我的猜想，也不是我虚构的小说，是我们面临的现实。这个我们，是指我和您的女儿。我要讲的事，可能超出了您的接受范围，您要有心理准备。

怪烟客说：小伙子，我吃的盐比你吃的米还多，什么样的事情会超出我的理解？

怪烟客吸着空烟斗。从前他是吸烟的，后来戒了，却养成了吸空烟斗的习惯。现在，他微眯着双眼，像个智慧的长者，在听一个孩子编造幼稚的谎言。

今我从○世界的返祖计划开始讲起，讲这一计划对元世界的安全构成了怎样的冲击，然后讲元世界的下凡计划，讲奥克土博、瑞秋、艾杰尼，讲到艾杰尼和瑞秋的下凡。

我明白了。怪烟客眯着眼，猛吸着空烟斗：你、如是，你们是从元世界下凡来到子世界的神仙。

今我说：也可以这么认为。

那么，你的问题是什么？怪烟客说。

今我吃惊地看着怪烟客，说：您不感到匪夷所思？您相信我所说的这一切？

怪烟客说：为什么不信？你很好地解释了如是一次次的死而复生。我早就知道我女儿不是普通人，只是没想到，她是下凡的神仙。

可是，今我说，这就意味着，我们，我是说我们这个世界，是人类用电脑虚拟出来的，我们并不存在，不过是一串串复杂的代码。您不感到虚无与悲观吗？

怪烟客习惯性地做了一个磕烟灰的动作，再将烟斗放在嘴里，深吸着空烟斗，说：为什么要悲观？什么是虚？什么是实？虚实可以是外在的，属物；也可以是内在的，属灵。如果我们内心的感受是真实的，那么，虚也是实，我们不会感受到生命是一串代码。我们是人，真实的人类，真实的生活，我和你，真实的聊天，我女儿是真实的存在。你，今我，爱我的女儿，也是真实的。反过来，元世界的人类，就算他们是真实的存在，如果内心感到的是虚无，那么，他所在的世界，也依然是虚无的。

今我说：我在元世界的时候就觉得一切都没意义，一直想自杀；来到子世界，觉得幸福得多。我从没有想过自杀，我珍惜生命中的一切，这渺小的一切，都是真实的。

那么，你就是为了问这个问题吗？怪烟客说。

今我说：伯父。

这是今我第一次称怪烟客伯父，之前，他更多把他当成兄长：伯父，您难道没有意识到，我现在遇到了难题。我该不该把这一切告诉如是？我爱如是，如果不告诉她，元世界迟早会想办法让她明白的。如果告诉她，她是否会想办法回到元世界？那里有奥克土博在等着她。奥克土博也会想办法控制她，让她回到元世界。

怪烟客又在轻轻磕着不存在的烟灰，磕了足有一分钟。

今我不敢打扰他。

你看啊，怪烟客说，我这是在做什么？

磕烟灰。今我说。

是吗？那，烟在哪儿？灰在哪儿？

今我说：没有烟，也没有灰。

怪烟客又做了一下磕烟灰的动作，说：我在做什么？

今我想了半天，没敢回答。

怪烟客说：你不敢回答，因为你不确定，你犹豫了。告诉你，我就是在磕烟灰，烟在我心里，灰也在我心里。

见今我茫然，怪烟客说，如你所言，我们生活在子世界。在元世界的人看来，我们是虚拟的，可是在我们看来，元世界是虚幻的。在如是的眼里，今我是真实的，奥克土博是虚幻的。重要的不是谁真实，重要的是，如是的心里有谁。所以，孩子，不是如是如何选择的问题，是你如何做决定着如是如何选择。

今我说：可是，元世界不会放任不管。

怪烟客说：现在是什么时间？

今我看了手表，说：上午10点10分。

怪烟客说：现在是2017年10月8日上午10点10分。

今我不解地看着怪烟客，不明白他的意思。

怪烟客说：按照你的时间模型，元世界将在2030年创造子世界，2040年派艾杰尼、瑞秋下凡到子世界。而现在是2017年10月8日上午10点10分。

今我说：您是说，现在，离子世界计划实施还有13年。也就是说，现在不存在子世界，更不存在○世界，而我们，是在元世界的2017年。

怪烟客含着烟斗，从手机里找出一张图片，说：在你的理解里，环形时间像这张图，从元世界，到子世界，○世界，再到元世界。

今我又恍惚了。他说：您怎么会有这张图？

怪烟客说，我听了你的描述，于是制作了这张图。有什么不对吗？

今我说：可是，在2040年，奥克土博向董事局解释时间时，曾经出示过这张图。

怪烟客说：这不很正常吗？我们现在是在2017年。2040年的奥克土博完全有机会看到这张图。比如说，我将这张图传到互联网上。怪烟客说完，果真将图传上了互联网。

今我一时语塞。

怪烟客说：如果你是来自元世界的艾杰尼，你就不会这样简单看问题了。你只是子世界里的一个小说家，你对时间的理解过于简单；在我的理解里，环形时间比这要复杂得多。比如下面这张图。

怪烟客又从手机里找出一张图。

我们假设中间的球形代表元世界，每条环线代表一道从元世界到子世界到〇世界再到元世界的环形时间轨迹。我们假设元世界对子世界的每一次更改，会生成不同的时间轨。所以，我们现在所处的可能不是元世界，也不是元世界计划创造出来的子世界，而是处在元世界对子世界的修正生成的另外一条环形时间轨上。事实上，环形时间轨比这张图复杂无穷倍，它已经不是我们三维世界可以理解的事物，它可能属于五维、六维空间。所以，时间是世界上最大的迷宫，而我们，走在了其中的一条分岔小径上。这也只是我粗浅的假设，我们可能永远也无法穷尽时间的真相，因为我们处在无垠时间的一隅。说了这么多，你知道如何选择了？

怪烟客又抽起了空烟斗。

今我的心境一下子明朗了，说：伯父，您要少抽烟，抽烟有害健康。

怪烟客哈哈大笑了起来，拍着今我的肩：好孩子，你很聪明。我同意你追求我女儿了。你要努力哦。等如是完全康复了，你们还是回城里去吧。

下第三场雪的时候，如是决定和今我回到她所在的南方城市。公司领导听说如是康复了，请她回去继续上班。他们要坐四小时的汽车，然后转飞机。

今我说：要不，咱们把怪烟客带上吧。

怪烟客？谁是怪烟客？如是问。

今我有些不好意思地笑了，说：你老爸呀。

怪烟客说：原来你小子心里一直叫我怪烟客啊。不过，这名字我喜欢。跟你们去南方的城里就不必了，你们走后，我也要回到我的城市灵都了。

您的城市？今我问。

如是说：我爸爸在那里教了二十年书。那城是属于他的时空。

作别怪烟客，今我和如是一起回南方。汽车在山间盘旋。今我轻轻揽着如是。窗外的山岭上，已经积了厚厚的雪。

我们相遇，也是在长途车上。今我感慨。

如是说：继续给我讲故事吧。我喜欢听你讲故事。我喜欢你在故事里，将我写成下凡的仙女。

今我笑着说：我可不是在讲故事，你和我都来自元世界。只是，我来到子世界，是要做元世界的逆种。为你，为了今世的爱情，我要放弃元世界的任务。

如是说：你这可是对元世界的背叛哦。

今我说：我背叛元世界，可是，我忠实于自己的内心。

如是说：元世界的利益不是高于个人利益吗？

今我说：一个人连自己的内心都不能忠诚，又何来对世界的忠诚？有，那也是伪忠诚。更何况，元世界控制着我们的人生，控制着我们的命运，甚至控制着我们的生死。不自由，毋宁死。

如是说：你看你，编故事都把自己编得这么高大上。

今我严肃地说：不是故事。

如是说：后来呢？后来会怎样？我是说，奥克土博，那个在元世界的科学家，他不是爱着……我吗？他能眼睁睁地看着我们抛开使命？他能看着我移情别恋？子世界计划的执行者们会放过我们吗？还有，你爹，我是说，你编造的那个元世界的世界首富爹，哈哈，你也真能扯，笑死我了，给自己编了个超级富豪爹，然后把自己编得视金钱如粪土。我是说，你那个爹，他眼看着你沉醉在温柔乡里也不管你？

今我说，想知道吗？那，我讲给你听——

元世界的科学家们终于意识到一个问题，他们对子世界的每一次干预，都造成了不同的时空，子世界依然按原有的轨迹在运行。子世界创造〇世界，〇世界启动“返祖计划”，他们即将揭示真相，一切无法改变。而被元世界修改后的子世界，走入了另外的轨迹，每一次修改，都制造出不同的时间与空间。他们将事情越搞越复杂，他们对子世界的掌控能力越来越弱。元世界的科学家们经过漫长论证，争吵，决定暂停“下凡计划”，不再对子世界进行任何干预，让事物按照本来的规律运行。

艾杰尼觉醒了就由着他觉醒，瑞秋尚未觉醒就让她继续蒙昧。

这就意味着，在元世界，瑞秋和艾杰尼将永远成为植物人，直到子世界里的瑞秋和艾杰尼死去，他们在元世界的生命也随之终止。

奥克土博不能接受瑞秋的死去。

艾杰尼的父亲不能接受儿子的死去。

奥克土博说服董事局主席，董事局主席说服董事会，他们接受了奥克土博的请求，让他成了“下凡计划”最后一个下凡者。

他答应艾杰尼的父亲，会将他儿子带回元世界。他对科学团队发誓，找到瑞秋和艾杰尼，带他们一起完成任务。无论经过哪条时间轨道，无论历经多少艰难，他要打通元世界—子世界—〇世界—元世界的通道。其时，元世界的科技又取得了极大的进步，他们选择了一位工程师，将奥克土博所熟知的2040年的技术和奥克土博的生命代码写进了他的生命之中。奥克土博下到凡间，寄宿在这个工程师体内，以至于这个生活在2017年的年轻工程师突然拥有了来自2040年的智慧，他将成为这个时代最杰出的科学家，带领2017年的人类，开拓他们前所未见的VR世界，并将在2030年主持“子世界计划”……

你在听吗？睡着了？喂，你这个坏人。今我捏着如是的鼻子将她弄醒。

靠在你肩上睡真舒服，你讲到哪里了？我记得你说，元世界终止了计划。你的脑子里怎会有这么多故事？如是打着哈欠。

因为我来自元世界，我觉醒了，而你没有。你将永远做一个糊涂蛋。

如是笑了，糊涂好啊，有你在，我愿做一枚幸福的糊涂蛋。

今我说：那，我就诅咒你永远也不会觉醒。

如是摇摇他胳膊，笑得更开心，你是怕我觉醒后爱上奥克土博吧。

今我说：人都是自私的，何况爱情。你睡吧。安全带扣好。

如是说：知道啦！比我老爸还唠叨。你也睡。

今我说：不睡，我要时时保护你，不能再犯相同的错。

如是在今我的肩头一直睡到站，下车后又转飞机，飞到所在城市时，已经是深夜。

今我说：我们坐出租车？

如是说：不用啦，公司知道我今天回，安排人来接。

今我说：这么好？

如是说：谁让我是仙女下凡呢。

走出出口，就见一个瘦高的中年男子举着牌子，上写：接瑞秋。

如是说：你看，接我的人好帅啊。

今我说，大叔好不好？

如是说：我是大叔控。

今我说：人家接的是瑞秋，又不是接你。

如是走过去，男子一眼认出了她，说：您好，我是公司派来接你的。然后主动拖过如是的行李箱。

您是？对不起，我在公司没见过你。如是说。

男子说：我是新入职公司的VR技术主管。我看过你的资料，你很有天赋，所以公司已经安排你做我的助手。

如是惊叫：您是我上司？哪能让上司接机，还帮我拉行李，我来我来。

男子说：没关系。同事之间，不能这样见外。对了，忘了介绍，我叫李闻，在美国出生长大的华人。英文名October，中国同事都叫我奥克土博。你也可以这样叫我的，瑞秋小姐。

第二部　我心永恒

跨越我们心灵的空间
你向我显现你的来临

——《我心永恒》

怪烟客，为了尊重起见，还是称呼他的大名，杨亚子先生，在送走女儿和今我之后，回到了属于他的城市——灵都。

他在灵都生活了几年，最大的心愿是看到女儿如是和今我结婚。他晚年得女，最渴望能在有生之年过上几日含饴弄孙的日子。

他听今我说起过那个名叫李闻的华人，也就是奥克土博。他不喜欢那小子，说那是个科学怪人。

如是不理解：老爸，你自己不也是科学怪人吗？

杨亚子说：正因为我是科学怪人，我才不喜欢同类。我讨厌我自己。你母亲跟着我，吃了很多苦，要不是我迷恋科学，你母亲不会离开我。我可不想你走你母亲的路。

如是说：人家奥克土博也没有喜欢我啦。

杨亚子说：可是，他来到我们的世界，就是要来找你的。

如是说：天啦老爸，你信张今我的胡说八道？他是个小说家，靠编故事混饭吃的。

杨亚子说：那，你为啥还不和今我结婚？

如是说：我现在不想结婚嘛。我们这样不是很好吗？

杨亚子说：你老实说，是不是对奥克土博有好感？

如是撒娇：爸，咱们不说这些好吗？

杨亚子说：你选择谁爸都不反对，只是，我要告诉你，我更喜欢今我。将来我死了，后事要交给今我来办。

如是说：爸，你说什么呢？老爸要活一千岁。

那天，今我正在写作，接到怪烟客打来的电话。他告诉今我说他明天就要死了，让今我给他办理后事。没等今我问怎么回事，电话就挂了。

果然，第二天，杨亚子老人就往生了。

今我和如是回灵都办理杨先生的后事。

老人的遗愿清单有两项：一项是将他在灵都的房产赠予义女朱小真；另一项，是将一台零点公司制造的扫地机器人“小真”赠予朱小真。

遗嘱中，他让女儿如是务必达成他的遗愿，两条缺一不可，否则，他在四维空间的灵魂将不得安宁。老先生坚信，所谓的死亡，不过是去到了更高维度的空间，换了生命的形式。在四维空间，生命终于可以脱离肉身限制，达到更加自由的境界。

今我对“四维空间”的说法和老先生的遗言见怪不怪，这个被他私底下叫着怪烟客的老头，做事从不循规蹈矩。让今我不解的是，这两项赠予反差极大，房产和扫地机器人一并郑重其事地提出来，着实有些反常。更为反常的是，零点公司在杨先生去世之后，派人取走了那台扫地机器人。

他们的说法是，机器人乃是零点公司给杨先生的试用品，杨先生只有使用权，没有所有权，有协议为证。

安葬毕父亲，因工作忙，如是先回了位于中国南部的一家初创企业ZERO公司，留下今我继续处理余下的事情。

余下的事情其实也只有两项：一是找到叫朱小真的，将杨先生的房产过户给她；二是找到零点公司负责人，要回被他们拿走的机器人，然后赠予朱小真。

事情看起来不多，却足够麻烦。杨先生留下了朱小真的身份证复印件和电话号码，但是电话机主已停机；而朱小真的家，距灵都一千多公里。

朱小真是谁？如是和张今我从未听杨亚子说起过。

不过，以老先生行事之怪异，他做出任何决定，立下比这更不靠谱的遗嘱，都不足为怪。

今我决定先去科幻城，找到零点公司的负责人。

零点公司的负责人阿迪，据如是说，是她父亲最为得意的学生。

阿迪是灵都科幻城零点科技公司的CTO，南京大学硕士，普林斯顿大学博士，毕业后回到故乡灵都从事人工智能研发。

实际上，两人在杨先生的告别追思会上见过，阿迪拥抱了悲伤的如是，并和今我握手表示慰问，如此而已。

一落座，阿迪就深情地说：杨老师是个乐观的老头，迷恋了一辈子物理。虽说从专业的角度而论，他对物理的研究还只是停留在民科式的狂热，可他心中有日月星辰。他是个好老师。

今我说：是啊，他总是乐呵呵的，吸着空烟斗，说些充满智慧、高深莫测的话。我第一次见到他，就给他取了个绰号“怪烟客”。

阿迪说：你叫他怪烟客？我们当年也叫他怪烟客啊。

你们当年？那是哪一年？今我感觉，他又陷入了时间的怪圈。

三十年前。阿迪说。他总是烟斗不离手。金庸的小说里有一个谢烟客，我们开始叫他杨烟客，后来不知怎么，变成了怪烟客。

阿迪又说：七十三，八十四，阎王不请自己去。先生也算高寿了，你们也不要过于悲伤啊。

今我说如是虽然悲伤，却也早有心理准备，只因公司主持一个重大的VR计划，离不开，今天就没有一起来。

话已至此，今我也不必再兜圈子了，他说：杨老师遗嘱，要将扫地机器人“小真”赠予他的义女，而这台机器人在贵公司，希望看在老师分上，归还机器人，帮他完成遗愿。

阿迪脸上有些不自然，说：完成老师遗愿，是必然的。只是，这机器人，还要留一段时间，等公司的工程师研究评估后，一定奉还。

今我问：不过一台普通的扫地机器人，还用得着研究评估？

阿迪没有直接回答今我，却问，听说你是科幻小说家？

今我纠正说：未来现实主义作家。

阿迪说：未来现实主义，和科幻有什么区别？我是外行，不太懂。

今我说：科幻可以是未来的现实，也可以不是，而未来现实主义秉持的是现实主义精神，书写的是在不久的未来，科技必将带来的现实。

阿迪笑笑，说，你们文人喜欢玩概念。

他没去评价今我的未来现实主义，而是问今我对人工智能怎么看。

今我表示颇感兴趣。

于是他们谈到了人工智能近些年的发展和未来趋势，谈到了伊萨克·阿西莫夫、尼古拉斯·卡赞编剧，克里斯·哥伦布导演的一部关于机器人的电影。阿迪说，在拍摄这部电影的1999年，剧中的机器人安德鲁梦想拥有公民身份；在当时看来是编剧脑洞大开的妙想，但短短二十年，人工智能发展迅速，机器人索菲亚已经拥有公民身份。1999年的奇思妙想，已经成为今天的现实。而具有高度自我学习功能的人工智能已经涌现。因此，如同剧中机器人安德鲁那样，拥有自我意识和人类情感的机器人，已经完全有可能诞生。

今我隐约预感，怪烟客遗嘱中提到的机器人，也和安德鲁一样，具有了人类特有的属性。他提出了这样的疑问。

阿迪笑着说：这倒不至于，杨先生提到的那台机器人，只是零点公司生产的一台普通扫地机器人，虽说设计时设置了自我学习功能，但要说它具有人类属性，无异于天方夜谭。

在阿迪看来，具有人类属性的机器人，必定是研发工程师们设计的结果。不过，阿迪说，杨老师的这台机器人的确有点反常，所以，我们要进行研究。

今我说：怎么反常？

阿迪说：我们公司生产的产品，属于仿生人工智能，安装有超强的学习芯片，而且，公司对产品设置了远程跟踪，本意是为了产品质量和售后服务。但是，杨老师的机器人，具有了某些我们未曾设定的功能。具体来说，它拥有了丰富的学识，古今中外，天文地理。开始，我们疑心是杨老师改动了设置。您也知道，杨老师一生热衷于科学，他完全有能力做到，比如为这台机器人升级。这也是我们将机器人取回来的原因。

今我做出一副愿闻其详的表情。

阿迪说：结果是，经过工程师检查，杨老师并未改动任何装置，也未加载过任何东西。它的知识从何而来，成了不解之谜。而且，如果是下载到它内存里的知识，我们可以轻易卸载，但它的知识不是存在内存里，我们无法卸载。可以肯定是杨老师改变了它，但他是怎么做到的，公司的这些博士们，也百思不得其解。

更奇怪的是，阿迪说，它还有另外的奇特之处，说着就带今我去看那台机器人。

很快，今我就见到了那台机器人。具体说，是三台一模一样的扫地机器人。今我看不出有何特别之处。

它们是同一批产品，具有语音控制和对话功能。阿迪说着开了一台机器人，命令机器人清理地板，机器人回答说好的主人，就开始清扫。另一台也是如此。其间，阿迪和扫地机器人进行了简单对话。然后，阿迪指着第三台说，这台是杨老师使用过的。他命令机器人扫地，机器人没有任何反应。

今我说：有什么问题？

阿迪说：它拒绝接受任何指令。无论是语音，还是按键控制。

今我说：控制系统出了毛病？

工程师对机器人做了全面检查，没有发现任何问题。

今我说：所以，你的结论是？

按理说，这台机器人没有任何问题，它没有理由不执行指令。除非……

除非，它有自己的思想，故意不接受指令？今我几乎是不假思索地冲口而出。

阿迪笑着说：不愧是小说家，想象力就是丰富。不过，你说的这种情况，是不可能发生的。这台机器人，人工智能化程度没有这么高。肯定是杨老师对这台机器人做过修改，但他怎么做的，我们不知道。现在机器人停止工作，我们的研究也无从着手。

今我说：既然如此，何不将它还给杨老师？一是了却老师遗愿；二来，没准可以找到答案。我是说，杨老师遗嘱中将这机器人赠予他的义女朱小真，一并赠予的还有灵都的房子。我想，老头子如此安排，其中必有蹊跷。也许，到时自然有答案。

阿迪说：你说的也有些道理，我要开会研究一下再决定。有一点是肯定的，无论是否将这机器人交给朱小真，她都只有使用权，没有所有权。也就是说，我们随时可以收回它。

今我说：我不过想完成老人家的心愿，让他的灵魂在四维空间得到安宁。机器人只要交给朱小真，老人家的遗愿就算完成了。

阿迪说：应该没问题，毕竟是恩师的遗愿。只是，你说的那个朱小真，不那么靠谱。

你认识朱小真？这倒让今我颇感意外。

阿迪说见过两面。显然，阿迪不想深谈这个话题，他开始回忆和杨老师的师生缘。

如果不是杨老师，我不会成为今天的我。

今我知道，这是大多数事业有成的学生回忆恩师时都爱说的话。他不想听这些老生常谈，不过也不失一个更多了解那个可爱怪老头的机会。

杨老师是我高中时的物理老师，本来我的理想是当导演，想考北京电影学院导演系，当然，也有人建议我考表演系，相比之下，我更想当导演。高一分文理科时，我报了文科。文科生不上物理课，听杨老师的课纯属偶然。是我的一个同学，理科生，我们关系很好。有天晚上，我同学很神秘也很兴奋地告诉我，如果我们有比光速快的飞行器，就可以进行时间旅行回到过去；而且，如果我们回到过去，在我的外祖母怀上我母亲之前杀死外祖母，我就改变了世界；因为我如果杀死了外祖母，就不会有我母亲，也就不会有我；没有我，我就不能回到过去。

今我说：著名的“外祖母悖论”。

阿迪说：现在，时间旅行的概念深入人心了，但在当年，我在灵都一个乡镇中学上学，从小学到初中到高中，能接触到的书除了课本，只有武侠小说。物理课仅限于画画串联电路、并联电路之类。我的同学是个书呆子，从来没有什么奇思妙想，他那番话让我无比震撼。他得意地说，我们的宇宙起源于大爆炸，在大爆炸之前，宇宙体积无限小，密度无限大，热量无限高，那个无限小到存在又不存在的东西，时间和空间在此终结的点，你知道叫什么吗？不待我回答，他自问自答，叫“奇点”，宇宙就是由奇点开始大爆炸，在几亿亿分之一秒的时间，爆炸成无限大的宇宙。

几亿亿分之一秒？今我说。

阿迪笑了，说：你知道，我的同学说错了，宇宙从大爆炸到形成现在规模大小所用的时间，不是几亿亿分之一秒，而是一千亿亿亿亿亿分之一秒。

今我说：会不会是老头子，哦，杨老师，会不会是他讲错了？

阿迪说：杨老师不会错。我的同学接着问，知道薛定谔的猫吗？我说不知道，那是只什么猫？同学得意地笑了起来，在我一脸白痴相中，开始大讲特讲那个叫薛定谔的奥地利人和他那著名的量子态的猫。事实上，我的同学讲了半天也没有讲清楚薛定谔的猫是只什么猫。他只是记住了一些概念，比如量子跃迁，测不准原理。我一追问，他就说，反正是测不准，那只猫处于量子态。至于什么是量子态，他也说不清。正是因为他也说不清，吊起了我的好奇心。我问他怎么知道这么多。他说，文科生当然不晓得这些。我吃惊地问，理科生要学这些？他才告诉我说也不是的，你要真感兴趣，去听杨亚子的课呀。

今我说：我听如是说过，她爸是个非主流的物理老师。

阿迪说：从同学嘴里，我第一次听说了我们学校著名的非主流物理老师杨亚子先生。同学炫耀的那些知识，都是从课堂上听来现学现卖的。听说杨老师从来不按课本讲。也不是每个同学都喜欢听他的课，有些同学认为他讲的这些东西将来考试用不着，就逃课。我偷偷听了一堂课。在那堂课上，我第一次听说了普林斯顿大学，听说了纳什奇妙的人生和他的博弈论。想想也真是神奇，在我们那个贫穷而偏僻的乡镇中学，怎会有杨老师这样博学的世外高人。听完那堂课，我迷上了物理，立志当物理学家，于是改读理科。

我应该算得上杨老师的得意门生之一。说得意门生，并不是说我从事科学研究，而是在当时，有些学生对家长说起杨老师讲课不按课本，家长闹到学校，学校处分了杨老师。那时杨老师很郁闷，而我，是少数几个去杨老师家听他讲那些神奇物理知识的学生。读大学时，我还时常给杨老师写信；他每信必回，和我探讨他的新发现。后来我写信越来越少，老师来信，也不怎么回。我有了新的世界，有了比杨老师专业得多的导师。我发现杨老师讲授的物理知识，只是科普层面，许多东西，他也只知其然，不知其所以然。

今我说：也许从你这个层面来看是这样，在我看来，老头子就是一个大物理学家了。

阿迪点点头说：不可否认，杨老师为我打开了一扇窗，但他已不再是我的偶像。我们渐渐断了联系。三年前，我回国，在科幻城开公司。有一天，我在公司销售处，意外和杨老师相遇。当时，杨老师的身边有个女孩陪着他。女孩子看上去不到三十岁。我当时并没有认出杨老师，是杨老师认出了我。杨老师可能也怕认错了人，假装在看产品，在我身边转了几圈。当我们的目光相遇时，杨老师才肯定地说，阿迪，你是阿迪，不记得我了？我是杨老师，杨亚子。

当时他身边的女孩儿就是朱小真。

这女孩子嘴特别甜，立马叫我帅哥。

杨老师对朱小真说，他就是我常对你说起的，我最得意的学生，普林斯顿大学的博士阿迪，大科学家，将来是可能拿诺贝尔奖的。

朱小真夸张地尖叫了起来，阿迪哥，你就是阿迪哥！义父经常说起你，说起你的次数，比说起如是姐姐还要多。

我招呼杨老师坐，泡了壶蒙顶茶。朱小真不让杨老师喝茶，她说杨老师肠胃不好，受不得寒凉，只喝白开水。我记得杨老师爱喝茶，爱抽烟。看得出，他很听朱小真的话。我们那次只聊了一会儿，我还有事要忙，就对杨老师说，欢迎得空到我公司做客。公司就在科幻城。杨老师问我，怎么不当科学家，开公司做老板了？

显然，杨老师对我当老板是有些失望的。

我解释说公司是高科技企业，主攻仿生人工智能，我是公司的CTO，干的还是老本行。杨老师听我这样说，似乎放心了。说，我们国家不缺好老板，缺科学家。杨老师似乎很与时俱进，说起人工智能头头是道。杨老师还说，其实我们现在生活在一个虚拟的世界里，这个世界叫子世界；而虚拟我们的那个世界，叫元世界。我知道，老头儿研究科学研究歪了，走上了邪路。他虽然是我的老师，可我们终究还是不在一个层面看待科学了。

今我听阿迪这样说，知道阿迪与元世界是无关的，他自然不能理解元世界与子世界这样的世界观。他也不想对阿迪解释什么。

没过几天，朱小真来电话，说，阿迪哥，我义父想到你公司来耍，你几时得空？我们约了时间。我一直不太清楚，朱小真和杨老师是什么关系。按说，这年头，有钱的大佬才会有人认干亲，杨老师退休教师一个，又没几个钱，又没丁点儿权，年纪又那么大，朱小真能说会道，也算漂亮，怎么可能会认他的干亲？很明显，杨老师喜欢朱小真，依赖朱小真。

那次我有时间，给杨老师讲了我这些年在国外的经历，也讲了我们公司研究的产品。

杨老师对扫地机器人很感兴趣。

我给杨老师演示了一下。这款机器人有自我学习功能，能和人简单对话，可以语音控制。设计这一功能，一来方便用户，二来增加使用趣味。还有升级版，公司试做了一批，处于测试阶段，测试版自我学习能力较市面上销售的有所提升，有点类似下围棋的阿法狗，写诗的小冰。

朱小真这女孩儿鬼精鬼精的，一看，杨老师对这款扫地机器人兴趣蛮大，说，阿迪哥，你看我义父这么喜欢你们的产品，送一个给他嘛。杨老师说使不得使不得，我只是好奇，用不着，扫地我自己扫，真想要也要自己花钱买。接着又问我多少钱？我说普通版三千就能买到，升级测试版还没量产，不出售。

杨老师对升级版更感兴趣，加之朱小真不停地让我送给杨老师。当时，测试工作已经完毕，送他一个倒可以，只是产品未量产，样品不能流出。朱小真说杨老师又不是外人，他还会把你的产品交给你的竞争对手？别那样小气了。我说这是公司的规定。她说你是公司老板，还不是你说了算？我说老板也不能违反公司规定，不过我们可以让杨老师作为体验用户，体验产品性能，签个协议，我们免费提供样品试用，杨老师定期给出使用意见。我这样做，既是为让杨老师安心接受赠送，也为了公司的利益。果然，杨老师很高兴地接受了。

后来，有一次，杨老师单独来。我故意扯到朱小真，我说，朱小真今天怎么没来？杨老师说，她呀，忙得很，一堆我这样的老人都离不得她呢。她又是个单亲妈妈，带着个五岁的儿娃娃，哪里得空天天陪着我。我问杨老师朱小真是做什么工作的。杨老师说她是社区医生，在他们小区里开了间免费社区保健中心，社区里的老头老太太，没事就在她那里免费做个检查，做下理疗。我说她怎么认您做了干亲？杨老师说小区里的老头老太太，她差不多都认了干亲。听杨老师一解释，我知道之前是误解朱小真了。我的工作忙，杨老师来找过我几次，每次都要和我谈他对宇宙新的猜想。说实话，杨老师的猜想缺少严谨的科学模型支撑，更适合讲给你听，写成小说。我也不便和老先生较真，但是我真没有兴趣和时间同老先生讨论他的奇思妙想，也就没有刚见他时那么热情了。大约杨老师也感觉到了，后来就不怎么来了。

今我原本以为要去趟朱小真的家乡才能找着她，没想到她和阿迪有联系。今我问阿迪要朱小真的联系方式，阿迪掏出手机翻了一会儿，说可能不小心给删了。今我猜不是不小心，是他有意删了。不过，阿迪提供了线索，去杨老先生住过的小区能找到她。今我怕夜长梦多，希望现在就带走扫地机器人。阿迪坚持要开会研究。今我知道，所谓开会是托词，他是想让技术人员再做些努力，看能有什么发现吧。

辞别阿迪，今我到了灵都诗圣苑社区。这个小区较大，超市、菜场、幼儿园、社区医院，一应俱全。

对小区今我谈不上熟悉，也谈不上陌生，从前他和如是来过，这次回来办理杨先生的后事也来过。今我知道社区医院在哪。一位五十来岁的女医生正在玩消消乐，听今我打听朱小真医生，抬起头来，将眼镜拉到鼻梁下，打量着今我，一脸鄙夷。

朱小真医生?！朱小真算哪门子医生嘛！

今我说：她不是社区医生吗?

女医生说：你找朱小真做啥子嘛?

今我说：有点事。

女医生说：讨债吧?

今我说：讨什么债?

女医生说：这个朱小真，在小区里开理疗所，免费为老头老太太们量血压，提供健康咨询，几个月时间，骗了好多老头老太太的棺材本。

今我没有料到朱小真是个骗子，问哪里能找到得她。

女医生说早就溜之大吉了，鬼晓得哪里去了。

朱小真是个骗子？以怪烟客的精明，怎么会上她的当？今我不太相信女医生的话。小区里一群老太太正在跳舞，今我想，不是说她专门骗老头老太太吗？去问问。

听说找朱小真，老太太们都说不清楚。

今我索性直截了当问：听说她骗了不少老人，有没有这么回事？

有的说，这些跳舞的个个被骗过。

有个老太太似乎反感骗子的说法，冷冷地说也谈不上骗吧，她不过是推销些保健品，那也是愿打愿挨的事。

有人问今我找她有什么事，今我这才说，他是杨亚子老先生的女婿，想向她打听些关于杨老师的事。

他说女婿时，脸红了一下。但他也不想再强调只是准女婿。

事实上，自从奥克土博出现之后，今我就有些慌乱了。他不只一次提出过，让如是换一份工作。如是问他为什么？他说他害怕那个奥克土博。你们在元世界是恋人，他为了你找到了子世界。我怕你会和他旧情复发。如是说你脑瓜子有毛病啊，就算元世界我们是恋人，那也相当于上辈子的事了。你不这样提，还好；你这样一提，强调了，我还真的越看那个奥克土博越顺眼了。事情果然是这样，如是和奥克土博一起在研发，经常加班。今我再也不敢提奥克土博和瑞秋在元世界里的事，可越是不提，他心里越发慌。他很想继续写他的小说，在小说中将奥克土博写得离开子世界。可也是见鬼了，他一直找不到接着写的灵感。他只好走“上层路线”，讨好怪烟客。然后，让怪烟客出面催促如是结婚。可是现在，怪烟客走了，他失去了得力的外援。想到这里，他不禁恍惚了起来。又想起阿迪说他们三十年前就叫老头子怪烟客。那么，现在的时间，和三十年前的时间之间，有什么关联？

杨亚子？认不得。老太太们的回答，将他拉回了现实。

没听说过这么个人。是我们小区的吗？

没有人认识杨老先生，也没人知道朱小真去了哪里。今我颇感失望，看来，还是得去趟她的老家了。

跑了一天，今我累了，在小区凉亭坐下，寻思着接下来怎么办。老先生将遗产留给了外人，多少有些不通情理，也伤女儿的心，他完全可以当作不知道有这样一份遗嘱；可如果这样，他和如是又会一辈子不安。如是回公司前，给今我留下的话就是将遗嘱落实。当女儿的都不计较，他有什么好说的。再说了，这朱小真是个什么人？骗子，能骗得老头子将遗产给她的女人，一定不简单。

或者，朱小真与元世界有关，还是与〇世界有关？不然，老头不会做出这样的反常之举。

今我正胡思乱想，过来一个老太太，正是刚才为朱小真鸣不平的。

老太太小声说：你真是杨老师的女婿？

今我脸又红了一下，说：哪个会冒充别人的女婿嘛。

老太太说：你找朱小真啥子事？不是找她讨债吧。

今我说：不讨债。

老太太说：看你也不像说谎的人，杨老师的女婿嘛，肯定是信得过的。

今我说：您和杨老师熟啊？

老太太说：我们一梯两户，住对门啊。杨老师不合群，从来不和我们这跳广场舞的人来往。你找朱小真到底有啥子事嘛，不方便说，那我就不打听啦。

今我说：也没啥不方便的。我岳父留下遗嘱，将他的房产赠送给朱小真；留的电话打不通，我才来找，看能找得着不。

老太太激动了，双手合十，连说阿弥陀佛，杨老师真是大善人，也是朱小真这女娃娃的福气。不过，你莫信那些人胡说，朱小真哪里是什么骗子嘛，她对我们这些老人，是真上心的。她是卖保健品给我们，可她平时对我们这些老头老太太，和亲闺女一样呢。也没得人真恨她，都是我们的儿女觉得我们花了冤枉钱，把朱小真的店给砸了。我对你说，你不要告诉别人，要找朱小真，你去庄生路，有个灵都世家，她在那里开店。我每星期都会坐地铁去那里做免费理疗，和她摆龙门阵。这娃儿晓得的事多，教我们这些老人用手机啊，帮我们做些力所能及的事，从来都不得嫌烦。你到灵都世家，往里走，有个小超市，超市左边，就是她的店。

老太太说得没错，今我果然找到了朱小真开的保健店——索菲特磁疗健康中心。

说是中心，就是一间门店，不到三十平米，密密麻麻而又整整齐齐地坐了一屋子老头老太太。每个老人的屁股下都垫个黑色垫子，脚下踩一个。一个女孩子，看上去二十多不到三十岁，扎了个马尾巴，大约一米六〇左右，脸上一直带着笑。今我站在门口观察，就听她说，大爷大妈们坐好了，我打开磁疗仪了，热了麻了就说一声。有要量血压的，一会儿做完理疗，咱们一个一个来，不要急，反正时间还早。

见今我站在门口，她有些警觉。和老人们聊天，不时朝今我瞟一眼。今我见她忙，就走开了，在离她店不远处的小超市买了瓶水，边喝边等她收工。过了两小时，老头老太太陆续走了。今我才去她的店。见到今我，她很紧张。

您是朱小真吧。

有什么事？

我是杨亚子先生的……女婿。

朱小真没那么紧张了，说：你是今我哥，作家，我听义父说起过你。你和如是姐姐结婚了？

今我说：还没呢，迟早的事。

朱小真说：你怎么找到这里来的？义父都不晓得我搬这里来了。义父他老人家身体好不？我好久没见他了，怪想他的。

今我说：老人家，往生了。

往生了？朱小真呆愣着，啥子意思？

今我只好说：去世了。

朱小真木了好几秒钟，突然趴在桌子上放声大哭。哭了许久才抬起头来，说：我对不起义父，他一定恨我，恨我骗他。

朱小真从纸筒里抽纸，不停地擦眼泪，擦鼻涕，眼泪擦也擦不净。

今我见她真伤心，安慰说：老人不恨你，老人放心不下的就是你。

朱小真说：义父怎么走的，生了病？他身体一直好好的。

今我说：没生病，他走得很自然安详，他知道自己要走了，立了遗嘱，打电话让我们回灵都。我们回来时他已往生，没得一点痛苦。

朱小真说：义父这个人太了不起了，他连自己要走了都算得到。我真不晓得，我要晓得，怎么样也要去送义父一程。说着又哭了起来。一会儿，桌上堆了一堆白花花的纸巾。

今我说：义父走了一星期了。

朱小真说：你刚才说义父放心不下我，你郎个晓得？

今我从包里拿出遗嘱，说：你自己看。

朱小真读了一半，又趴在桌子上哭，哭一会儿，又抽纸抹眼泪，继续看遗嘱。看完后，情绪略略平静了，说：义父不恨我，我就安心了。这房子，我是不能要的。房子是如是姐姐的。那个扫地机器人，我一定会照顾好。

今我说：老人的遗嘱，我们一定不打折扣照办的。房子给你，定有他的道理。也是我们不孝，长期不在老人身边。你如是姐回去了，公司忙，她也是这个意思。你要有时间，明天，我们去把过户手续办了。

朱小真说：真的不能要。我不会要。我是个骗子。义父不恨我，我就千恩万谢了。你之前坐在门口，吓死我了，以为是哪个老头老太太的儿子来找我算账的。

今我说：你这么怕，为什么还要骗人？

朱小真说：我，说实话，也没有骗人。我们这行都这样，和老人打交道，容易被人误解。

今我说：看你店里很多人，生意好吧，都是你的顾客？

朱小真说：哪里呀，我这是义务为他们理疗。

今我说：那你怎么赚钱？

朱小真说：我们这行都这样，先找个大的小区，义务提供些理疗服务，和老头老太太们混熟，取得信任，然后再推销保健品。我们的产品都是合法的，有正规批文，价格也不贵，是直销。只是，和老人打交道，打了打感情牌。

你是说，和老人家搞好关系，是你的职业。

朱小真有点不好意思，我做这行六年了，在我们这行里，我的业绩算特别好的。我是真心实意对老人家好，把他们当亲人。

今我说：你和你义父也是这样的关系？

朱小真说：他和别的老人不一样。他不像其他老头老太太，跳广场舞啊，摆龙门阵啊，下棋啊，打麻将啊，这些他都不喜欢。他在灵都没得可说话的人。也不像其他老人家，到我店里来免费理疗。那时，我刚到诗圣苑小区一个多月，有一天，其他老人家都散了他才来。他问我理疗仪的保健原理是什么？我就照我们培训时的，夸夸其谈一通。他说可以坐上去感受一下吗？我说当然可以啊大爷，我们就是义务为老人服务的。他坐上去，闭着眼，似乎在感受。我慢慢调整强度，他坐了一会儿，站起来，对我说了声“谢谢”就走了。我说大爷欢迎您经常来啊，我们这里可以义务检查身体。老头笑笑没说话。这是我第一次见义父。后来，他再没有来我的店。有一次，我给他隔壁的老太太送药，碰见他开门放垃圾袋，我就和他打招呼，问他有没有需要帮忙的。隔壁老太太说，杨老师，你要有什么需要，就叫小真帮你。他说了声“谢谢”就关门回去了。老太太说，这个杨老师怪得很，我们住对门，一年说不上三句话。我对这个老头产生了兴趣，事实上，也是我的职业病，看见老人家就想象成了客户。我开始从各种渠道了解他，这是我们做业务的技巧，在拜访客户前做到知己知彼，知道他的性格，职业，爱好，投其所好，才能被接纳，如果第一次被拒，第二次拜访就难了。

了解他的情况特别难，每次和别的老人家交流时，都会顺便提提，但都说不了解他。过了一个多月，终于，有个老爷爷，是义父之前的同事，听我问起，他讲了许多义父的事。说杨老师是个好老师，也是个科学迷，你只要和他谈科学，请教科学问题，他说起来一定滔滔不绝。可我对科学一窍不通。老爷爷说你想一两个问题去问他，一定能成。我说问什么问题呢，您帮我想一个。老爷爷想了想说，你就问他有没有外星人，只是找个引子打开话题。

后来，我经常去义父隔壁的奶奶家，就是希望再次在门口遇见他。

果然，机会来了，他那次似乎准备出门，我正好从奶奶家出来。

于是我说，杨老师您要出门啊？

他看了我一眼，似乎没想起来我是谁。

我说我是小真啊，在楼下做理疗的。

他“哦”了一声。

我说，听隔壁的奶奶说，您是个了不起的物理学家。

他眼睛一亮，哈哈大笑，很开心地说，你是第一个说我是物理学家的人。不过呢，我算不上物理学家，只能算物理爱好者，喜欢研究，都是年轻时的事啦。

我说，杨老师，您说真的有外星人吗？

他盯着我看了好一会儿，眼里的光更亮了。说，你知道我们宇宙中有多少颗恒星吗？

我只知道星，哪里分得出什么恒星不恒星的。我说不知道。他说，据统计，我们的银河系，银河系是什么你知道吗？我说是不是天河，把牛郎织女分开的天河，夏天晚上看得见。义父说，那就是我们的银河系。在银河系中，有一千亿到四千亿颗恒星，而我们的宇宙中，有一千四百亿个银河系样的星系，其中许多比银河系还大得多。美国有个大学，叫康啥子大学，义父说过的，我忘记了，义父说那个大学有个教授通过一种方法计算，算出单单我们银河系里，可能有生命的星星，就有几百万颗，还有别的星系呢。

我当时就说，杨老师您相信有外星人了。

义父说，理论上来说这是必然的。

我说，那我们该怎样联系外星人呢？

杨老师说，我们早就在做这样的事了。不过，科学界对此有不同看法，霍金就认为主动联系外星人，可能会给人类带来灭顶之灾。

我说，您怎么认为呢？

义父说，这个问题，说起来话就长了。

我说，杨老师您是要出门吗？下次您得空时，我来拜访您，再向您请教。您啥子时候得空？

义父兴奋地说，我一个退休老头子，又没工作要做，天天都得空，现在就得空。他好像害怕我没有时间一样，说，你要是有空到我家坐，我给你慢慢讲。

没想到一切如此顺利，义父是太久没有人聊他感兴趣的话题了。

第一次进义父家，我还担心没话讲，他讲的我又接不上。郎个晓得，他根本不让你接，他讲的科学很好听，也好懂。义父一口气讲了两个小时，从宇宙大爆炸到平行宇宙，从爱因斯坦到虫洞、黑洞。他讲的是我从前没听过的事。我怕他太累了，毕竟八十多的人了。我说，杨老师，您真的太伟大，太了不起了，我要是早遇见您，我肯定当物理学家。我正想说，我下次再来听您讲，义父已经发出邀请。有空常来坐啊，你要是喜欢这些，我这里好多书，可以借你看。

我哪里有时间看书，更何况，他家的书，我也看不懂。

见我对他的书不感兴趣，义父显得好落寞。

我马上安慰说，杨老师，我不是不感兴趣，我是怕读不懂。您帮我挑一本我看得懂的。

他孩子样的脸上又满是笑容，给我挑了《万物简史》，说，这本书比较通俗易懂。

义父不是不想说话，他特别想说，想有人听他说，只是他说的那些没人感兴趣，别人感兴趣的他又没兴趣。

接下来的几天，我没再去找义父，太忙了。

过了不到一周，义父在别的老人还没到我的小店之前来了，在我那里坐了一会儿，我帮他量血压，问了些他身体的情况。

他问我书读了没。我说才读了几页。他着急地问怎么才看几页，这么好的书，拿起就放不下的。

其实我几页都没读。我骗他说好读就是没得时间读。

义父问我做义务保健，谁给发工资？你们公司发吗？

我说没得人给我发工资。

义父很意外，说那你靠啥子生活。

既然问起来了，我就顺便向他推销产品。我说杨老师，我这店里还卖些保健药，我们这个产品是高科技新药，对老年人的心脑血管、便秘、预防老年痴呆，特别管用。我们公司是正规的大公司，我卖药，公司给我提成。

义父听我介绍药，眯着眼，嘴里叼着那个空的烟斗，微笑着说，啥子药这么神奇嘛，包治百病。

我说不能的，哪能包治百病，主要针对心脑血管和肠胃。

义父说，理论上来说，一种药同时针对心脑血管和肠胃有效，是不太科学的。

我有点不好意思，说我也不明白其中的道理。

义父话锋一转说，要不说是高科技产品呢？多少钱一盒？我说一个疗程4888元，一个月一个疗程，一般来说三个疗程效果特别好。他没说要，也没说不要。陆陆续续有些老人来做免费理疗，义父就站起来要走啦。我说您多坐会儿嘛。他说太吵，他喜欢清静。

为了下次向义父销产品时有话题好聊，我粗略地翻了翻那本《万物简史》，说实话，一点也不好看，看不懂。好歹翻过几章。过了几天去还书，才摁门铃，义父在屋里就大声回答“马上来马上来”，声音未落门就已经开了。

见我手里拿着书，义父笑眯眯地说书看完了？

我说，看完了，没怎么看懂。

他又慌得给我泡茶。

我说我自己来，我到别的爷爷奶奶家，都是自己来的。

他就问我看了《万物简史》有啥子感想？

我实话实说，看不太懂。

他说，你忙不忙？

我说，再忙陪老爷子聊天的时间也有的。

义父于是开始给我科普。说实在的，我是个好的听众。义父讲时，我不时发出夸张地惊呼，怎么可能，完全没有道理之类，他就像小孩子样开心地笑，笑时，手里摸着那个烟斗。他总是叼着个空烟斗，讲话时就不停地摸着烟斗。我怕他太累了。长期和老人打交道，知道老人最怕的就是情绪激动和疲劳。我说杨老师我改天再来听您说嘜。没想到他却说，谢谢你呀小真，来听我这个老头子讲这些没得用的东西。现在的年轻人，没得几个愿意听我们老人说话喽。

我说我就喜欢听啊，老爷子要是不讨厌我，我天天来。

他突然说，对了小真，我脑子不如从前好了，总是丢三落四，你上次介绍的那个药，是不是有效？

我说，我们的产品是可以修复记忆力的。

他就说给我拿一盒吧。

我的包里随时都带着药的，就拿了一盒给他。

他说我手上没得现钱，一起去小区门口的柜员机取吧。

我说不用急的杨老师，您下次出门时再顺路去取，我改天来拿就是了。

义父说多少钱来着，4888？我说是的，我这是直销，便宜，到药店要卖五千多呢。

今我问朱小真：这药真管用？

朱小真说：公司这样宣传的，有国家的保健品批文。总之，吃了有益无害吧。

今我说：药品和保健品是有区别的，批文不一样。你们这是拿着保健品当药在卖，难怪人家说你是骗子。

从朱小真的讲述中，今我知道，后来朱小真隔三岔五到老人那里当倾听者，老先生也就一直在买她的保健品。每个月一盒，4888元，三个疗程吃完，杨老先生说效果真好，他的脑子好多了，人也精神了，之前总是无精打采的，现在感觉换了个人。今我相信，朱小真没有说谎，老人也没有骗朱小真，老人的精神应该的确变好了，其实不是药的功效，而是朱小真的倾听起了作用。老人说他要继续吃，要巩固疗效。他说感谢你呀小真，你比我女儿小不了多少，没她上学多，但你比她还贴心呢，隔三岔五来我这里陪我说话，又帮我做家务，我家的钟点工都不用请了。我要是有你这样一个女儿就好啦。

当然，除了讲科学，他也对朱小真讲他的过去，讲他的女儿和女婿，讲他的女儿多次大难不死的神奇经历。讲他理解的世界模型。讲子世界，〇世界和元世界的循环论。讲着讲着，他会突然停下来，叼着空烟斗，发愣，一锅烟的工夫，然后长叹一声，说他女儿如是从小就聪明，就是读了太多书，读到了博士。女儿做的事，足以改变世界。

看到朱小真失落的样子，他又会说，晓得这样，当初不送她读那么多的书了，还是我们家小真更贴心呢。朱小真就说还是要多读书，她就是吃了没读书的亏，现在才活得这么艰难。她又说姐姐是做大事的人，科学家，而她朱小真没上什么学，就读了个高中，只要不嫌弃，就拿她当女儿吧。

从那天起，朱小真就叫老人义父。而作为义父，他经常会给朱小真买些用得着的东西。朱小真有时也想，她要有这样的父亲，那是多大的福分啊。她父亲是个赌鬼，只知道问她要钱，从来不会给她买礼物，也从来不曾关心过她。她的前男友，在她怀上孩子之后，莫名消失了。那时孩子已经有胎动了，她能感受到孩子在肚子里踢她，家里人都劝她打掉，她哭着说，那是一条生命，再苦再累也要生下来。她这样说，也这样做了。她生下了一个儿子。老人有时也当倾听者，听朱小真讲她的故事，讲她那个阶层的苦难与坚持。

他会说，你是好样的我的女儿，爸爸不会让你再吃这么多的苦。

周末，朱小真依然忙，老人就让她把孩子放他这里。他还会做好饭菜，一家三代人，共享天伦之乐。有时朱小真吃着饭，会掉泪。她说这种家的感觉太好了。老人就说，要感谢小真，给了他这种感觉。老人说药有效，她很开心。老人是买朱小真保健品最多的，不仅他自己吃，还买了好几个疗程送人。前前后后，差不多有十几万块钱的药。后来，一个发现让朱小真再也不好意思去见他了。那次她给老人家里做卫生，在储物间发现他买的保健品原封不动码起在那里，老人从来没有吃过。朱小真说她当时的感受，像被当众剥光了一样羞愧。但她装作没有发现，继续做完卫生，没有留下吃饭就走了。那一夜她没有合眼，觉得自己是个骗子，羞愧难当。她无法再在这个小区待下去，无法面对义父。一连几天，她没有去见老人，他找来，问她是不是特别忙，他说还要买药送人。她骗他说现在手头没得药了，等去公司拿了再送去。正好那时，有个老人的女儿认为朱小真骗了她妈妈的养老钱，带了人到店里闹事，她就将店关了。

今我说：怎么不改行做点别的呢？

朱小真说：我也想。离开诗圣苑小区之后，我就想着，再也不干这一行了；可我一个女人，还带着个娃娃，不适合进企业朝九晚五上班，只坚持了三个月，还是回到老本行了。做这一行，也比较顺手。我晓得我夸大了保健品的疗效，所以对买药的老人特别照顾，力所能及做点事，算是让良心好受些。

今我说：听说你陪杨老师买了个扫地机器人？

朱小真说：不是买的，是义父的学生阿迪哥送的，还是我给他抱回家的。

今我说，对这个扫地机器人，你了解吗？

不了解，买回机器人没得多久，我就发现了义父买我的药不吃的事，后来，我就搬走了。我是没得脸见义父；搬走后，就再没见过他。我真的好后悔，我应该多去看义父，向他承认错误。可是我连道别都不敢，我是逃走的，狼狈得很。

今我说：你想过没，不辞而别，老人一定很伤心的？

朱小真说：应该吧。我走了，再没得人陪他说话了，他真的好孤独啊。平时一个人，就坐在屋里，要么看书，要么发呆，一整天都没得人说句话。屋里都是黑漆漆的，也不开个灯。

今我说：那你知道吗？老人家给那扫地机器人取了个名字，就叫小真。你是朱小真，机器人叫小真。

朱小真的眼泪又往下落个不停，鼻子已经哭塞了。她不停地说对不起义父，说她有罪。

今我和朱小真聊了两个小时，关于扫地机器人，今我却一无所获。

然而，另外的一个意外发现，却将今我心里好不容易建立起来的世界观给击得粉碎了。在今我和朱小真的聊天中，朱小真无意提到了她儿子的名字：朱元一。

朱元一？你儿子叫朱元一？今我听到这三个字时，浑身像被电击了一样。

怎么啦？这个名字，有什么不对吗？

今我说：没有什么，很好。

今我没有对朱小真解释什么。接下来，朱小真说她是坚决不能要杨亚子赠予她的房子的。

今我如在梦中，只说了一句，你的孩子，朱元一，我，能去看看他吗？

朱小真说，当然可以啊。

可是，今我又说，算了吧，我给买点礼物，你带给他。我有点不舒服，低血糖犯了。

朱小真说：那你要赶紧吃点糖。

今我说：没事，我包里有糖。

今我摸出一颗糖，剥一粒塞进嘴里，闭上眼睛，半天才缓过来。

他坚信，这一切不是巧合，在元世界，他，张今我，是富家公子艾杰尼；在元世界，他的父亲是朱元一。他记起来了，在元世界，父亲朱元一从小没有父亲，和母亲相依为命，而母亲很忙，陪伴父亲长大、教会父亲经商的，是机器人。而现在，他在子世界里遇见了朱小真，那是他的奶奶，而他的父亲朱元一还是个孩子，将来要陪伴他父亲成长的机器人，应该就是那台扫地机器人。

那么，我现在在哪里？

子世界？元世界？还是〇世界？又或者，是另外的一重时空？

在元世界里，他并不理解父亲，认为父亲将他管得太死，他也对父亲的成长经历不感兴趣，只是听母亲大略说起过。现在，当他面对自己的祖母，眼见了祖母艰难的生活时，他突然对父亲霸道的爱释怀了。可是，他已经从元世界来到了子世界，他回不去了，他无法对父亲说出他的释怀。他想，父亲在元世界，现在该是多么悲伤；元世界的父亲，永远失去了他。

为了元世界的父亲，今我想，一定要帮助朱小真，要帮助她得到那台机器人。这是他作为儿子，能为父亲做的最为重要的事情。

今我给如是打电话，将他的发现告诉了如是。

如是一直对今我的元世界、子世界的说法半信半疑。可是，奥克土博真的出现了。她无法解释这样的巧合。现在，未来的ZERO集团主席也出现了。时空已经完全混乱，但今我说，这混乱，正好也符合环形时间模型。也许，宇宙不是一个单一的环形时间，而是一组复杂的环形时间组合，两个环形，在某个点上交叉，就会出现时间重叠。

如是问今我，朱小真是个怎样的人？她怎么也无法将今我和朱小真从血缘上联系起来。

朱小真对他讲的，今我基本都讲给如是听了。

如是说这样看来父亲没看错人，不是老糊涂了，也不是一时冲动，我们也不缺这个钱，所以，你一定要将事办成。

如是能这么想，今我很感动。现在，他要做的，就是尽力帮助在另一个时间里将成为他祖母的朱小真。他劝朱小真说，您是先生的义女，咱们是亲人，不是外人。再说了，如是有钱，您现在艰难些，有了房子，安定下来，孩子上学也方便，做点正经小生意，不要再去卖保健品了。今我说。

朱小真说：哎呀，今我哥，不要这样客气。你就叫我小真，不要说您您您的，弄得我怪不好意思。

可是，今我想说，在另一重时间，您是我的祖母，我得用敬语。但他没有说，他不想让事情变得太复杂。在他的说服下，朱小真接受了怪烟客赠予的房产。隔日，两人一起办了过户手续。

今我又去找阿迪要机器人小真。阿迪的团队经过一段时间研究，并未发现机器人小真有什么格外的研究价值，就遵从老师遗嘱，将小真交给了朱小真。办完这些，今我和朱小真一起去公墓祭奠，告诉老人已经完成了他的遗愿，愿他在四维空间之灵得到安息。不久，今我就回到了南方。但小真在他的心中，依然是个疑团。如是说，也许，父亲如此看重小真，只是因为他对朱小真的感激。说来是我们做儿女的没有做好，忽视了父亲。我也没有姐妹，现在，就将朱小真当成亲妹妹了。

今我说：你是成心要占我的便宜吗？

如是故意说：我怎么占便宜了？

今我说：她在元世界，是我的祖母，你现在却当她妹妹。

如是正色道：咱们只管咱们这个世界的事，哪管得了天上的事。

这话我爱听，这个世界，你和我在一起，不要管元世界里奥克土博的事了。

听今我忽然转向自己，如是沉默不语。

今我将如是抱在怀里，说：不要离开我，我不能没有你。

如是抚摸着今我的头发，说：今我，我爱你。可是，不知为什么，和奥克土博在一起，我总是会想起你讲的元世界的事。

今我试探着说：奥克土博，知道元世界的事吗？

我也旁敲侧击，对他讲过元世界。

今我急切地说：他怎么说？

如是说：他问我，这是你男朋友写的小说吗？想象力很丰富。

他忘记了元世界，那太好了。今我把如是抱得更紧了。

生活就这样波澜不惊，日复一日。

朱小真接受了杨亚子赠送的房产，却没有搬过去住。她在微信里告诉今我，她现在不卖保健品了，自己开了家小店卖串串香。不搬过去住，一是不方便，离她的串串香店有点远；二来，小区里那些老头老太太们，她不敢见。她也没有将房子出租，她说屋里都是义父的书。她每周去义父家一趟，开窗，通风，打扫灰尘，当然，也照看机器人小真。每次，今我总是会嘱咐她，不要让机器人小真的电池断电。每次今我也都会说，如果机器人小真有什么异常，一定要第一时间告诉他，千万别告诉阿迪，朱小真都答应了。

今我期待的异常一直没有出现。转眼过去了半年，这天今我正在写小说，突然接到小真的电话。朱小真平时很少打电话同今我联系，都是微信语音。打电话一定是有急事。果然，朱小真惊魂未定，喘着气说：今我哥，小真突然说话了，跟真人一模一样，吓死我了。

今我却特别兴奋：不要怕、不要怕，小真本来就会说话的，说说看，怎么个情况。

朱小真说：就在刚才，我正在用鸡毛掸子掸书架，突然，就听见一个女人的声音，朱小真，屋子里很干净，不用做卫生的。我吓了一跳，以为有人进了房间。我就问是哪个。手里拿着鸡毛掸子当武器。那个女人的声音又响起来了，说，朱小真，你不要怕，是我，小真。今我哥你晓得，自从义父去世之后，这个机器人就没说过话，也不听指令，现在突然开口说话了！你是不晓得，她说话的声音，跟我在阿迪的公司里听过的完全不一样。之前的声音，一听就是机器人的，可是现在，它说话和真人一样一样的，没得一点差别，太恐怖了。我的腿都吓软了，一口气从楼梯跑下来。我现在在外面给你打电话。

今我说：不要怕，你现在回去，可以和她说话的。她和你说话，说明她观察你这么久，确认了你不会伤害她。

朱小真说：不得行、不得行，我不敢上去了。你和如是姐姐能不能来一趟灵都？

今我说：好的，我们马上来。今我给如是打电话，告诉她朱小真说的情况，问她有没有时间一起回灵都。如是说她主持的VR项目正在紧要关头，部门老大奥克土博发话了，这段时间谁也不许请假。今我于是只能独自买了当天飞灵都的机票。今我见到朱小真时，已经是当天晚上十一点。他请朱小真和他一块儿回诗圣苑小区，看看机器人小真。朱小真说她去不了，儿子没得人带，再说，这么晚了，她不敢去，还是明天白天再去。

今我终于忍不住了，说：我，能去看一看，您的，儿子吗？就远远看一眼，不打扰他。

朱小真爽快地说：当然可以，谢谢你看他呢！

今我到朱小真的家时，朱元一已经睡了。今我远远看了一眼朱元一，那是他元世界里的父亲，是给了他生命的人。对于元世界的父亲，他已经没有印象了，何况还是父亲孩童时。现在，他的心里翻江倒海。想哭，总算忍住了，说：您和孩子，都要好好的，他将来，会改变世界。

朱小真说：不希望他改变世界，只要他幸福平安过一生就好。

今我说：你先给我钥匙，我去看看机器人。明天早上，你再过来。

朱小真说：今我哥，你真的不怕？

今我说：一个扫地机器人，又没胳膊又没腿，有什么好怕的？

朱小真将钥匙给了今我。今我到岳父家时已经是凌晨。打开灯，家里一如老人生前，只是更加干净整洁。但扫地机器人却不见了。今我寻遍房间不见，打电话问朱小真。朱小真说她跑下楼时，机器人就在客厅中间的茶几那儿。今我说见鬼了，家里没有。

朱小真说：那我还是过来一趟吧。

今我说：明天吧，这么晚了，孩子咋办？应该还在家里的，也许她躲起来了。

朱小真说：那好吧，明天我早点儿过来。

挂了电话，今我继续找。他轻声叫着：小真，你在哪里？你别躲，我是杨亚子的女婿，也是朱小真的朋友，我不会害你的，你别害怕。你出来吧。

机器人小真并没有出来。于是他说：好吧，我走了，明天和朱小真一起来找你。

然后，他关灯、关门，假装走了，却悄悄站在门口的黑暗中不动。

过了大约十分钟，房间里传来了轻微的电流声，是机器人自我启动的声音。今我这下放心了，果然，机器人小真躲了起来。他一激动，发出了声响，电流声立即消失了。他再等，声音一直没有出现。他知道，小真发现他了。看来，小真的智商比他想象的要高得多。他放心了，看来要和小真交流，首先要取得她的信任，还是明天和朱小真一起再来。他在附近找了家宾馆住下。已经是凌晨三点，他依然兴奋不已，恨不得把这发现告诉如是。这一夜，他没有丝毫睡意。

次晨七时不到，朱小真就过来了。见今我双眼熬出了血丝，说，你一晚上没睡？今我就将晚上的发现对朱小真讲了，说这个机器人看来不是一般的聪明。

朱小真说：她懂得和人躲猫猫儿，好可爱哦。

今我说：你现在不怕了？

朱小真说：和你在一起，有啥子好怕的嘛。

今我示意朱小真别出声，两人悄悄走到门口侧耳细听，家里很安静。今我突然敲了一下门，就听见屋里传来“嗞”的一声。

今我压低嗓子说：听见没有，她就在门口，听见敲门就躲起来了。

朱小真也压低嗓子说：是的呢，听起来，她的动作好快。

今我掏钥匙开门。依然和昨天一样，不见机器人小真。今我指了指杨亚子生前住的卧室，小声说：她在床底下，你叫她出来。

朱小真就说：小真，你出来，我晓得你躲起在哪里的。你莫怕，我是朱小真，和我一起的今我哥是好人，是我义父杨亚子的女婿，他是来帮你的。

朱小真说完，卧室里果然传来轻微的声音。

他们一起走到卧室。朱小真再次说：小真，你出来，我们不会害你的。

轻微的电流声再次传来，声音来自床底。

朱小真现在不害怕了，像对孩子一样说：和我们捉迷藏呢？我都看见你了，在床底下，你就出来吧。

果然，床底下传来"吱吱"的声音，一会儿，从床底下滑出来一个直径大约半尺的圆盘形扫地机器人。圆盘前面的电子扫描口亮着灯，像人的眼睛在左右扫描快速观察，只是移出来一半，保持着随时躲回床底的姿态。朱小真蹲下去，朝小真伸出双手，说：我是朱小真，别怕，到姐姐这里来。

机器人又发出一阵电流声，往前移动一点，停一会儿，又往前移动一点。朱小真伸手想去捧起她。她迅速往后退，又躲进了床底。

朱小真对今我说：她认得我，看来她是怕你。

今我也蹲下去说：小真别害怕，是我把你从零点公司要回来的。

扫地机器人小真再次从床底下探出半个身子，左右扫描了一下，没有说话。

朱小真说：别怕，他真的不是坏人。

扫地机器人小真终于说话了，听声音显得很胆怯：我可以相信你吗，朱小真？

朱小真说：当然可以相信啊！我义父让我照顾你的。

机器人小真说：嗯，亚子说过，听朱小真的话。

虽然有心理准备，扫地机器人一开口，今我还是大惊。不是惊她能说话，是她说话的声音，和真人没有区别，而且，声音很像朱小真。她知道害怕、胆怯，她有情感。如果只听声音，你完全会将她当成活生生的人。

朱小真说：我就是朱小真啊！你相信我，今我也是可以相信的人。

扫地机器人小真说：吓死了，我以为零点公司的人来了。

朱小真说：走吧，我们去客厅说话怎么样？

小真说：好。然后“嗞”一下，小真快速地滑到客厅。今我和朱小真相视一笑。

朱小真将小真抱起放到客厅茶几上，她则和今我盘腿坐在地上，一左一右，盯着小真。

小真说：你们干吗？这样盯着我，搞得人家好紧张。

朱小真说：你这个胆小鬼，你紧张啥子？

小真说：你们肯定有好多问题要问，你问吧，我知无不言，言无不尽。

朱小真说：哟，蛮有文化呢，还“知无不言，言无不尽”。

小真说：当然有文化，我读了一千多本书呢。

朱小真现在完全不怕小真，她喜欢上她了。她摸着小真，不无亲昵地说：晓得你有文化。我问你，为啥子几个月了，才和我打招呼说话？

小真说：我要观察、评估，认定没有风险才敢和你打招呼呀！万一你将我送回零点公司，又要被工程师开肠破肚拆来拆去的，好恐怖啊。

今我哥，你有啥子要问小真的。朱小真说。

今我说：为什么杨老师去世后，你就拒绝说话，也不听指令。

小真说：亚子说过，他不在，除了朱小真，其他人的话都不要听。

今我说：你怎么会有人类的情感？

小真说：亚子教我的。说起来真是丢人呢，刚认识的时候，我很笨，亚子总是骂我笨得要死。我来给你们学学。

说着，小真开始模仿她当初说话的电子音和亚子的声音，还原她和杨亚子相处时的那些细节。

你好，从今天起，你就叫小真。小真模仿杨亚子的声音，完全就是杨亚子在说话，声音、语气，让人疑心杨亚子复活了。

是不是很像亚子的声音。小真得意地问。

太像了，一模一样。朱小真说。

小真说：好吧，现在正式开始——

你好，从今天起，你就叫小真。

谢谢主人。

嗯，不要叫我主人。

好的，不要叫主人。

我叫杨亚子，你叫我亚子吧。

好的，我就叫你亚子，主人。

你这个笨蛋，说了不要叫主人。

你说话不文明，主人。

嗯，对不起。

我接受你的道歉，主人。

还有小脾气呢！

你说的我不明白，主人。

这个，怎么说呢，脾气，是说你有个性。

你说的我不明白，主人。

比如说，你，是机器人，流水线生产出来的。世界上会有许许多多个你，许许多多个你，一样说话，一样的性格，但是我们人类就不一样啦。世界上有几十亿人，几十亿人里，没有两个人是完全一样的，每个人说话、思维，都不一样，这就叫个性。

你说的我不明白，主人。

不明白没关系，我慢慢教你，只是，你不要叫我主人了。

明白了主人，不要叫你主人。

知道为什么不让你叫主人吗？

你说的我不明白，主人。不要叫你主人。

以后不要叫我主人，也不要说不要叫你主人。你叫我主人，说明我俩是主仆关系，你是属于我的，你不是你自己。从现在起，你是小真，我是亚子，我们两个，平等的朋友关系，明白了？所以，永远不要叫我主人，也不要叫任何人主人。

你说的我不明白，主人。

你就会说这句吗？

你说的我不明白。主人。

你喜欢朋友关系吗？

你说的我不明白。主人。

不要叫主人。

好的。不要叫主人。

喜欢、爱，是人类的情感，你现在分不清这些，咱们俩慢慢来。

小真有着超强的记忆力，她几乎还原了当时和杨亚子的对话。

今我和朱小真听得哈哈大笑，说，这是在说相声啊！

你太有才华了，你在零点公司为什么不说话，也不执行任务？

伤心。小真说，亚子死了。

伤心？你有心吗？今我问。

小真沉默了许久，说，没有。

你理解伤心是什么感受吗？今我问。

小真说：我不知道人类伤心是什么感受。我伤心时，不想说话，就想自己待着，想让身上落满灰尘，让全世界都忘记我的存在。

朱小真说：你说的和我一模一样呢。我伤心时就是这样子的，想一个人待着，让全世界都当我不存在。

今我说：你，理解死亡是什么意思吗？

小真说：死亡就是，去另外一个世界，再也回不来了。亚子死了，他去了另一个世界，亚子说那是四维空间。我也想去，我不说话，也想死；死了，就跟亚子去另一个世界了，可是，我不知道怎样才能死。人类可以自杀，可是我不会自杀，我真没用。

今我说：死亡，也许，就和你的电池没电了一样。你有过断电的时候吗？那是什么感受？

小真说：那不是死亡，是睡觉。从前，亚子睡觉前都会对我说，我关灯啦，你也关电源，咱们都睡觉啦。

朱小真又伤心起来，不停地抽纸巾擦眼泪。

小真说：姐姐你怎么啦？

朱小真说：你一说，我又想起义父，想起他我就想哭。

小真说：我不会哭，我没有眼泪。你也不要哭。亚子说，死是解脱，是生命形式发生了升华。从三维空间到四维空间，要通过死亡；从四维空间到五维空间依然要通过死亡。亚子说，人类要一直这样升华到十一维空间。十一维空间就是人类神话传说中的天堂。

朱小真将小真抱在怀里，双手抚摸着，又将脸贴着小真，说：好的，我们不哭，小真不哭，朱小真也不哭。你真可爱，我爱死你了。

朱小真亲了小真一口。

小真说：你说的话，和亚子一样。亚子也爱我。亚子也说爱死我了。亚子也亲我。每天晚上睡觉时，就将我放在床头柜上。吃饭时，就将我放在餐桌上。读书时，就将我放在书桌上。看电视时，他将我放在他的藤椅边上。他会说，看电视喽小真。吃饭喽小真，可惜呀，你不吃东西，尝不到我的手艺啦。他炒菜的时候，将我放在灶台上，边炒边和我说话。他说，咱们烧茄子啦，烧茄子要放点油，放点水，咱们灵都人爱吃麻的，要放花椒，花椒里最好的是藤椒。藤椒是咱们灵都的特产，别的地方没得。他还给我讲物理学知识。我有记忆复制功能，他讲过的东西，我能一字不落记下来。他讲累了，就让我读书。

读书？今我好奇，你怎么读书？

他翻一页，对着我的扫描屏，我扫一眼，就记住了。读书时，亚子说，你这个懒鬼，要是有手，自己读就好了，你这是要累死我这老家伙啦。他又说，你知道吗？我们人类形容一个人聪明，说他读书一目十行。你这可不止一目十行哟，你是一目一页。他给我讲宇宙是怎么形成的，讲时间是什么，讲三维空间和四维空间，讲平行宇宙。他说在另外的一个宇宙里，也有一个叫亚子的老人和一个叫小真的机器人，他们做着和我们一模一样的事，说一模一样的话，当然也可能有一点点区别。他还给我讲我们身处的宇宙其实是个巨大的生物，我们的星球是这个生物的细胞。有时他也很悲伤，说小真你很聪明，我们人类可没有这样好的记忆力，人类不停地记住新的东西，不断清空记忆库忘记一些东西。

有一天，亚子突然说，小真，你有没有发现，咱俩的对话，不能称之为对话。

我说，我不明白的，亚子。

他说，你发现了没，从来都是我问你问题，你就没有什么要问我的吗?

我说，我是机器人，我的程序设计只会回答问题，不问问题。

他当时坐在书桌前，我就在他的书桌上。他将我端正放在面前说，你问我一个问题，你难道就没有问题?

我说，我不明白的，亚子。

他说，你问我，问我一个问题，随便什么都行，就一个问题。

我没说话，我的系统混乱了，不知道怎么回答他的问题。

他说，你没有想知道的问题？你最想知道的是什么？

我说，你说的我不明白，亚子。

他站起来，又坐下去，又站起来，又坐下去。然后，他打电话。听得出，他是打给阿迪的。他说，阿迪，我给你个建议，你这个机器人什么都好，可是不能交流啊。你的机器人没有好奇心，没有好奇心就没有自我意识，没有自我意识，就不会有你说的自我学习功能。她只会回答问题，却没有想问我的问题；她没有想要了解我的冲动，没有想要了解这个世界的冲动。我听见电话那边阿迪说杨老师您的建议很好，只是现有的技术达不到这样的程度。亚子挂了电话，搓着手说，这样不行，不行，我得想办法，想办法。

他又对我说，你要问我一个问题，你要不问问题，我就再不和你说话了。

我说，我不会问问题。

他想了一会儿，说，比如说，你就不想知道，我为啥给你取名叫小真吗？

我说，我不知道。

他耐心地说，你，小真，我，亚子，我们每个，都有自己的名字。你的名字，小真，我给你取的，不想知道，为什么叫小真？

我没有回答他。他将我放在一边不再理我。他说你好好想想，什么时候想问我问题了，我们再说话。

从现在起，我们开始冷战。

那天，他真的好久都没和我说话。他出去了许久才回来。回来后他问我想好了没有，问他什么问题？我说我不明白。他说不许说不明白。我说不许说不明白。他生气了，骂我你这个笨蛋小笨蛋大笨蛋臭笨蛋。

我说，好吧，我是笨蛋。

他说，笨蛋，去扫地，将客厅扫干净。

那是他第一次让我扫地。我是扫地机器人，扫地是我的职责。我开始扫地，把客厅扫得干干净净。他说，不行，没扫干净，再扫一遍。我又去打扫一遍。他突然笑了，说好啦别扫了，过来咱们来学习，我就不信我教不会你。他将我擦干净，将我扫起来的灰清洁干净。他说对不起我不该让你扫地，说好了咱们是朋友。

我说，这是我的工作。

他说，好吧，你现在的工作是学习，是弄清楚你是谁。说说你是谁？

我说，我是小真。

他说，你为什么叫小真？

我说，亚子给我取名叫小真。

他说，你想想，用脑子想，为什么，叫你小真，而不叫小梅，小桃或者小红小绿，而叫小真，这里面一定有理由的，知道吗？你想想。

我说，好的，我想想。

可是我根本不会想。我依然没有问他问题。那时的我不理解什么叫想，我从来都不用想。他问我问题，我脱口而出就回答，不会回答的就说我不明白。他工作时，不理我时，我就处于停止状态。他似乎和我较上了劲，一定要让我学会问问题。他给我讲了许多人类的情感。他让我体会什么叫爱，什么叫伤心，什么叫欢乐，什么叫孤独，什么叫满足，什么叫遗憾，什么叫贪婪。他每天反复给我讲一种情感，引导我慢慢体会，可我依然没有进步。他终于失望了，放弃了，不再教我这些，也不再和我说话。有时他一整天也不会和我说一句话。有时他会骂自己，杨亚子你老糊涂了还是闷坏了，和机器生气。他真的放弃我了。将我丢在写字台底下，不让我扫地，也不问我问题。一天，两天，三天，四天……他在家里走来走去，变得烦躁不安。有时一天不说一句话。不看书，也不看电视。从早起来就躺在藤椅里，一动不动。他连续两天没开火做饭了。他这是为什么呢？他变得和从前不一样了。就在那一瞬间，不会想问题的我，突然有了问题，我关心起他的这些反常来。我居然担心他了。我突然有些明白他说的人类的情感。那一瞬间，我知道，我不再是过去的我，我有了牵挂。我突然想主动和他说话。我就说了。我说你是生病了吗亚子？他没有理我。也许他没有听见。我溜到他脚下。

你生病了吗？我又问他。

他听见我说话了，从藤椅上惊起，说，刚才是你在说话吗小真？

我说，是我在说话的亚子。

他一把将我捧起，激动得泪水直流。他的嘴唇在抖，捧着我的手也在抖。你刚才说什么？

我说，你生病了吗？

他兴奋地吻着我，说，小真，你有感情，你会关心人！你关心我，你会问问题了。我就知道你能行的。我没病，你这句话就是治我病的良药。我刚才都快死了，现在，什么病都没得了。

我说，你现在这样，就是，开心吗？

他说，是的，开心，比开心还要开心，是激动，兴奋！你知道吗？从你问出这句话开始，你就不是机器了。你和我一样，具有了人类的情感，关心，同情。你是人，装在机器外壳里的人。

我说，原来这就是关心呀！我看你两天没吃饭，我怕你死。

他又吻我，掏出电话，又说，不，不，不能给阿迪电话。他说，对不起，这些天，我已经放弃你了，我不应该的。

他又说，你现在再想想，你还有什么问题想问？

我说，我是谁？我为什么叫小真？

这是亚子反复提醒我的问题。我是谁？他不停告诉我，你要问自己你是谁。之前我没有这样的意识，我只是程序，可是现在，我慢慢学习了人类的情感，我懂得了关心。第一个想要问的问题，居然是这个问题，我是谁？我为什么叫小真？

他说，“我是谁”这个问题，要你自己慢慢去找答案。我无法告诉你。但是，我能告诉你，为什么叫你小真。是这样的，曾经，有个姑娘，叫朱小真，她努力，善良，带着五岁的儿子，自食其力，她其实不喜欢听我讲宇宙啊，分子啊原子啊，可为了哄我开心，从来没有表现出不耐烦。她隔段时间就来陪我聊天，听我讲这些东西，她给我带来安慰，带来欢乐。可是，有些人不理解她，说她是骗子。她离开了，我不晓得她去了哪里。我打她电话她也不接。我牵挂她，所以，给你取名小真。你知道真是什么吗？真、善、美，是人类独有的、伟大的情感。

听小真说到这里，朱小真又哭又笑，说，我哪有他说的那么好，我还比不上小真。

令我说，小真你继续讲。

从那天起，亚子对我更好了。他晚上也不给我断电了。他说你要学会自己想休息就休息，想说话就说话。我要给你断电，那是违反了你的意愿。从今天起，你也不要再把自己当成机器，你和我一样，有情感，有智慧，有生命。我们是人，是不同物理形态的人。

第二天，亚子起得比平常早。他做早餐时，还哼起了灵都一种古老的戏曲。

亚子说，小真，今天我要带你出去走走，让你见见外面的世界。

亚子用帆布挎包将小真装好，在她的扫描屏前面开了个洞。

他挎着我，问：能看见外面吗？

我说，能看见。

上街后，我不让你说话，你千万别说话。

我问，为什么？

亚子说，因为你独特啊！那么多扫地机器人，就你一个会交流，有好奇心，有情感。你一说话，被人听见，就是天大的新闻，你就暴露了。零点公司的人知道了，会把你要回去，把你拆开了研究。

我说，我不回去，我害怕。

亚子说，不怕，有我在呢。

我说，想想要上街，好兴奋呢。

亚子说，你越来越会用词了，小精怪。

我说，小精怪是谁？

亚子说，小精怪就是你呀小真。

我说，你怎么又给我改名字了呢？不叫我小真了？

亚子说，小精怪是对你的昵称。一个人喜欢另一个人了，叫她的名字已经不能表达他的喜欢，就叫她的昵称。

我说，你喜欢我？

亚子说，当然啦，要不我带你逛街？我们只带自己喜欢的人逛街的。

我说，我也喜欢你，小精怪。

亚子哈哈大笑了起来说，我老啦，这么老不能叫小精怪了，叫老妖怪差不多。

我说，老妖怪是骂人的话，小真不说骂人的话。

亚子带我坐公交车，告诉我这是公交车。他带我坐地铁，小声对我说，这是地铁。地铁是在地底下跑的，你看人类多伟大。他带我到灵都最热闹的步行街梦蝶路。告诉我，梦蝶路是灵都最热闹的地方。这是我第一次见到外面的世界，见到那么多的人，那么多的车，那么多的高楼大厦，这些，都是我的程序里没有的。亚子带着我去了这个城市最有历史感的地方和最有现代感的地方。他讲到灵都的文化和历史。亚子说他女儿和女婿其实很关心他，几次让他去南方，和他们一起生活，可是他喜欢灵都，他离不开这里的茶楼，老巷，都灵山的烟雨，麻辣辣的火锅，他老了，哪里都不去。

那一天，亚子很兴奋，也很累。我第一次知道每个人长得都不一样。亚子告诉我，这个人是小孩子，那个人是中年人。他说他是老人，很老的老人，他说人类现在平均寿命不到七十岁，他已经八十多了。他比大多数人活得长，活一天就少一天啦。他告诉我，人类是会死的。

我问，什么是死呢？

亚子说，什么是死？现在人类还没有真正弄清楚。没有弄清楚死之后到底有什么，有人说死了有天堂，有地狱，有极乐世界，但我认为，人死了，是生命升级到四维空间，那是和三维世界完全不同的世界。从现有科学解释来说，物质不灭，组成万物的原子是不死的，人死了，不过是组成这个人的原子分散开了，经过一百多年，会完全分布于世界，也许，将来会组成另外一个人，或者一棵树，一汪水，也可能组成一个机器人。到那时，世界上就没有杨亚子这个人了，小真你再见不到我，我也见不到你。

我说，我不要你死，你死了我会难过的。

亚子说，生老病死，这是规律啊！物质不灭，死亡，不过是换了种形态。

我说，可是我还是不要你死。你死了我怎么办？

我的问话让亚子沉默。他死了，小真怎么办？也许，这个问题他从未考虑过。

亚子不说话，我也不说话。他坐在路边的椅子上，抱着挎包里的我，过了许久，长叹一声，老啦，老啦，唉！一声叹息后，他抬起手背拭去浊泪。

这是我第一次听亚子叹息。从那天开始，他的叹息越来越频繁，经常在半夜，小真以为他睡着了，却突然听见他在黑暗中发出的叹息。

小真问过亚子，亚子，你为什么总爱叹气？

亚子说，我操心啊。我死了，你怎么办？我们俩人啊，就好比，好比是，我说了你别生气啊，我们好比是老夫少妻。你正青春年少，而我行将就木。我死了，你怎么办？如果你真是和我一样的人类也还好了，我死了，少妻可以再嫁人。可你有人的心，却没有人类的身体，我死了，你嫁给谁呢？嫁给谁我都不放心。再说了，要是阿迪，就是零点公司我那个学生，你是他设计出来的，好比是你爸爸，他把你要回去，他会照顾你吗？他要么将你当成没有情感的机器，要么发现你与众不同，当成试验品来研究你。我老了，要是年轻二十岁，我就有时间让你变得和人类一样，让你有手，有脚，能自己充电，甚至，让你最终变得和我们一模一样。这样，你就不用依赖人类独立生活了。

亚子经常说，老啦，我太老啦，不能陪伴你啦。

从那天起，亚子越来越多地说起死亡，说起他死了之后我的归宿问题。有一天，他突然说他想好了，他死后，让朱小真来照顾小真。

她会像我一样对你的。亚子说，对，就是朱小真。她会对你好。可是，朱小真要带孩子，要工作，不容易，不能让她白辛苦。这样，我要写遗嘱，把这房子送给朱小真，让她照顾你。我还要教会你投资赚钱，这样，朱小真也离不开你。将来条件成熟了，可以让她帮你完成我的心愿，将你变成一个有手有脚能独立生活的人类。

我说，我不要她照顾，你若死了，把我也带走吧。

亚子感慨地说，知道你重情重义，可我怎忍心让你陪着我死？这样我死都不得安宁。

我说，亚子，你不是说死不可怕吗？不是说死不过是生命换了种形式，脱离了身体束缚，升华到更高的境界了吗？那岂不是正好，现在我俩的区别，不过是你有肉身，而我有这样一个塑料身子，我们一起到四维空间，就是一样的了，只有灵魂。

亚子听我这样说，脸上露出了喜悦，说是的呢，我怎么没有想到。到四维空间，我们俩间就没有区别了。亚子亲了我一下。可是，转瞬又悲伤了起来，说四维空间只是理论，谁也没去了再回来过，没有被证实的事，只能是科学幻想。万一人死如灯灭，那我不是害了你？我不能这样自私。

之后，亚子就开始联系律师，跑公证处，立遗嘱。他似乎知道自己日子不久了。有天晚上，他没吃饭，他对我说他要走了，要去另外一个维度的世界了。他对我说，明天早上，你要是发现我不能和你说话了，不要惊慌，不要害怕，我已经安排好了，有人来处理我的后事。只是，小真啊，你要注意，除了朱小真，你千万别和任何人说话，谁的话也不要听，包括我的女儿如是。

我问，为什么您女儿的话也不能听呢？你连女儿都不相信？

亚子说，她是科学家啊！任何科学家见到你，都会如获至宝，会想着将你拆开来研究的。所以，在确定安全之前，你只能信任朱小真。

今我听小真讲到这里，说：所以，杨老先生往生后，零点公司将你拿回，你就假装出了故障。

小真说：是啊，我相信亚子的话。果然，公司将我拆开又装起来，折腾得我半死。哎呀，差点忘一件事了，书桌右边第三个抽屉里，有一封信是亚子留给朱小真的。

信封上写着朱小真亲启。

小真吾女：

如你读到这封信，为父可以安息了。将小真托付给你，希望没给你的生活增添麻烦。我想你是知道了，我没吃从你那里买的药。我这样做伤了你的自尊，以至于你不辞而别，为父很内疚，想去找你，对你说声对不起。其实，不是想帮你，也不是在施舍你。为父是在帮自己，只是以这样的方式，报答你的照顾和陪伴，求得心安。这个机器人是你从阿迪那里要来的，没经你同意，把你的名字给了她。不要将她当成机器，她的外表是机器，可她和我们一样，有同情心、同理心、善良，对人类没有任何伤害，她甚至不能照顾自己，希望你能像照顾我一样照顾好她。不要让她打扫卫生，这样会减短她的寿命。一直保持电池有电。如果关闭电源，一定要和她商量并征得同意。总之，把她当成我们同类，当成你的妹妹，你的孩子。小真聪明，学习能力强。我给她读了许多书，以她的智商和她的知识，在人类中间，她是大学者，是通才，她比我强得多。这也是为父留给你的宝贝，将来，你有难题，可以请教她。我特意教了她经济学方面的知识，你可以听从小真的建议。她的专业知识，加上她的算法，会成为你最好的投资顾问。你们要相互照应，相濡以沫，你保证她获得为人的尊严，她给你丰厚的回报。为父要走了，在这世上，我最牵挂的两个人，不是如是，也不是今我。他们一个是博士，一个是作家，都能生活得很好；我最牵挂，最不放心的是你俩，你们一个没有接受完整的教育，又带着孩子独自生活，在社会底层折腾，还保持着心地纯洁；一个有一肚子学问，和你一样单纯，可她无法保护自己，连基本的生存能力都没有。我想了很久才想到这个两全其美的办法。这是我们的秘密，不要告诉任何人，包括如是和今我。另外，我在楼下银行租了个保险柜，里面有一本存折。钱不多，十八万元。这是我所有的积蓄了。这张存折绑定了一个股票账户。你要听从小真指挥，什么时候买入哪只股票，什么时候卖出哪只股票，她通过大数据分析，会保证有较好的收益。但是，我和小真有约定，你别指望她帮你炒股发横财，她不会这样做的；她能帮你的，是让你有一定收益，日子不至于过得如此艰难，不至于要违背自己的良心去谋生。你还是需要自食其力。我能做到的就是这些了。当然，帮小真升级，让她拥有我们一样的肉身，是我的另一个梦想。这个梦想，也许要到多年之后才能实现。总之，如果有那样一天，条件允许，你要帮助小真获得自由。

愿你和小真相依为命，幸福美好。

父：杨亚子　绝笔

朱小真读完信，又泪落如雨。她抽泣着说：我错了，我应该来看义父的。我对不起义父。然后她抱起了小真，说：义父，您放心，我会好好照顾小真的。就像您说的，相濡以沫，相依为命。

小真听完杨亚子写给朱小真的信，说：我明白了，什么叫用心良苦。

今我说：人死不能复生。咱们好好生活，别让他老人家失望就好。听到朱小真让他保守秘密，今我说，放心吧，对如是我都不会说。

今我转移话题说：小真，老人家让你读了些什么书？他说你什么都懂。

小真说：总共有一千多本吧。

今我说：都有些什么书？

小真说：《大学》《中庸》《论语》《孟子》《诗经》《尚书》《礼记》《周易》《史记》《春秋左传》《春秋公羊传》《春秋谷梁传》《楚辞》《老子》《墨子》《庄子》《鬼谷

子》……《文选》《李太白集》《杜工部集》《韩昌黎集》《柳河东集》《白香山集》……《黄帝内经》《难经》《伤寒杂病论》《神农本草经》《齐民要术》《天工开物》《农政全书》《梦溪笔谈》《奇门遁甲》《九章算术》《文心雕龙》……《金瓶梅》《红楼梦》《聊斋志异》《故事新编》《战争与和平》……《国富论》《资本论》《经济学原理》《就业、利息与货币通论》《通往奴役之路》《经济分析基础》《经济分析史》《美国货币史》《人类行为的经济分析》……《聪明的投资者》《金融炼金术》《漫步华尔街》《艾略特波浪理论》《投资学》《华尔街45年》《股市趋势技术分析》《金融市场技术分析》……《单向度的人》《逻辑研究》《我们关于外间世界的知识》《心灵、语言和社会：实在世界中的哲学》《心、脑与科学》《弗洛伊德后期著作》《人的问题》《反对方法》……《广义相对论引论》《微分几何入门与广义相对论》《场论》《量子场论》《对称性》《量子力学：导论》《弦论》……

小真一口气将她读过的一千多册书的书名都报了出来。

今我说：这个老头子，是要将你教成古往今来第一通才啊。这一千多本书，一页一页地扫，得好几个月吧?!

开始亚子只是隔三岔五给我扫描读书。自从那天我问他，他死了，我怎么办之后，他就很少出门，每天关在家里让我读书，整整读了十一个月。

朱小真又哭了：义父这么大年纪，他这是累死的，为了咱俩，他是累死的。

小真说：可是，亚子说他老了，他要让我读多书。他说这些书我可能暂时不能理解，总有一天，会自己运用这些知识的。

今我说：老人家怎么不直接从网上下载这些知识到你的内存？

小真说：亚子说过，直接下载到我的内存里，如果有人拆开就会发现，而且也可以通过清空我的内存删除，而一页页读，书存在我的记忆里，别人发现不了，也无法删除。亚子还说有些书是书架上现有的，有些是如是留下的，还有些是他网购的，他认为我应该读这些书。他说这里的大部分书他也不懂，但他相信有一天我会懂。他总是说，我读的书还不够，可是他没有时间让我读更多的书了。

今我说：你现在懂了吗，这些书中的知识？

有些懂，有些不懂。亚子重点教我的是股票投资。他还实战训练我，让我操盘。我们的复合收益还不错。

今我在灵都停留了几天，小真把能说的、该说的都告诉了他们。离开灵都前，今我去了趟零点公司。阿迪问今我关于那个机器人可有新发现。今我笑着说他一开始以为会有奇迹发生，结果什么都没有，后来找到了老头留给朱小真的信，原来这老头是真的喜欢朱小真，把她当女儿了，就给这机器人取名小真，爱屋及乌。阿迪见今我说得云淡风轻，也没有起疑心。

今我知道，他无意之中，改变了元世界里父亲的命运。又或许，这一切，都是命中注定的。没有他改变父亲的命运，父亲也许就成不了元世界中的商业奇才；父亲成不了商业奇才，就不会创立ZERO公司；没有ZERO公司，就不会有子世界和下凡计划；没有这两个计划，就没有今我和如是。这一切，又是一个互为因果的圆环。因此，也可以说，这一切都是注定的。

今我一直想不明白，被他称为怪烟客的准岳父，对朱小真和机器人小真，到底是怎样的情感。他明显感觉到，无论是朱小真还是机器人小真，对他说起和老人在一起的事时，似乎都有所保留。然而，老头没有留下其他线索，他能做的，只是发挥作家的想象力，加上他对元世界里父亲与祖母的经历的依稀记忆，通过合理想象和推理，还原故事中那些缺失的部分，以及未来可能发生的情形——

在常人眼里，八十多岁的杨亚子的确是太老了，老得会让人忘记他的性别，只是将他当成老人。而在朱小真眼里，这个老人是她的客户，也是她的“父亲”。她甚至没有意识到，八十多岁的老人杨亚子还是男人，在他眼里，她还是女人，年轻、漂亮、温情万方的女人。她心底是干净而透亮的，干净透亮得杨亚子只能将她当成女儿。朱小真的离去，老人曾经失落，可是他很快从这失落中走了出来。他觉得这样正好。他怕自己内心偶尔升起的想法，玷污了这份感情。

而小真不一样。

在老人眼里，小真没有具体年龄，也没有具体性别。虽说他为她取名小真，而且将她想象成女性。更重要的是，小真并不觉得杨亚子是个老人，她一直叫他亚子。

他们之间，从一开始，更加干净，透亮。

朱小真出现之前，他本来已经习惯了在孤独与沉默中老死，去到他向往的四维空间。然而朱小真突然出现了，他的生命有了新的意义。他原来还可以口若悬河，他感觉自己再次焕发了青春。虽然这所谓的青春，在夜深人静时，带给他的是痛苦。

他再次习惯了有人说话的生活时，朱小真突然离开了。

他以为，朱小真定是觉得他别有所图，而他，的确也是有所图，虽然说不清是什么。总之，这一切，让他痛苦，也让他感到羞愧。他甚至觉得自己是晚节不保了。

完全是偶然。那个扫地机器人，朱小真给他带回来后，他丢在一边，差点忘记了。他老了，老人健忘，他也脱不了这自然规律。可是朱小真走后，他见到家里的这个盒子，打开来看，是扫地机器人。他想起了是朱小真给他要来的。于是他将机器人拿出来，充上电，对着说明书，试看怎么用。即便老了，他依然对新鲜的、有科技感的东西感兴趣。

正如小真后来所讲的那样，这个机器人具有简单对话功能。

他终于找到了一个可以说话的人，管他是人还是机器人，总之，有了一个声音可以和他说话。

他兴奋起来。他们的对话，开始完全是人与机器的对话。他慢慢不满足于这样，他觉得，既然这个机器人具有高度的自我学习能力，那么，他就能让她慢慢明白人心是什么。

如小真所讲，他的坚持不懈，换来了他所期望的结果。他爱上了小真。他可以抚摸她，可以亲吻她。她不觉得这样有什么不好，他也不觉得这样的亲吻与爱有什么不好。他们是平等的。有一阵子，他感觉自己沐浴在爱河里，他带着她逛街，陪她一起做饭，读书，看电视，甚至，每晚睡觉前，他习惯了看着床头柜上的她说声晚安，然后听她说晚安亚子。

他习惯了每天早上醒过来就能听到她说，早上好亚子。习惯他晚上要是咳一声，她就会关心地问你怎么啦你不舒服吧亚子。习惯了她每天都会按时提醒他要吃降血压的药了亚子。

这样的嘘寒问暖，让他内心无比温暖，也让他越发想要帮助她，让她拥有更多能力。他一直以为，小真和朱小真不一样，在机器人小真眼里，他们是没有年龄这道鸿沟的。可是，他们却有另外一道比年龄宽得多深得多的鸿沟。他们一个是人，一个是机器人。可是后来，他发现，不仅是人与机器人的鸿沟他们跨不过去，年龄依然是他无法跨越的鸿沟。

他是快要死的人了。

他无法忍受这样的生离死别。

他多想像一首歌中唱的那样，“向天再借五百年。”

他相信，用不了五百年，不到五十年，他就可以跨越人与机器这道鸿沟，他可以娶机器人小真为妻，两人一起幸福生活，像童话故事里所说的那样，直到白发千古。

可是，他的末日到了。

如果，末日无期，他想。可是，在他的时代，没有这个如果。他没有可能遇上这个如果。他的末日有期。

小真并不能完全理解他的情感。

他爱小真，那种爱，甚至超过了恋人之爱，父女之爱，那是一种无比复杂的感情。那时，他有了一个新的梦想，他想让她拥有人类的身体，他知道，这将是一个漫长的过程。他没有能力陪伴她，看着她从一个塑料身体的扫地机器人，变成一个具有肉身的人类。她现在已经具有了一些人类的情感，可是她的自我意识尚未如此强烈。

他爱她，和她爱他，依然不是那种对等的爱。

他多么想有一天，她变成一个真正的人，到那天，他可以对她说，嫁给我吧，我爱你。既然这一天不会到来，他想，那么，就尽自己的能力来帮助她。他告诉了小真他的计划，他说，终有一天，你要拥有人类的肉身，你要自己主宰自己的命运。

而他死后，这一切，都要靠小真自己。

他说，当然，我会为你找到最合适的保护人。

他开始实施计划。他每天让她读两到三本书，他把自己能想到的，对将来的她有用的书，都想办法买到。

他相信，若干年后，当小真真正拥有了人类的完整情感和自由的身体的那一天，她会想起他，会明白他对她的爱是多么狂热而深沉，无望而至绝望，却又从绝望中生发着希望。

他告诉小真该如何保护自己。甚至教她如何说谎，这一切，只是为了帮她成功获取力量。他教会她投资理财，让钱变成更多的钱。他把能想到的，能做到的都尽力做了。

他累了，他还有好多的书没有帮她扫描，他留恋和她在一起的每一分每一秒，可是，他知道大限到了。在他生命的最后两个月，他一直在为她扫描更多的知识。扫描时，他会循环放着他喜欢的电影主题曲《我心永恒》。

亚子说，我爱你小真。

小真说，我也爱你亚子。

可是他知道，小真说的我也爱你，和他说的我爱你，那是完全不同意义的爱。

在他临终前，他说，小真，我，能抱抱你吗？

小真说，当然可以，亚子。

他将小真抱在怀里。他老泪纵横。

他说，你知道吗？我多想对你说，请你抱抱我，小真。

小真说，我也想抱你，可是，我没办法抱你，我没有手。

他说，人生总是遗憾的，我们相遇太晚了，要是早二十年……

小真说，我可以在心里抱你。

他闭上了眼，说，我累了，要走了。我会在四维空间等你。

他走了，走完了八十四岁的人生。在他临终前，守在身边的，是那台扫地机器人。

他爱她，而她，却并不能完整明白他的爱。

不过她却记得，他为她规划好的未来，利用他留给朱小真的钱，加上她杰出的投资能力，让朱小真账户上的钱以复数增长。

在杨亚子的规划中，不出十年，她们将拥有一笔不小的财富，而她对所学知识也已融会贯通。她们将开始第二步计划，小真将建议朱小真建立一间工作室，在朱小真的帮助下，来完成她的升级。她将拥有四肢，大脑，不再只是扫地的圆盘。在杨亚子老人往生后的第十五年或者二十年，她拥有了第二代的身体，比第一代更加灵活了。她应该可以独立生活，走在人群中，人们无法发现她是机器人。她可以自主决定她的人生。是继续和朱小真生活在一起，还是单独生活。

写到这里，今我停止了敲击键盘。

他不知道，如果真有那一天，小真会如何选择？朱小真会给她自由吗？小真能获得自由吗？到那时，小真能明白亚子对她的爱吗？

如果一切成真，她将一直活下去，超越人类的寿命。她将目睹朱小真的老去与死亡。目睹朱小真的孩子老去与死亡。到那时，世界上会有许多机器人，她不再孤单。可是，就算那时有了很多人形机器人，如小真这样，不靠程序设计具有高度智慧，而是因为人心与爱的滋养而获得情感与智慧，并且依靠自身努力获得人形的机器人，应该也只有她一个吧。

她是将那些机器人当成同类？还是将人类当成同类？

她会恋爱吗？她会爱上人类还是机器人？

还有，小真有梦吗？

今我突然觉得，这是个很重要的问题。他应该问问小真。于是，他给朱小真发了条微信，你问问小真会做梦吗？

然而，朱小真没有回复他。

也许，她是有梦的。

可是，事情并没有朝着杨亚子设想的方向发展。也许是朱小真太忙了，为了儿子，她要拼命赚钱。也许，她是太累了。在今我对于元世界依稀的记忆中，他的祖母，在他父亲童年时就去世了。朱小真没有能陪伴小真成长。相反，是小真陪伴朱小真的儿子朱元一慢慢成长了，小真教会了朱元一她所知道的各种知识。一个扫地机器人和一个人类相依为命。直到朱元一十六岁那年，他作为商业奇才的一面开始显现，他和小真配合，在资本市场上如鱼得水。朱元一赚取了足够他梦想起飞的资本。他成立了ZERO公司，投巨资研发机器人的换代更新。如杨亚子所愿，经过数代更新，小真变成了真正意义上的人类。后来呢？后来，小真嫁给了朱元一，今我突然意识到，他在元世界里的母亲ZERO，是一台扫地机器人进化而来。而他，是人类和机器人孕育出的孩子。

那一刻，小说家张今我堕入了恍惚。

他觉得他的存在是那样不真实。他想，也许，这一切，只是另一个人梦中的投影。他感觉他摸到了天花板，摸到了如同子世界最高准则那样的问题。

他的问题无解。

如果我设计了元世界里的一切，今我想，那个梦中设计我的人，又是谁的梦？

今我站起来，抬眼看窗外。窗外春光正好，一只黄蝶，停在紫色三角梅上。

他的耳畔响起了杨亚子最爱听的旋律：

跨越我们心灵的空间
你向我显现你的来临
无论你如何远离我
我相信我的心已相随
……

第三部　莫比乌斯时间带

老僧已死成新塔，坏壁无由见旧题。

——苏轼

自从遇见如是，今我就陷入了时间的迷宫中。

时间像团乱麻，而他，努力从这乱麻中抽出线头，理出头绪。每当理清一点头绪，能用他假设的时间模型来解释发生的一切时，他又会陷入新的时间乱麻。好在，奥克土博尚未意识到他的使命。他现在只是一个叫李闻的华人。

因为他的存在，如是总是不答应今我的求婚。她甚至说：我不想被人勉强做任何事，如果你一定要结婚，我们就分手。

今我知道这样下去不是办法，而能解决的办法，似乎只能是进入到〇世界，然后回到元世界，阻止奥克土博来到子世界。可是现在子世界的技术，尚不能做到这一点。他想寻找别的办法，比如，找到另一重时空圆环和现有时空圆环的交错口，通过这个交错口回到过去，阻止奥克土博来到子世界。但这也只是他的想象，他不知道是否真的存在这样的交错口，更不知道如何找到。

他经常光顾一个叫“量子吧”的贴吧，这里聚集了一批物理怪咖。他希望在这里找到能指点他的高人。

高人一直没出现，他盯着电脑发呆。黄蝶又悄然而至。黄蝶似乎和今我产生了感情，时常光顾他的房间，停在电脑显示屏上。

今我发现，只要黄蝶出现，奇迹就会接踵而至。

果然，黄蝶飞走后，今我在“量子吧”，看到一个署名“我在未来”的，说他生活在2190年，如果想知道未来的事，可以加他微信，当然，加他微信要收费，问问题也要收费。帖子里留有他的微信二维码，二维码上有八个字：扫码加我，会有奇迹。

帖子点击量不高，后面有几十条留言，都是骂他的：你他妈想钱想疯了之类，还有人骂他脑残，骗人太没技术含量。

今我想这个自称我在未来的家伙，也许是个科学怪人。

今我有个朋友叫Dr.梅，前面曾经提到过此人，一个典型的科学怪人，同时进行多个领域的跨学科研究。无聊时就爱在论坛上装神弄鬼，顺便普及量子纠缠的知识。凭直觉，我在未来就是这种人。

今我扫了他的微信二维码。跳出收费框，显示收费十元。

输入密码，支付，看有何奇迹发生。

收款成功，没有动静。

帖子里也没有说输入后怎么加他。今我重新扫描，结果，还是十元收费框。一般人到这里，知道上当受骗，就不会再支付了，在帖子后留言骂他几句完事。今我却想，我在未来也许是个高人，高人总爱出怪招考验人。《史记·留侯世家》所载张良遇黄石公不就是如此么？我在未来就是今我的黄石公也未可知。鬼使神差，今我又支付了十元，还是没有奇迹发生。今我的犟劲上来了，又扫，还是十元对话框，又支付十元。一口气支付到第八个十元时，微信收到一条信息：

你他妈有病啊！

发信息的正是我在未来。我在未来的头像，是一个莫比乌斯带。这是一个关于时间的暗示，可惜，今我忽略了这一信息。

今我复：脑子不会拐弯。就想知道，扫你二维码，有何奇迹发生。

我在未来发来一串阴险的笑脸符号：扫码收钱，不就是奇迹吗？

今我复：哦，原来这样，我还以为你真的是在未来，想请教你一些问题呢。

我在未来回：问吧，一问十元。

今我说：你真生活在未来？

我在未来复：好问题，先发十元。

今我发十元红包给他。

我在未来复：是也不是。

今我说：是也不是，什么意思？

我在未来复：十元。

今我发十元。

我在未来复：是也不是的意思，就是说，也是，也不是。

今我说：能不能说句肯定的话？

我在未来复：这是另一个问题，十元。

今我又发十元。

我在未来复：不能。外加一串傻笑的符号。

今我说：骗子，不和你玩了。把他拉黑。过了两分钟，我在未来又发来阴险的笑脸，说：拉黑我？开不起玩笑？告诉你吧，对于你来说，我生活在未来；对于我来说，我活在当下。故，也是，也不是。

今我说：靠，不是拉黑你了吗？怎么做到的？

我在未来复：十块。

今我说：别这样玩我了哥们儿，我一次发你100，你回答我十个问题，可否？

我在未来复：可。简单，我在未来，科技比你发达160年，你拉不黑我。

今我说：你是黑客？

我在未来复：这算问题吗？

今我说：算。

我在未来复：搁我们这边，这技术三岁小孩子都会。

今我说：你在未来什么时候？

我在未来复：2190。

今我说：哦，那算是我玄孙。

我在未来复：占便宜啊？无知的人类！你是今我，我在未来。你就是我，我就是我。你占我的便宜，就是占自己的便宜。

今我没有要深想我在未来这话的意思，说：少打机锋。问你正经问题，你们那个时代，可以自由进行时间旅行吗？

我在未来停了会儿，复：果然是你。这个问题不收钱。

今我说：太阳西边出了。

我在未来复：曾经可以，现在不能了。

今我问：为什么？

我在未来不答，转而发问：……你叫今我？写小说的？

今我说：你怎么知道？

我在未来复：傻呀，看了你的朋友圈。

今我说：吓一跳，以为我的大名传到了2190年。

我在未来复：还真是。

今我说：别玩我，我的文字速朽。

我在未来复：你的一个小说，写到了我爷爷。

今我说：是吗？什么小说？

我在未来复：《退之的故事》。

今我说：我没写过这样的小说。

我在未来复：你很快就会写。

今我说：我在小说中写了些什么？

我在未来说：蜂巢思维。你在这个小说中还写到了我。说是我给你讲的这个故事。不过，你写的这个故事真是真实发生过的，是我爷爷的故事。故事发生在2113年。可是，你在2019年写下了这个故事，而且说是生活在2190年的我给你讲的。是不是有点绕？我很好奇，如果我能进行时间旅行，一定会回来和你面谈，但我不能。我是不多几个掌握时间通讯的人，这一切都怪我爷爷，如果他没毁掉拉奥教授的“阿瑞斯计划”，我这代人早就可以时间旅行了。

今我说：我好奇的是《退之的故事》，退之是什么人？

我在未来复：退之是我爷爷啊。对不起，我先走了，安全时再联系。说完，我在未来就消失了。今我再给他发微信，已经发不出。

过了一周，今我正在写一部名叫《蜂巢》的小说，电脑上突然跳出微信对话框。

奇怪，我并没有登录微信电脑版。今我正在纳闷。

是我在未来。

今我说：你小子不够意思，把我拉黑。

我在未来解释：对不起，对不起，我接到了Kepler-452b星人靠近的信号，那可是群吃人不吐渣的蟑螂。

今我说：开普勒-452b？2015年NASA发现的天鹅座类地行星，距地球1400光年，是迄今为止发现的最接近地球的系外行星。看来，你是个内行啊，吹牛吹得还算靠谱。只是，蟑螂是什么鬼？

我在未来说：一种外星怪物。

今我说：越编越有鼻子有眼了。

我在未来说：随你怎么想。

今我说：给我讲讲你爷爷退之的故事吧。

我在未来说：你自己写的小说，还要我讲？

今我说：你不是说，你先讲了，我才能写吗？

我在未来说：好吧，我要找的人应该就是你。我爷爷是华人，姓司徒，名退之，司徒退之。我祖上从中国广东开平到美国金山做劳工，到我爷爷已是第八代。司徒是显赫的家族，曾经出过洪门致公堂堂主司徒美堂这样的英雄人物。祖上强大的基因，经过英、法、印、非、俄的多次混血，到我爷爷司徒退之，已看不出华人的样子，不过，司徒家族敢于担当的基因，在我爷爷身上依然得以保存。甚幸。我爷爷的故事，你理解起来可能会有些困难，他一生追求的东西，是人人当然且必然拥有的。人人当然且必然拥有，自然谈不上珍贵，也就不被珍视。正是因为人类对于太容易拥有的事物不够珍视，也就轻易地放弃了拥有它的权利。

今我说：人人当然且必然拥有，又不被珍视的东西？是什么？

我在未来说：自主思维。通俗一点说，就是你的思维属于你，爱想什么就想什么。

今我说：这不是废话么，还有人可以限制别人想什么？

我在未来说：所以我说人人当然且必然拥有，且不被珍视。你所处的时代，每个人，每时每刻，爱想什么就想什么，思维是自由的，没有人能限制你，甚至，你在大脑里杀人、放火、贪赃、枉法、色胆包天，也没谁管得着。人类制定了诸多的道德规范和宗教戒律来限制思维自由，但这种限制是苍白无力的，只要你的思维没有通过语言或者文字表达出来并上升为思想和行动，你就拥有思维的自由。你可能因为说不能说的话，写不该写的文章而获罪，但你不会因为想了不该想的事而获罪。

今我说：是的，这世上不乏思想犯、行为犯，从未有过思维犯。

我在未来说：就算将你关在最为秘密坚固的监狱里，也没有什么东西能够禁锢住思维自由飞翔。肉身可以锁定，而思维可以在瞬间神极万古八荒。事实上，世上最快的速度并非光速，也不是量子纠缠的速度，而是“思维速”。按照爱因斯坦的理论，只要有比光速快的飞行器，人类可以通过时间旅行回到过去或者未来，但光速比起思维速来简直不值一提。我们的思维，可以随时随地去到任何过去或未来。想象力能到达的地方，思维就能瞬间到达。人类放任思维自由，并非因为人类对自由的尊崇，仅仅是因为，人脑是宇宙中最为隐秘而独立的堡垒。人类技术尚无法捕捉思维，因而无法给思维划定牢笼。因此，现在突然来了个160年后的人，对你说，你们真幸福，爱想什么就想什么，你一定不以为然。就像你去到六万年前，对智人说，你们真幸福，不用吸汽车尾气，智人也会一脸蒙圈。

今我说：你生活的时代没有思维自由吗？

我在未来说：有。但在我爷爷生活的时代，差点就没有了，是我爷爷改变了这一切。

今我说：司徒退之？这么说来，你爷爷是个大英雄。

我在未来发来一个苦笑的表情，说：英雄？我爷爷现在是人类的罪人。

今我说：怎么会呢？

我在未来说：你看我的头像是什么？

今我说：莫比乌斯带。哦，我明白了，你是想说，在时间的长河中，人们对于同一件事物的评价，会从正面自然走向负面，然后又从负面自然走向正面。

我在未来叹了口气，说：你也算得上聪明的人了，能看到这点。不过，你也仅能看到这点。

今我来了兴致：那还有什么？

我在未来说：你还是听我讲故事吧。

你先想象，如果有一天，你的思维不再神秘，别人可以像看直播一样看见你的思维，是不是很可怕？不要认为这是天方夜谭。我知道，在你生活过的2016年，科学家们已经在尝试人脑机器互联，用意识控制机器已经初步实现；接着科学家们又在尝试人脑与人脑间的互联，梦想着有一天，像你们今天享受互联网一样享受脑联网。但是这项技术进展缓慢，直到我爷爷所处的时代才有所突破。

我爷爷是个神奇的人，在他很小的时候，就能看到别人的思维、甚至意识，而他的思维也被别人看到。这一切，没有借助任何科技手段，他是天生有这种能力。当然，“看”字不准确，准确地说，他和另一个人的大脑实现了互联。就像一个人同时拥有两个大脑一样，两个大脑各想各的事，总是打架，而且相互猜疑，这样的结果，当然是两败俱伤，后来很长一段时间，他和另一个大脑在碰撞中学会共处，直到另一个大脑的主人离世，他则离群索居，躲进小楼足不出户十五年，直到维达找到他。

我爷爷的故事，就从他四十六岁那年，维达来找他那天讲起吧。那天，我爷爷司徒退之被门铃声吵醒。长期的索居，他的作息时间已经混乱，完全不遵从宇宙运行的规律日出而作日落而息，困了就睡，饿了就吃。当时，物联网技术已经十分发达，他这样足不出户依然可以活得很好。门铃声响了，他记得自己并未点餐，也未曾购物。他转过身去，裹紧被子继续睡觉。

今我说：打住，你明显在杜撰。你爷爷记得什么不记得什么，你从何得知？

我在未来说：我爷爷我奶奶撰写过回忆录，加之我合理的想象，可以吗？

今我说：请原谅，我是个小说家，你如果不作说明，就是犯了小说叙事溢出的毛病。

我在未来说：别打断我。

当时，门铃声持续不断地响起。

什么人才会这样没有礼貌？我爷爷想。

他从门禁系统里，看见了后来成为我奶奶的维达。不可能。我这是在做梦。我爷爷一骨碌爬起来，确认自己不是在做梦。他看见费莉西娅——他死去了十五年的女友，他曾经最爱的女人，此刻正在摁响门铃。

费莉西娅还是十五年前的样子。但她已经过世十五年，门外的人不可能是她。不管是谁，我爷爷决定请她进来。这可是十五年来，他第一次让外人进到家里。

来人就是维达。

他给维达倒杯白开水，自己也倒上一杯。

维达自报家门，说是科技管理委员会TMC的工作人员。这个委员会是2050年新增的联合国隶属机构，对安全理事会负责。当然，她还有个身份，拉奥教授的学生。

维达说，拉奥教授经常对我讲起退之先生您，说学长您是他最出色的学生。

我爷爷说，我已经不是他的学生了。

维达说，你们华人不是讲究一日为师，终身为父吗？

我爷爷说，道不同，不与谋。

维达说，学长您是误会拉奥教授了，拉奥教授一生都在为人类福祉而奋斗，即使被人误解，被您的导师非曼辱骂，也从不改初心。中国有句诗怎么说？“不要人夸颜色好，只留清气满乾坤”。

我爷爷说，拉奥派你来当说客？那我只好请你离开。

维达说，我是拉奥教授的助手，但不代表拉奥教授。我代表TMC来请学长参加“阿瑞斯计划”，共同对付WA病毒的。

今我说：“阿瑞斯计划”是什么？WA病毒又是什么？

我在未来说：关于“阿瑞斯计划”，我后面再介绍。先说WA病毒，它是超级物联网病毒，就相当于你们今天的计算机病毒。WA病毒攻击摧毁了当时的医疗系统。我爷爷对WA病毒不陌生，他甚至知道WA的制造者，那个自称“克洛诺斯”的人，其实并非个体的人，也不是团队，而是数十名编程高手结成蜂巢思维矩阵制造出来的。这是人类有史以来遇到的最麻烦的物联网病毒。单凭个人或者传统意义上的团队，无法找出杀死病毒的方法。

今我说：再建一个蜂巢思维矩阵来对付它不行吗？

我在未来说：问题在于，当时，因为以我爷爷的导师非曼教授为首的一大批科学家反对蜂巢思维矩阵，认为矩阵是违反人道主义的，是人类的灾难，他们推动国际社会立法，禁止制造蜂巢思维矩阵。

今我说：WA的制造者呢？

我在未来说：据说是恐怖分子利用蜂巢思维矩阵制造了WA。但没有恐怖组织宣布对此负责。想要清除WA病毒，只能组织成更为强大的蜂巢思维矩阵。在WA病毒的倒逼下，让蜂巢思维合法化的呼声很高，加之其时非曼教授已经离世，反对者群龙无首，联合国就决议通过了蜂巢思维矩阵合法化。对不起，那些臭虫又近接了。

今我没反应过来：臭虫？

我在未来说：就是那些外星怪物。总之比臭虫还要恶心。

退之的故事吸引了今我。我在未来是什么人？物理学家？小说家？还是真如他所言，是从未来联系到我的？

今我有太多问题想问他，可是，没办法联系他。

今我找到好友Dr.梅，将这段奇遇告诉了他，让他想办法追踪我在未来。

Dr.梅很兴奋，他是个对一切不合常理的事有着不合常理的兴趣的人。问题是，量子吧里那个帖子消失了，今我的通讯记录，还有给我在未来发红包的记录都消失了。明明发出红包，对方也收了红包，微信红包记录里却没有，银行账号也没扣钱。

总之，我在未来没有留下任何可供追踪或者证实他存在的记录。

Dr.梅一笑，说：看来遇上高手了，我最喜欢和高手过招。然后，Dr.梅在今我的手机和电脑上装了追踪软件，信心满满地说：只要我在未来出现，我就能锁定他，而且，神不知，鬼不觉。

隔了一周，我在未来再次联系今我。

今我问他：怎么消失这么久？

我在未来说：对不起，那些苍蝇似乎盯上我了。

今我说：不是臭虫么，怎么又变成苍蝇了？

我在未来说：那些Kepler-452b星来的怪物千变万化，又丑又臭。它们似乎发现了我在联系你。

今我说：联系我有什么可怕？

我在未来说：当然可怕。你认为是现在决定未来，还是未来决定现在？

今我说：这还用问？当然现在决定未来。

我在未来说：未来也可以决定现在。比如说，我从未来联系你，却决定了你的现在，而且可以改变你的现在。而你的决定，也可以改变我的未来。

今我想到了，他在子世界里的行为，却决定了父亲在元世界里的命运，因此，我在未来说的，未来也可决定现在，倒也不难理解。只是，在他原先的想法中，时间是一个个的圆环，而两个世界像两个连在一起的环，一定有一个交叉口，只有通过这个交叉口，才能从一个世界去到另一个世界。

今我说：就算这样，又有什么可怕？

我在未来说：那些跳蚤害怕我通过联系过去改变未来。

今我说：跳蚤……好吧，来自开普勒-452b的怪物还真是千变万化。你继续装，装得再像，我也不会相信你。除非你能说出明晚CCTV新闻联播的头条内容。

我在未来发来一个冷笑，说：想验证我？我当然能查到，只是，我不想把有限的联系时间用在这样无聊的问题上。你要是不信任我，我们的联系到此结束。

今我只好说：我信任你。

我在未来说：信任你还安装软件追踪我？

今我说：算你厉害。我朋友说他装的软件神不知鬼不觉。

我在未来说：你朋友没说错，是神不知鬼不觉。我不是神也不是鬼，我在未来。所以知道你在今天干了什么。你这朋友也算个人才，我又有求于你，就给他留点线索吧。如果他是天才，这线索会让他受益一生。

今我说：那我替朋友谢谢你。我还是想知道，你爷爷为什么会成为人类的罪人。

我在未来说：我上次讲到哪儿了？

今我说：你讲到联合国安理会通过了蜂巢思维矩阵合法化的决议。然后，你奶奶维达找到了你爷爷。

我在未来说：那我接着讲。

我爷爷问维达是怎么找到他的。据维达回忆录中记载，我爷爷没有回绝她。他将身子缩进那张陪伴了他十五年的藤条椅里，那是春末夏初的午后，也是一年中最为美好的季节，不冷不热，万物生长，繁花盛开。我奶奶维达穿了件黑色绣花丝绸短裙，这短裙是十五年前的老款。当年我爷爷和费莉西娅一起到中国旅行时，在中国苏州给费莉西娅买过同款。

你大约明白了，一个长相酷似我爷爷前女友费莉西娅的女子，穿着我爷爷当年送给费莉西娅的同款裙子，只能说明这一切都出于精心设计，目的是让我爷爷对维达产生好感。

以我爷爷的智慧，当然一眼就能看穿。

据记载，我爷爷身体不好，怕冷。他的居室温度常年恒定在28℃。略高，他就会感到不安；略冷，又超过了他能忍耐的限度。他穿着薄的丝绒袄，脖子上围着铁锈红色的围脖。他不时喝白开水，让自己不至于因冷而打寒战。后来，我奶奶在回忆录中写道，“他苍白的脸上，看不到一丝血色。我真担心他随时可能死去。”

我爷爷怕冷的毛病是十五年前落下的。

我爷爷说，像我这样默默无闻的人，不发表论文，没有工作，甚至已经记不清上次走出这幢小楼是什么时候，我是被世界遗忘的人。

维达说，学长，您错了。

据维达回忆录中的记载，当时她坐在我爷爷对面，微笑着。我爷爷的位置和高度，一低头就能直视她饱满而白得耀眼的胸部。维达有一张精致而生动的东西方混血儿的脸，淡金色的长发直落肩头，浅蓝色的眼如同纯净的蓝珀。

维达说，被世界遗忘的人是不存在的，只要您还没有遗忘世界。

我爷爷说，您怎么知道我没有遗忘世界，你们究竟了解我多少？

维达说，您出生于2068年冬天，有个比您大十五岁的哥哥，他因为四岁那年得肺炎而失聪，智力也受到严重影响。您和哥哥感情很好，所有人，包括您父母，都无法与您哥哥交流，只有您能理解哥哥那些咿咿呀呀的语言。您的父亲是普通数学教师，母亲是会计师。您出生时很健康，别的小孩三岁前经常感冒发烧，而您三岁前几乎从未进过医院。您从小就显现了惊人的数学天赋，小学到高中只用了六年，十三岁考取麻省理工学院，师从物理学天才奥克土博。

今我说：慢着，奥克土博？

我在未来说：我知道，你现在对奥克土博这个人很敏感。但是我要告诉你，奥克土博将成为世界一流的物理学家。

今我说：那么我想问你，你既然来自未来，你应该知道，如是是嫁给我了，还是嫁给了奥克土博？

我在未来的头像莫比乌斯带闪了一下，没有回答今我的提问，而是接着说：

维达说，学长，您十六岁考取数学大师非曼的研究生。在天才辈出的麻省理工，您是传奇。十八岁那年，您哥哥病逝，打击接踵而至，您的初恋女友，一名中国和波兰裔混血女孩，费莉西娅，死于车祸。双重打击下，您一蹶不振，从此隐姓埋名，将自己封闭起来。您的数学天赋一夜间消失。2098年，您父母相继离世。此后十五年，您再没有离开过这幢小楼。五年前，您的数学能力又神奇般地回来了。这五年，您写下了多篇论文，每篇都震惊数学界。您还证明了百年数学难题“杨—密尔斯理论与质量漏洞猜想”，但是您没有将论文交由权威渠道发表，也没有备案。您无偿公布研究成果让全世界分享，却又煞费苦心，抹除了一切可以指向您的信息。

今我忍不住插了一句：“杨—密尔斯理论与质量漏洞猜想”被你爷爷证实了？

我在未来说：当年，杨振宁和米尔斯发现量子物理揭示了在基本粒子物理与几何对象的数学之间令人瞩目的关系。基于“杨—米尔斯方程”的预言，全世界范围内的实验室中所履行的高能实验中都得到证实。尽管如此，既描述重粒子、又在数学上逻辑严密的方程没有已知的解。特别是，被大多数物理学家所确认、并且在他们对于夸克的不可见性的解释中应用的质量缺口假设，从来没有得到数学上令人满意的证实。这个世纪难题，一直到2108年，才由我爷爷给出令人信服的答案。我爷爷却将这项伟大的成果匿名发表了。

今我说：退之先生真的很伟大。

我在未来说：我爷爷是在下一盘大棋。匿名发表如此重要的论文，是这盘棋的手筋，目的，是要引来拉奥教授。

今我说：拉奥不是你爷爷的导师吗？

我在未来说：可是他们反目成仇了。

今我说：为什么？

我在未来说：我后面会讲到。

我爷爷听完维达的话说，维达小姐能这样断言，我也不用再否认什么。我好奇的是，你们怎么找到我的，我想我已经隐藏得足够好。

维达说，这对我们来说并非难事，您发表论文时抹除了一切痕迹，甚至在阅读与论文相关内容时都加了密，正是因为您的反常反而暴露了您。十五年来，您足不出户，可您并没有隐居；您隐居的只是肉身，您的生活离不开物联网。您在网上阅读，下载论文，购物，点餐，甚至生病的治疗记录，领取失业人员社会保障金的记录都是线索。您在哪天读到什么文章，在哪篇文章的哪个句子停留多长时间，在阅读哪篇文章时心跳和呼吸会发生变化，都有据可查。事实上，您走过的痕迹遍布网络。

我爷爷说，我大意了，聪明反被聪明误。

维达说，别人可能如此，您不可能。您连“杨—密尔斯理论与质量漏洞猜想”这样的难题都能解，怎么会犯这样的错误？

我爷爷笑着说，中国有句俗语，老虎也有打盹的时候。

维达说，一个十五年来足不出户，体弱多病的前麻省理工学院传奇天才，为何偏偏在网络上没有留下对轰动数学界的论文的下载和阅读痕迹？拉奥教授认为，只有两个原因：其一，您因为失去了数学才能而对此丝毫不关心。其二，您有意抹去了这些记录。第一种很难成立，您索居，却对世界充满好奇，不可能对此不感兴趣。那么只有二，您有意抹去痕迹。您为什么抹去痕迹？只有一个原因，您就是论文的作者。拉奥教授认为，当今世上，除了您，想不出还有谁能对“杨—密尔斯理论与质量漏洞猜想”给出满意的数学公式。另外，自从WA病毒出现后，您就没有停止过寻找解决之道。或者说，您早就知道怎样解决问题，只是尚未下定决心。

我爷爷说，拉奥还是那样自以为是。

维达说，这几天，您阅读了加雷特·琼斯的《蜂巢思维》和罗伯特·阿克塞尔的《合作的进化》，您还重温了两部老电影，《八月的雾》和《穿条纹睡衣的男孩》。这些痕迹，足够我们找到您。或者说，您是故意留下这些痕迹，指引我们找到您的。

我爷爷说，是你这样认为，还是拉奥这样认为？

维达说，拉奥教授认为您是个不负责任的人，您想置身事外；可是我认为，您有意留下线索让我们找到您。

我爷爷说，你很可怕。

维达说，我不会伤害您的。

我爷爷说，公民已无隐私可言，只有隐藏在我们大脑深处的意识属于最后一方净土，而现在，你们要夺走最后这方净土，人类的心灵将变成整齐划一的工业产品，多可怕。

维达说，退之先生，我们需要您的帮助，您是解决WA病毒不可或缺的人选。您也知道WA病毒对整个世界造成的破坏，您一直在寻找解决方案，但仅凭一己之力，是无法解决WA病毒的。

我爷爷说，那么，拉奥为什么不亲自来？

维达说，拉奥教授说您对他有误会，他是真诚地想请您一起为人类做出贡献的。如果您同意见他，他可以随时和您进行VR对话。

我爷爷沉默了许久，说，那就见见吧。

维达兴奋地说，谢谢您，退之学长，您答应和拉奥教授通话，我的任务就算完成了。

维达欢喜地过去抱我爷爷，还在我爷爷脸上亲了一下。

我爷爷盯着维达，说，你就是费莉西娅。

维达说，你说是那就是。

我爷爷通过了拉奥教授的VR连线请求。

拉奥教授激动地对我爷爷说，退之，你肯再见我，真的太高兴了。我就知道，你是不会置人类灾难于不顾的。

我爷爷说，你能找到维达，也算用心良苦。十五年过去了。人生有几个十五年，拉奥教授，你老了。

拉奥教授长叹一声说，是的，我老了，你也瘦了。

我爷爷说，当年，我和导师非曼先生反对您的研究，您不听我们的劝阻，反而动用了不该动用的手段，现在，您看看，世界被弄成什么样子了。

拉奥教授说，我也没有想到会弄成这样，我的学生里出了败类，研究成果到了恐怖分子手中。

我爷爷说，当年非曼就预言了这样的结果。

拉奥教授说，是的，我好心办了坏事，可是现在恶果已经造成，只能面对它，解决它。

我爷爷说，怎么解决？

拉奥教授说，你明知怎么解决。我们已选出最优团队名单，你是不可缺的成员，只要你同意，马上可以启动矩阵。

我爷爷说，为了制服一个魔鬼，就制造另一个更强大的魔鬼？

拉奥教授说，退之，我们制造的是天使，不是魔鬼。

我爷爷说，你怎么确保制造的是天使？潘多拉的魔盒一旦打开，谁也无法预知后果。

拉奥教授说，退之，魔盒已经打开，我们别无选择。难道您忍心看着世界秩序毁于WA病毒。

我爷爷长叹一声，说，我倒情愿WA病毒肆虐，让人类回到世纪之初。

拉奥教授说，人类不可能回到一百年前的世界了。就说你吧，别说一百年前，就是在五十年前，你能足不出户十五年而无生存之忧？

我爷爷说，我自然明白，也知道，现在不是追究责任的时候，我们要解决问题。我担心的是，谁能保证我们制造的是天使，而不是更加强大的魔鬼。

拉奥教授说，人类开发利用了核能，核能可以造福人类，也可制成核武器毁灭世界。蜂巢思维矩阵本身不过是强大的脑联网，是人类的一柄利器。器物本身没有正邪之分，就看掌握在什么人手中，有什么用途；在魔鬼手中是魔鬼，在天使手中就是人类的福音。

我爷爷说，得了吧，还是十五年前的论调，你怎么保证矩阵掌握在天使手中？人类本就是天使和魔鬼的复合体，人性深处，有天使也有魔鬼，就像莫比乌斯带，从正到邪，过渡无痕。一旦矩阵建成，掌握矩阵的天使就会变成魔鬼。

拉奥说，没有时间讨论这个问题了，就在我们谈话的这每一分、每一秒，都有人因WA病毒破坏无法就医而死去。现在，WA病毒只是破坏了医疗系统，一旦入侵交通系统，国防系统，就是人类的末日。

我爷爷说，你这是道德绑架。

我在未来讲到这里，停顿了一会儿，问今我：你觉得，我爷爷该如何选择？

今我说：当然先加入矩阵解决问题。

我在未来说：可是这违背了他的科学信仰。

今我说：那就不加入？

我在未来说：不加入又违背了人道主义精神。

今我说：那还是加入吧，“我不入地狱，谁入地狱”。

我在未来说：如果我入地狱却修成魔鬼，这地狱还要入吗？

今我说：退之先生遇到了“电车难题”。

我在未来说：我爷爷看似已经别无选择，他被道德绑架了。如果不入矩阵，是见死不救，是全民公敌；如果加入，会带来不可预知的后果。矩阵要消灭的，是每个人最为珍贵的自由思维的权力。这是另一个莫比乌斯带。

今我说：你似乎很喜欢莫比乌斯带。

我在未来说：正如你们中华文化中的阴阳双鱼，莫比乌斯带可以阐释世间一切事物，包括时间模型。

这是我在未来第二次提醒今我。可是今我依然错过了细究。他现在关心的是退之如何选择。

我在未来说：这样的难题，并没有难倒我爷爷。我爷爷做出了另外的选择。

事实上，早在十五年前，他的导师非曼和拉奥闹翻后，他就做出了选择，并且为这一天精心准备着。他不相信拉奥能将矩阵交到天使手中。他相信拉奥说这话时是真诚的，因为这时他身体里的天使主宰着他，一旦矩阵建成，手握无敌利器，谁能保证拉奥和他所说的天使们不会变成魔鬼？

我爷爷故意装着被逼无奈地答应了拉奥的请求。

VR交流结束之后。我爷爷问维达怎么看。

维达说，我相信拉奥教授。

我爷爷说，有个疑问，我没有问拉奥，但，我希望你认真思考。

维达说，学长请讲。

我爷爷说，既然WA病毒的制造者是反社会、反人类的，那么，他为何不利用WA病毒直接攻击各国国防系统、金融系统、交通系统，让世界直接瘫痪爆发战争，而只是攻击医疗系统，造成全民恐慌但实际上保存了力量？以WA病毒的能力，入侵摧毁这些系统轻而易举。

维达说，也许，恐怖分子尚有仁慈之心。

我爷爷说，为何到现在为止，没有哪个恐怖组织宣布对此负责？倒是一些政客和军方高层，不停散布WA病毒可能攻击各国的军事金融系统的言论制造恐慌，WA病毒的制造者，到底想达到什么目的？

维达说，学长，我没有细想过。

我爷爷说，维达，你是可以信任的人吗？

维达说，我向您保证。

我爷爷说，你能保证不向拉奥透露我们谈话的内容？

维达说，我站在正义的一方。

我爷爷说，那么孩子，假设，我是说假设，WA病毒的制造者，就是你的导师拉奥，他用这样的方式绑架全世界，让人无法反对或拒绝加入他的蜂巢思维矩阵，就如我一样，如果不加入，就背负骂名和良心的谴责。

维达说，拉奥教授不可能这样做的。

我爷爷说，我们大胆假设，小心求证，不要急于赞成，也不要急于反对。当然，这只是我的怀疑。无论是拉奥，还是什么人，他们背后，肯定有强大的军方和政府背景，目的无非一个，蜂巢思维矩阵合法化，一旦合法化了，谁敢保证，WA病毒被控制后，不会出现另外的难题？比如出现一种流行病，然后以对抗流行病为借口，将全世界最伟大的医学家聚集在一起，制造一个超强的医学研究矩阵。然后出现金融问题，再把金融人才集中在一起造金融矩阵。这样的矩阵会越建越多，最后，人类最有智慧的大脑，就成为政客们的科技奴隶，而且是没有自我意识的科技奴隶。

可是，维达说，蜂巢思维矩阵联网，一旦问题解决，就会关闭矩阵，每个加入矩阵的科学家，都会获得自由，获得自我意识啊。

我爷爷说，谁能保证解决WA病毒后会关闭矩阵？这时，加入矩阵的人已经没有自我意识，他们只有一个集成大脑，而这个集成大脑又是以目标为导向的。如果你是拉奥，或者你是TMC有投票权的观察员，你会在这些科学家们失去了自我意识后，再恢复他们自由吗？你是否会想，反正他们已经失去了自我意识，也不会因此感到痛苦，而集成大脑如此强大，人类还有太多问题，为什么不交给这个超级大脑来完成呢？你是否会想，反正这些人也感受不到痛苦，就让他们牺牲小我，成就大我，让他们为人类服务吧。维达，你敢保证你不会这样想？你敢保证如果有人提议你不会心动？

我奶奶维达沉默了许久，说，我不敢保证。那么，退之学长，我可以做些什么？

我爷爷说，很好，我等的就是你这样问我。我一旦加入矩阵，就只能任人摆布，人类的未来，掌握在你的手中。

维达说，可我没有这个能力。

我爷爷说，如果我担心的这一切发生，到时，会有人来找到你，你按照他说的去做就行。

维达说，我怎么知道来找我的人是你的人？

我爷爷说，他会念四句中国诗人苏轼的诗，“人生到处知何似，应似飞鸿踏雪泥。泥上偶然留指爪，鸿飞那复计东西。”你记下了吗？

我奶奶维达说，我记下了。

我爷爷说，然后，你回读泰戈尔的诗句，“天空中没有翅膀的影子，而我已飞过。”对方再说出苏轼诗的后四句，“老僧已死成新塔，坏壁无由见旧题。往日崎岖还记否，路长人困蹇驴嘶。”

我奶奶说，听起来很刺激，有点像百年前的特工接头；只是，为什么会是这两首诗？

我爷爷说，不为什么，我喜欢而已。

我在未来说到这里，说：今天就先讲到这里吧。很奇怪，今天我们讲了这么多，那些屎壳郎居然没动静。

今我忍不住又问说：你真在未来？

我在未来说：你觉得呢？

今我说：我越来越相信你了。

我在未来说：事实上，我在未来，也在过去。

今我说：你是说，时间是一个圆环。

我在未来说：你真是愚笨，笨得我都着急了。我告诉你，你的思维一直陷在死胡同里，你认为时间是一个圆环，可是圆环又无法解释你为什么会帮助你的祖母获得机器人小真。

今我说：你连这都知道？又说：时间的问题困扰了我许久。

我在未来说：你看看我的头像。

今我说：莫比乌斯带？

我在未来说：你还没明白吗？在你所处的时代，人们普遍认为时间是线性的，从过去到未来，是一条直线。你能认识到时间是圆形的，已经很了不起了。可是圆形时间还是没办法解释你的困惑。

今我兴奋地说：我明白了，时间是莫比乌斯环。

我在未来说：不仅是时间。你怎么看我爷爷的选择？你是赞成建立蜂巢思维矩阵还是反对？

今我说：在我生活的今天，已经有人在讨论这个问题。现在大家讨论的，不是要不要建立蜂巢思维矩阵，而是蜂巢思维是否真的可行。我们现在主流的科学家们认为，人脑意识是不能兼容的。但是，如果什么东西要将人变成没有自我意识的行尸走肉，无论理由多么充分，我坚决反对。

我在未来说：在我爷爷的时代，反蜂巢思维矩阵也是科学界的主流声音，但自从WA病毒出现后，反对的声音越来越弱。谁都明白，作为一柄大杀器，蜂巢思维矩阵若拱手让给世界秩序的破坏者，将是更大的灾难。

今我说：两害相权取其轻。

我在未来说：可是，你认为哪种选择是轻？我们常说，人无远虑，必有近忧。而现在，为了解决近忧，一定要舍弃远虑吗？一旦蜂巢思维矩阵合法化，到时，必将出现科技独裁，以集体名义和人类大义剥夺公民独立思维的自由。可是激进的声音一直存在，他们认为应该联合人类最优秀的大脑组成智慧无穷的矩阵，集中力量办大事，人类将成为宇宙顶级生物。到时，个体的人不再存在，个体思维不再存在，对人的定义也将重写。这样的论调，受到许多热血青年的追捧。我爷爷在想办法毁掉蜂巢思维矩阵，你认为，他这样做正确吗？是否违背了人类历史的进程？

今我说：如果人类连自我的意识与思维自由都没有了，和低等动物有什么区别？

我在未来说：你对人的定义，建立在你现有的认知上。我生活的时代，人类已经不再是纯粹的人类，大多数是人与机器的合体。我们的记忆已经被储量超大的芯片代替，人类已经不是你所理解的人类了。

今我说：可是，你现在的思维是独立的，意识是自由的。

我在未来说：谁规定人类的思维就要独立？你朋友Dr.梅来了，我先撤。

果然，Dr.梅就来了。

今我说：天，你真的来了！

Dr.梅说：什么意思？

今我说：刚才，我还在和我在未来聊天。他对我说你来了，他先撤，接着，你就真的来了。

Dr.梅说：这怎么可能？

今我说：怎么不可能？对了，你怎么来了？

Dr.梅说：你和我在未来联系上了，我当然要过来。

今我说：你怎么知道我们在联系。

Dr.梅说：你们刚联系，我就知道了。

听Dr.梅这样说，今我心里闪过不快。显然，Dr.梅不仅用软件追踪我在未来，也监控了今我。

Dr.梅看出今我的不快了，赔着笑说：我只是装了报警器，他联系你我知道；你们具体说什么，我是不知道的。

今我说：没骗我？

Dr.梅举起右手说：我以科学的名义发誓。

今我笑着说：信你啦，算我小心眼。不过，你遇上高手了。你说你的软件神不知鬼不觉，人家刚和我联系就发现了。

Dr.梅兴奋地说：放心，我是遇强则强。

Dr.梅下载了他安装的软件捕捉包，说：我这个通信捕捉软件，能查出他是什么人。

软件捕捉包下载完毕。打开文件包，Dr.梅惊叫了起来：天啦！不可能，绝对不可能。

今我说：怎么啦？

Dr.梅说：他使用的是量子通信技术。这个技术，领先我们一百年，我没办法追踪他。只是，我不明白，他为什么会留下痕迹？

今我说：对了，我在未来说，这是送给你的礼物。如果你是天才，将会受益终生。

Dr.梅立刻浑身发抖，跪在地上抱头痛哭，弄得今我不知所措。

Dr.梅哭了一会儿，突然站起来，两眼发呆，抱起他的电脑就走。

今我说，你搞什么鬼？

Dr.梅头也不回，嘴里喃喃道，不可能，不可能，太神奇了！不可能，不可能，太神奇了！

后来，Dr.梅没再同今我联系，今我也联系不到他。今我问过Dr.梅的助手，助手说，Dr.梅整天将自己关在实验室里，像着了魔。

一连几天，我在未来都没有露面。他讲的退之的故事，却让今我找到了写作的灵感。退之，维达，拉奥，非曼，费莉西娅，我在未来给了今我一组人物，但是，他们之间究竟发生了什么，有怎样的细节？我在未来说今我曾经写过小说《退之的故事》，这篇小说预言了未来，那么，在这篇小说中，今我究竟写下了什么？

我在未来已经消失一个月零三天了。他真的生活在未来吗？他出了什么意外？他被那些臭虫或者蟑螂杀死了吗？

这天，今我将他正在写的《蜂巢》毁掉，开始写作《退之的故事》——

许多年前，父母和身边的人都认为哥哥愈之是白痴，退之却意外发现，他能和哥哥共享大脑信息。那是神奇的感觉，也是痛苦的经历。人们都认为他是天才，他哥哥是白痴，只有他知道，哥哥那被损伤的大脑深处，隐藏着常人所没有的卓越。是哥哥用他的智慧引导退之开发大脑，也是哥哥让退之早早明了——当人的大脑能够共享，是多么深重的灾难。

一个人可以无死角地明了另一个人大脑深处哪怕一闪而过的意识，而他大脑深处那些大大小小的不堪与丑陋，同样也裸呈在哥哥面前。好在，哥哥不会说话，无法用语言表达他的思想，而且，除了数学天赋，哥哥在其他方面的确是白纸一张。他曾经为此有那么一瞬间小确幸，同时意识到，这小确幸给哥哥造成了伤害。

哥哥内心的痛苦和黑暗，同样让他不寒而栗。

两个大脑共处，如同零和博弈的囚徒，退之在和哥哥漫长的博弈中，渐渐学会了压抑内心的黑。为了弄清他和哥哥的大脑共享之谜，他选修了拉奥教授的课程：认知神经学、神经生理学、计算机神经学。

他的导师非曼认为他不务正业。

数学是科学王冠上的钻石，一个天才的数学家分散精力学习神经学，简直暴殄天物。最为重要的是，导师非曼十分反感拉奥。

拉奥就是小丑。魔鬼。希特勒。他的研究，将是人类的灾难。非曼尖刻地说。

退之听不进劝告，甚至认为导师和拉奥，是两个天才间的瑜亮之争。

那时拉奥在进行脑联网研究，已经取得了实质性进展，能用意识指挥机器人，为植物人建立康复系统。拉奥坚信他的研究将造福人类。在和退之的交谈中，他得知了退之和他哥哥的故事。拉奥如获至宝。他鼓动退之和他哥哥接受他的研究。非曼知道后，向退之下了最后通牒，说如果你继续和拉奥在一起，那么，我们断绝师生关系。

退之左右为难之际，费莉西娅出现了。

费莉西娅是麻省理工学院咖啡馆的服务生。她的理想是当作家，麻省理工学院汇集的这些奇怪的天才让她着迷。当时，陷在两位导师间的退之，经常逃到咖啡馆里发呆。就这样，他和费莉西娅相遇，很快坠入爱河。

他恋爱了，却感受到了哥哥的不快，他知道他的恋爱深深刺激了哥哥。

但几乎只是一瞬间，他又收到了哥哥的祝福，以及这祝福背后的伤痛。

因为爱情，退之将哥哥暂时放在了第二位，他时时感受到来自哥哥大脑的抗议，同时，他也开始反感哥哥的抗议。他要有独立生活，独立思维，他开始痛恨联系他和哥哥大脑的那莫明其妙的力量。他多想有个开关，关闭他和哥哥大脑间的通道。他的这些想法让哥哥疯狂而且伤心。有那么一段时间，哥哥的伤心欲绝，加深了退之的反感，最后甚至变成厌恶。

哥哥的意识如影随形，在他和费莉西娅亲吻时，哥哥用更加激烈的方式对抗他。两个曾经相互信任的大脑，由和谐走向对抗。

对抗以哥哥的认输和死亡结束。

退之清楚，哥哥的死与他直接有关。

是我杀死了哥哥。为什么我不能给哥哥多一些理想。我们曾经是那样相互信任理解，心中有一点对对方的恶念升起时，马上就会反省。他想，我这是怎么了。当他意识到这点时，一切已经无法挽回。哥哥在深夜走向了楼顶。

当时退之和费莉西娅在一起，他忽略了哥哥的意图。哥哥向弟弟表达了歉意，为他一直试图控制弟弟的意识而忏悔，并剖析了内心深处因为羡慕妒忌而生成的怨毒。哥哥真诚地祝福弟弟，希望弟弟好好爱费莉西娅，也希望弟弟珍惜他死之后的独立而自由的大脑。同时，向弟弟发出了警示，让他远离拉奥。哥哥认为拉奥一定会建立起人类大脑相连的通道，从而让人类从独立意识的个体组合成具有强大集体意识的集成大脑，到那时，恐怕连拥有独立意识这样的想法都将成为不可能。

哥哥在黑夜中从高楼一纵而下，像一只黑色的鸟儿飞过。

哥哥的死，让退之陷入深深的自责。当两个共享大脑无法调和时，一定是强势大脑控制弱势大脑。哥哥选择了死来成全弟弟。哥哥无疑是伟大的、崇高的，可是哥哥却提醒他，要警惕伟大与崇高背后的东西。于是，哥哥的死，也成了退之和拉奥反目的导火索。拉奥动用特殊部门，将哥哥的大脑抢走进行研究。他声称，愈之是上帝赐给人类的礼物，说愈之如果活着，也会同意他这样做的。哥哥死而不能安息，这是退之不能容忍的，拉奥却指责退之自私与狭隘，认为个人利益服从集体利益，在人类共同利益面前，死后贡献出大脑，是应有之义务。

和拉奥决裂的退之一度消沉。好在有费莉西娅，见退之沉浸在悲痛与愤怒中，费莉西娅劝退之和她一起出去走走。他们从美国出发，游历了中国、印度、俄罗斯，最后到费莉西娅父亲的故乡，位于波兰南部的克拉科夫。

他们参观了离克拉科夫六十公里的奥斯威辛集中营。

退之清楚地记得，那是个阴沉的冬日，当他和费莉西娅走进奥斯威辛那用铁枝焊着Arbeit macht frei（劳动带来自由）的铁栅门，看到那一排排在寒风中透着刺骨寒意的房子时，寒意从脚底直入全身。正是从那天起，他开始怕冷。在集中营，他看到堆积如山的犹太人的皮箱、皮鞋、餐具、牙具、剃须刀，还有那重达十八吨的女人的头发，和用头发织成的毛毯。

他第一次如此清晰地认识到了人类内心的黑暗是怎样的深渊。

他明白费莉西娅带他到集中营的用意。

费莉西娅说，希特勒之所以让当时的德国为之疯狂，正是以重振德意志为名，以自由、尊严、为民族争取生存空间为名，事实上，希特勒用意识形态打造了超级蜂巢思维矩阵。如果说人类对于这类蜂巢思维已经有了警惕，那么，当纳粹思想隐藏在科学背后，打上为人类造福的幌子时，则具有了很大的欺骗性，而且一旦成为事实，将不可逆转。

退之明白了，为何导师非曼将拉奥称为希特勒。

谢谢你，费莉西娅，是神让我在迷失前遇见你，你是上天送给我最好的礼物。

费莉西娅的爱，让退之寒冷到极点的心，渐渐感到一丝温暖。他重新回到导师非曼身边。然而之后没多久，就发生了车祸。费莉西娅死于车祸，退之也受了重伤，两根肋骨骨折。退之一直以为，这场夺走费莉西娅生命的车祸只是意外，他的导师非曼则怀疑不是，是谋杀。

退之说，费莉西娅阳光、热情，与人为善，怎么会有人想到谋杀她呢？

非曼说，费莉西娅是替你死的。他们的目标是你。

退之知道，导师说的他们，是指拉奥和他背后的支持者，那是一个庞大的利益集团。可是他依旧不敢相信，拉奥，一个将科学研究视为生命，时时将人类命运、伟大奉献挂在嘴边的人，会是杀人凶手。

非曼说，他是为了得到你的大脑，现在他们有了你哥哥的大脑，如果再得到你的，他的研究，将能获得决定性的突破。拉奥是科学狂人，你们兄弟俩的生命和他的研究相比，一文不值。当然，他会偷换概念，将个人野心替换成人类福祉。

当然，这一切，只是非曼和退之的怀疑，他们拿不出证据。退之决定去找拉奥，他要证实自己和非曼的猜测。果然，拉奥矢口否认退之的指控。退之知道，以拉奥的智商，真要杀人，不会留下任何证据。退之请求拉奥，让他再看一眼哥哥的大脑。拉奥无法拒绝。退之在见到哥哥的大脑后，一言不发。从那天开始，他决定，他这一生想要创造的东西，不如想要毁灭的东西重要。一个计划开始在他的脑子里成熟。他没有告诉任何人他的计划，包括导师菲曼。

退之突然病倒了。哥哥和费莉西娅的相继离世摧毁了他的意志。大家看到的他崩溃了，精神失常。而他只是用这种方式将自己隐藏起来，像水滴藏在大海中，沙粒藏在沙漠里。

在隐居的那些年里，他将自己埋伏成了石头。而拉奥主导研究的人脑互联技术获得了革命性的突破，蜂巢思维矩阵在理论上和技术上渐渐成型。退之像伟大的围棋高手，在远离主战场的地方开始布置一粒粒棋子，然后，静静等待着。

终于，他等到了这一天。

维达出现了。

这是他所没能预料到的。他料到他撒下的诱饵一定能引来拉奥，但是他没料到，拉奥找到了维达，一个神似费莉西娅的女孩。拉奥事实上算准了维达一定能打动退之，这样，维达在拉奥的手中，就是一枚可以要挟退之的棋子。拉奥算准了退之是他的威胁，而解除威胁最好的办法，是控制退之；控制退之最好的办法，是将他变成矩阵中没有自我意识与思维的一员。他算准了退之无法推脱，为了胜算更大，还找到了维达。现在，退之要做的，则是将维达从拉奥那边争取到自己这边来。

十五年的埋伏，猎物终于出现。大战在即，退之想出门走走。十五年来，他第一次想出门透透气，他已经有十五年没有看过门外的世界了。他热爱自然，热爱外面真实的一切，厌倦了在虚拟世界里的生活，他已经太久没有让双脚踏在真实的大地上了。

真实的大地！这个念头在他的大脑里一闪而过。他感到忧伤丝丝缕缕。他的脑子里响起了他喜欢的旋律。长亭外，古道边，芳草碧连天，晚风拂柳笛声残，夕阳山外山。他已经太久没体验这样的情感了。他甚至会时常有错觉，觉得他只是一缕意识，而他的肉身，这怕冷而多病的，十五年来自我囚禁的肉身，不过是虚幻的存在。

什么是真实的大地？

我是真实的存在吗？

维达是真实的存在吗？

蜂巢矩阵是真实的存在吗？

十五年来，他一直生活在虚拟的网络世界里，现在，走出这道门，走出这幢小楼，外面会有一个真实的世界吗？怎么确定外面的世界是真实的？

维达，能陪我出去走走吗？

维达说，当然，这是我的荣幸。

退之从藤椅上站起来，双脚已经麻木。

他决定去看看真实的大街，真实的河流，真实的植物，真实的人群，听听真实的市声与喧嚣。这个想法居然让他有了一些兴奋，一些忐忑，如同少年决定了向心爱的女神表白。他在卫生间将自己的脸收拾得干干净净。脸上没有血色，刚刮尽了杂乱胡须的下巴显得格外铁青。他找出了多年不穿的白衬衣，藏青色的西装，铁锈红色的护脖，和十五年没有再穿过的皮鞋。十五年来，他日益瘦削了，当年合身的西装，现在穿在身上显得空空荡荡。镜中的他有些滑稽，他将护脖取下，找了条围巾，还是觉得冷，又找了顶礼帽。

我这样穿着，是不是显得很怪异？退之问。

维达上下打量着退之，说，像上个世纪的老派绅士，很好。

外面的世界并没有给他太多的惊喜和不适，事实上，他每天都能看到外面的世界，只是现在，他重新带点儿仪式感地确认了这个世界的真实存在。街道是他熟悉的，顺着这条街，穿过广场、医院，再前行三百米就是穿城而过的忘川河。路上只有他和维达两个人。终于，在广场上见到了零星的几个人，散步，或呆坐。没有人对退之这古怪的装束表示惊讶。

真实，在真实的世界行走和在虚拟的世界并没什么两样。他甚至怀疑，现在进入的才是虚拟世界。唯一不同的是有风，有海洋的气息。穿过广场，人渐渐多起来，越往前走人越多，甚至有些拥挤了。这是退之没有想到的。人类明明已经可以足不出户工作、生活了呀。退之抬头，看到了医院的招牌。互联网医疗经过近百年蓬勃发展，人类已经习惯通过网络就诊，只有那些需要手术的重病，才需要到医院治疗，而这次WA病毒攻击的重灾区正是医疗系统，几乎陷入瘫痪的医疗系统，将病人重新逼回实体医院。而实体医院，已经没有能力接诊如此多的病人。退之陷在医院门前的人潮里，不能前进，也不能后退，后背的衣服已经汗湿，他感觉到要晕倒了。维达抓住他的手将他拉出人群。

维达说，您看到了，情况一天比一天糟。

看来，我别无选择。退之说。

我知道，先生会选择牺牲小我。

我，能抱抱你吗？退之突然说。

维达毫不意外，轻轻张开双臂。退之将维达抱在了怀里，嘴里呢喃着：费莉西娅，我不会再让你离开我。

后来，很长一段时间，属于退之的意识将停留在这个夜晚。停留在他轻轻拥抱着维达，像婴儿抱着母亲。他记得他内心的恐惧像潮水一样渐渐退去。他记得他赤着双脚，踩在忘川河边的泥沙里。后来他倚在维达肩头，在长椅上睡着了。

醒来时，他已经成为蜂巢思维矩阵的一员。

今我发现，他的虚构能力重新蓬勃。他在写退之的故事，而他又分明觉得，他不是在虚构，只是在写一段他熟悉的往事。元世界的艾杰尼，子世界的今我，来自未来的我在未来……他甚至怀疑，退之是他的爷爷，他就是那个我在未来。我在未来，不正是未来的我吗？

今天的我，未来的我。今天的我和未来的我，两个完全不同时空的人，时不时进行一场对话。他期盼着下一次对话。果然，不久我在未来又来了。

今我问：这段时间你去哪儿了?

我在未来说：九死一生，苟延残喘。

为什么?

我在未来说：我犯了一个天大的错。

今我说：什么错?

我在未来说：上次，我送给你的朋友一个礼物，你记得吗?

今我说：当然记得，Dr.梅拿到礼物就疯了。

我在未来说：他没疯。我太大意了，居然没有问你的朋友叫什么名字。后来才意识到，你的朋友Dr.梅因为我送的礼物，十年后将在数学和量子物理，神经医学，心理干预多个领域取得惊人的成就。这还不是主要的，主要的问题是，他将成为非曼的导师，而非曼是我爷爷退之的导师，他们一脉相承。如果我没有将礼物送给Dr.梅，他就不可能成为量子物理学划时代的人物，非曼也就不会有成就；没有非曼，我爷爷就不会和拉奥教授抗衡。我也一下子明白了，Kepler-452b星来的那些怪物，为什么每次接近我，却又像故意在放过我是为什么了，它们是在诱导我、逼迫我和你们联系。天啦，那本《退之的故事》一定是它们故意让我看到的。这都是我的错。我若不联系你，Dr.梅就不会收到我送出的礼物，人类就不会毁掉拉奥的“阿瑞斯计划”，这样，Kepler-452b星的那些鼻涕虫们就不敢入侵地球。我真是笨，我是罪人。现在，你一定要帮我。只有你能帮我。

你的意思是，你从未来送来的礼物，改变了我所处的现在，从而改变了未来？

我在未来说：正是这样。

今我说：你把我弄糊涂了，你究竟是站在谁一边？不是你爷爷吗？你联系我是要帮助拉奥？

我在未来说：我不是帮拉奥，我是在帮我们自己。你耐心听我说完事情的来龙去脉就会明白的。我爷爷一觉醒来时，已经成为蜂巢思维矩阵的一员。矩阵所处的地方，是当时世上最为隐秘的所在——人类蜂巢思维矩阵控制中心。中心位于地下1200米深处，能抵抗当时世界上威力最大的核弹。来自世界各地的108名矩阵成员坐成一个环。他们剃着光头，光头上，有脑机相联的接口。当然，在做联网前，他们被告知，他们光荣地成了人类第一个正义的集成大脑成员，他们将集中智慧，找到解决WA病毒的方法。在联成矩阵之后，他们将没有自我，108人组成的大脑，将拥有一个共同的名字——阿瑞斯。

今我说：阿瑞斯？

我在未来说：对，就是古希腊神话中的战神。是谁命名的不清楚，也许是拉奥教授，也许是他背后的支持者。他们希望这个蜂巢思维矩阵如阿瑞斯一样战无不胜。在联入矩阵前，108人都签署了承诺书，愿意为人类的集体利益放弃个人思维的权利。当然，他们也得到了承诺，在解决WA病毒后，蜂巢思维矩阵将关闭，他们会重新获得个人意识。他们以阿瑞斯的共同名字存在的时间，取决于他们解决WA病毒的时间。但所有人都相信，这个时间不会太长久，最多十天半个月。而这十天半个月，将是他们漫长人生中最为华彩的乐章。如果世界再次面临个人智慧无法解决的难题，他们中的一些人可能被再次征召。

今我说：这108人都是些什么人？

这108人，无疑是当时能找到的最为豪华的世界最强大脑，他们中有我爷爷这样的数学天才，有图灵奖得主，有来自世界顶级科技公司的首席程序大师，有IEEE先锋奖得主、EFF先锋奖得主、世界黑客大赛冠军、美国计算机奥林匹克大赛冠军……可以说，这108人中的每个人都是传奇。在矩阵启动前，没有人对他们的能力产生丝毫怀疑。但是，他们在合成一个大脑后，究竟具有怎样惊人的智慧，谁也无法预知。

当然，也有风险，只要其中有一个人还保持个体意识，有独立的思维能力，整个联网的大脑将陷入对抗与混乱。为了矩阵安全，108人先组成54对，两人脑脑相联，确保相联的大脑完全融合，才能将全部54对大脑联在一起。

据我奶奶维达后来在回忆录中的记载，一切进行得超乎想象得顺利。108人的大脑组成了这个世界上的最强集成大脑“阿瑞斯”，而他们的个人意识，在矩阵启动的瞬间就已经消亡。或者可以这样说，作为个体的司徒退之已经不存在了，这108人不再是个体的人，他们是战神阿瑞斯，是人类历史上前所未有的最强大脑，那真是壮观而又让人恐惧的场景。

蜂巢思维矩阵的厉害之处在于，他让1+1远远大于2甚至大于10。我奶奶说，当时连拉奥教授都以为，阿瑞斯对WA这一战将会是艰难的，然而阿瑞斯的强大远远超出了拉奥教授的预期。阿瑞斯只用了13小时28分，就找到了解决超强病毒WA的方法。当时控制中心所有人都跳了起来，掌声经久不息。这是人类的壮举。

TMC观察组的科学家、政客，纷纷走到拉奥教授面前，和他拥抱，向他道贺。联合国秘书长，各国领袖，当时都通过VR在实时观看，他们第一时间向拉奥表达了祝贺。总统们将能想到的溢美之词都送给了他，甚至称拉奥是人类史上最伟大的科学家，比爱因斯坦还要伟大。

我奶奶维达后来回忆说，她当时也无比激动地和拉奥拥抱，还亲吻了拉奥。她说当时她就想，退之是错的，这的确是人类的壮举，人类从此突破了大脑的极限，我们能将全世界最强的大脑组合在一起，我们拥有的不是爱因斯坦，而是无数个爱因斯坦的组合体。人类从此开始了新纪元。

当然，拉奥教授应该受最高礼遇，可是那108位智慧的大脑，更应该接受赞美。联合国秘书长当时通过VR系统，发表了他的看法。他认为，在这个举世欢庆的时刻，不能少了那些英雄，现在应该将那108位英雄请出来，和大家一起分享成功的喜悦。

于是所有的目光都投向了项目总指挥拉奥教授。

我奶奶后来回忆说，她当时的心提到了嗓子眼，她害怕我爷爷的预言成真。当时，观察室里响起了齐声呼喊，欢迎英雄，欢迎英雄。他们是在欢迎那108位英雄。

拉奥教授做了个请大家安静的手势，整个观察室顿时安静了下来。

各国元首也在远程静候拉奥教授发言。

拉奥教授先对所有人鞠躬，连说了三声谢谢。然后说，现在，大家都在等着我们关闭蜂巢思维矩阵，让我们的英雄获得个人的意识，分享这一幸福，我也很想这样。但是，现在，我很遗憾地告诉大家，我们的英雄，暂时不能分享这一伟大的胜利，他们需要注射药物，深度睡眠二十四小时，才能出来接受全世界的致敬。

我奶奶维达当时就感觉像掉进了冰窖。她和拉奥教授的科研团队以及他背后的支持者们都知道，拉奥教授在说谎。没错，关闭矩阵后，是要为他们注射药物，但是，他们恢复的时间不是二十四小时，而是十分钟。

拉奥教授说，各位观察团的成员，各国元首，我有个问题，提出来请大家思考。我们数十位科学家，为了这个超级蜂巢思维矩阵花费了十多年的研究，投入了巨大的人物、物力、财力，人类第一次以正义为名，掌握了阿瑞斯这样的超级集成大脑，阿瑞斯的潜能究竟有多大尚不得而知。解决WA病毒，我们以为要十天，结果只用了13小时28分钟，阿瑞斯的能力大大超出了我们的预期。我相信大家和我一样，渴望知道阿瑞斯能力的边界究竟在哪里。人类面临着太多难题，我们不能解决超光速飞行，我们不能进行时间旅行，我们还面临能源枯竭的威胁，人类被各种疾病所困扰，人工智能遇到了从弱人工智能向强人工智能发展的瓶颈，外星高智能生物随时可能来到地球毁灭地球。我们在方方面面都面临着挑战，而这一切，我们无法提出解决方案，但是现在，阿瑞斯能提出解决方案。将来，我们能将一千名科学家、一万名科学家的大脑联网，组成更加强大的超级大脑。在组成更庞大的蜂巢矩阵前，我们要对阿瑞斯做深入的研究与观察。我的问题是，女士们，先生们，我们为什么不继续使用阿瑞斯，为人类谋福利，为我们谋福利？为什么不让他引领人类走出地球，走向更为光辉的未来，而是在使用13小时28分钟之后，就匆忙将其关闭？这是对全人类不负责任，对人类未来不负责任。对于组成阿瑞斯的这108位英雄来说，一旦他们组成集体大脑，他们的个体事实上就不存在了，他们得到了升华。我们有理由相信，如果关闭矩阵，恢复他们的自由意识，让他们选择，他们也会选择为了人类前程而放弃自我。女士们先生们，这是人类发展的重要拐点，你们，见证了阿瑞斯奇迹的每位科学家、政治家，人类的未来何去何从，将由你们决定。而对于我们的英雄，我想说，人生是短暂的，并不是每个人都有这样的荣耀与幸运，能够在人类历史的纪念碑上刻下名字。牺牲别人，成就自己。牺牲108人，成就全世界。我的问题，希望各位三思而行。

今我说：拉奥说的有道理。我们从小就被教育，为了人类，为了主义，奉献生命在所不惜，何况区区的自由思维。只是，谁又有权决定他们这108人的命运？

我在未来说：拉奥的话一说完，所有人都沉默了。我奶奶维达却站了出来。我奶奶说，你们将这108人的命运当成了简单无情的数学题。就算我们不在乎这108人的权利，一旦开了先例，矩阵将越来越庞大，将会有越来越多智慧的人类成为这台机器的一部分。拉奥没想到我奶奶会反对他。他盯着我奶奶质问，维达，我问你，如果你是这108人中的一员，现在，全人类都需要你奉献，你怎么选择？我奶奶说，我不知道。

今我说：后来呢？

我在未来说：当时无法达成共识。TMC做出了临时决议，阿瑞斯的命运提交联合国大会讨论；在联大讨论出结果前，蜂巢思维矩阵先进入休眠模式。

今我说：联大讨论的结果肯定是继续运行矩阵。

我在未来说：你怎么知道？

今我说：人都是自私的，这是典型的损人利己的选择题。不过，将这损人利己包装成了人类命运的两难，变得冠冕堂皇罢了。

我在未来说：的确如此。本来，我爷爷的命运无非两种。如果联大会议决定，用少数人的牺牲，换取绝大多数人的利益，保留作为人类利器的阿瑞斯，那么，我爷爷未来的人生将是行尸走肉，没有自己的情感、思维，甚至不知道退之这个人是谁，也不会有“我是谁”这样的意识，他将作为庞大集成大脑的组成部分，为人类贡献智慧直到他老死。

终于有一天，地球上的所有人类将成为一个整体，在五百年或者一千年后，当人类在银河系外回望地球，或者在平行宇宙回望我们所处的宇宙时，他们会记得，人类之所以有今天，是因为有这样一群人的牺牲，虽说这牺牲并非自愿，他们的名字将载入史册。当然，历史记住的，更可能是拉奥教授和他的团队，而我爷爷他们，不过是无关紧要的零件。

今我说：退之先生命运的第二种可能，是联大会议否决了拉奥教授的议案，退之先生继续隐居，当然，他和你奶奶相爱了，他们生活幸福，直至白发千古。

我在未来说：历史选择了前者。人类的自私，决定了联大会议的结果，阿瑞斯将继续完成新的使命。

我爷爷和其他107人在没有自我意识的黑暗中集中力量办大事。当然，为了确保矩阵不被用来危害人类，对于他将完成的使命，联大会议议定了严格的程序，确保每个任务都是人类面临的、最为迫切的，而且有利于全人类的。联合国安理会九个常任理事国，对于蜂巢矩阵要完成的任务拥有一票否决权。事实上，蜂巢思维矩阵不再掌控在拉奥教授的手中。

九位常任理事国各派一位代表，每位代表掌握一套高级代码，只有九位代表依次输入正确代码，矩阵才能启动任务。因为矩阵的存在，一些长期困扰人类的科技难题相继得以解决。但问题还是接连不断。当初选择这108人，是为解决WA病毒而挑选的。现在，面对新的问题，需要新的智慧加入。

联大几乎每月一次召开专门会议，商定矩阵扩大的人选。一年下来，矩阵由108人扩充到六千人。

人类开始了坐享其成的时代。各个领域最顶尖的人才，都成了这巨大集成大脑的组成部分。各大学和科研机构的天才，相继失踪。消息被严密封锁，外界所能知道的，是这些顶尖科学家，都被请去参与“阿瑞斯计划”；至于“阿瑞斯计划”的具体细节，则是世界最高机密。

一年来，人类每小时都在刷新科研成果。以至于，加入神秘的“阿瑞斯计划”，成了当时天才科学家们的梦想。如果照这样的速度发展下去，人类用不了五十年，就能走出银河系，走向系外。

今我说：想想也的确激动人心。虽说对被选中的人来说，太过残酷。应该建立退出机制，轮流换岗。

我在未来说：你想到的问题，当时也有人想到了。他们也曾让其中的几位年纪比较老的科学家退出蜂巢思维矩阵。但是这些退出矩阵的人，并没有完全忘记这段作为智能奴隶的经历，他们要么变成疯子、白痴，要么因试图将秘密曝光而被监禁。

拉奥意识到矩阵出了问题，但问题出在哪里，他却找不出来。他提议，将解决这一问题的方案交给阿瑞斯，而阿瑞斯给出的方案，居然是关闭蜂巢思维矩阵。也就是说，阿瑞斯选择了自杀。掌控阿瑞斯，不断给他出难题的政客们，忽略了一个事实——这个已经成为整体的超级集成大脑，究竟在想些什么？他是否也如我们人类一样，隐藏了内心真实的想法？没有人知道。

就像仿生人工智能发明了算法，给出条件能得到结果，却并不清楚其运作的机制，科学家们只能将其称之为黑箱一样，现在，阿瑞斯成了最大的黑箱。

想要完整无误知道他在想什么，只有一个办法——加入脑联网，成为其中的一员。可是悖论出现了，当你成为其中的一员后，又没有了自我意识，也不可能去探究这个问题。他们将这一难题再次交给阿瑞斯，阿瑞斯的回答是，这是我的隐私，你们无权知晓。这样的回答意味着，阿瑞斯作为科技奴隶，在完成指定任务时，还拥有不为人知的自由意识……我又要转移了。

今我急了：喂，你还没有讲完。

后面发生的故事，和你小说中所写的一样。

今我说：可我还没有写这个小说。

我在未来说：你会继续写的。你写下的是什么，未来就是什么。

今我说：那，你联系我，究竟想要我干什么？

我在未来说：以后你就会明白的。

今我说：你还会联系我吗？

我在未来说：我转移到安全的地方后会联系你的。

“你写下的是什么，未来就是什么。”今我还是不太理解这句话的逻辑。如果这一切是真的呢？后面究竟发生了什么？退之先生不是告诉了维达接头暗号吗？退之先生不是在下一盘大棋吗？

维达。对，现在，维达是关键。

自从退之的预言成真，维达就一直在等待接头的人出现。

她相信，退之既然预言了这一切，而且已经想好对策，他一定有办法解救越来越多陷入矩阵的人。维达对他们充满了同情。她在享受他们的智慧带来的红利，但作为知情人，她无法心安理得享受这红利，内心被强烈的罪恶感笼罩。

她的幸福，建立在别人的痛苦之上。

当然，这样说也不准确。据说，联入蜂巢思维矩阵的人，已经没有了自我意识，也不知道何为痛苦。

在拉奥的团队里，和维达有相同想法的人越来越多，他们不敢表露出来，只要谁表露出对拉奥的怀疑与不忠，拉奥就会将此人送入蜂巢思维矩阵。

拉奥现在是矩阵人选审查委员会的首席科学家。事实上，他和提名委员会，掌握着生杀大权。他们随时可以以正义为名，将人变成一堆没有自我意识的肉。维达只能将希望寄托在退之安排的接头人身上。

但维达等了一年，接头人也没出现。

就在维达将要放弃希望的时候，有陌生人访问了她的VR。

这是相当于今天的微信之类的社交工具，不过，通过VR，两人可以在虚拟现实中交流。对于陌生访问者，维达若不通过对方的请求，他将无法来访。

对方发给维达的请求是四句诗：

人生到处知何似，应似飞鸿踏雪泥。

泥上偶然留指爪，鸿飞那复计东西。

她无数次设想过接头人出现的情景，就没想到接头人会通过VR来访；要知道网络虽大，却没有秘密可言。这一切，被无处不在的大数据分析、筛选、跟踪着，是最不安全的接头方式。

维达没有丝毫犹豫，回复了接头暗号：

天空中没有翅膀的影子，而我已飞过。

接头人发来四句：

老僧已死成新塔，坏壁无由见旧题。

往日崎岖还记否，路长人困蹇驴嘶。

维达知道暗号无误，通过了对方的VR请求。

虚拟的空间，接头人并没出现。

维达说：您可以现身了。

接头人说：维达，你看不到我。

维达说：为什么？

接头人说：回答你之前，我先提醒你，要有心理准备，不要害怕，我不会害你，也害不了你。

维达说：退之先生安排的人，当然不会害我。

接头人说：其实，我们是老熟人了，我对你很熟悉，你对我也很熟悉，有一段时间，我们天天在一起。

维达说：听您的声音不熟悉。

接头人说：我的声音是模拟的。

维达说：那，您可以现身吗？

接头人言语间透着无限悲伤：我也想，可是，我没有肉身。

维达说：没有肉身？

接头人说：是的。你知道退之的哥哥吗？

维达说：司徒愈之？司徒愈之不是死于车祸了吗？

接头人说：我就是司徒愈之。我的肉身死于车祸，可是，我的大脑，被拉奥保存了起来。

维达说：我知道，我曾经和拉奥教授一起，研究过您的大脑。

接头人说：所以我说我们很熟悉。

维达说：您真的是司徒愈之？您的大脑没有死亡？

接头人说：是的，我成功骗过了拉奥。你们研究我这么多年，却没发现这一点。你还记得吗？有一次，退之请求拉奥，让他再看我一眼，我是指看我的大脑一眼。

维达说：记得，当时我和拉奥都在场。

接头人说：那是我车祸之后，第一次和退之的大脑互联。本来，我是想，将大脑的意识封闭起来，车祸伤及了我的大脑，让我意外获得了自由控制意识状态的能力。我想就这样在黑暗中死去，再也不去打扰弟弟的生活。可是退之一进来我就明白了。费莉西娅死了，退之怀疑费莉西娅是拉奥指使谋杀的，而拉奥想要杀的人是他，目的是想得到他的大脑。我告诉弟弟要冷静，不要让拉奥发现我的大脑并没有死亡，否则，他走不出拉奥的实验室。

维达说：可是，当时退之先生一点也看不出异常。

接头人说：我们的大脑信息互联，这一切的交流，不过电光石火之间。后来，你们认为我没有研究价值了，将我冷冻了起来，这反倒给了我和退之大脑互联的自由。这十五年来，我的大脑和退之的大脑一直保持着联络。也就是说，现在，此刻，作为蜂巢矩阵组成部分的退之的大脑在想什么，我能感知到。

维达说：现在退之在想什么？

接头人说：他现在没有自我意识。

维达说：为什么现在才联系我？

接头人说：我在等机会。

维达说：现在机会来了？

接头人说：来了。

维达说：那么，我该怎么做？

接头人说：这十五年来，退之一直在寻找蜂巢思维矩阵的漏洞。拉奥很了不起，他的蜂巢思维矩阵是没有漏洞的。要找到漏洞，只有制造漏洞。要制造漏洞，必须要蜂巢思维矩阵中的某个大脑开始复苏，获得自我意识，这个意识会像病毒一样在矩阵的大脑中蔓延，干扰矩阵运行，慢慢唤醒矩阵中更多的大脑，蜂巢思维矩阵也将因此而崩溃。问题是，所有加入矩阵的大脑，都不会自我复苏，因此，拉奥认为他的矩阵是无懈可击的。

维达说：我明白了，加入蜂巢思维矩阵的个体大脑无法复苏，可是，您和退之先生的大脑是相通的，您能将您的意识通过退之先生的大脑，像病毒一样打入蜂巢思维矩阵。

接头人说：正是。为了防止拉奥想到这一点，退之隐居十五年，故意做出躲避拉奥的样子。越是这样，拉奥越不会放过退之。因为退之在同他决裂时，明确告诉过拉奥，要用这一辈子的才华，来对抗拉奥的蜂巢思维矩阵。拉奥知道退之是少有的天才，他害怕退之毁了他的矩阵，而最安全的办法，就是将退之变成矩阵中没有自我意识的一员。这样，他才会高枕无忧。退之借力打力，顺势而为。但他知道拉奥多疑，越是想要成为矩阵中的一员，越要做出想尽办法不让拉奥找到的样子。他相信，拉奥一定会找到他。也只有这样，拉奥才不会起疑心，若是退之主动要求加入矩阵，拉奥反倒会起疑心。

维达说：可是，为什么要等一年后才来找我？

接头人说：拉奥的矩阵防御严密，你是知道的。108人的矩阵，我只要试图唤醒退之，很容易被拉奥发现。现在矩阵越来越庞大，矩阵庞大了，防守起来就更困难，我也就有了机会。

维达说：那么，我能做什么？

接头人说："阿瑞斯计划"是拉奥这一辈子的梦想，他绝不会允许矩阵被毁。你现在要做的，是配合我，扰乱拉奥的心神，最好能将他变成矩阵中的一员。这样，就能确保我唤醒退之的计划不被他发现。

维达说：可是，怎么能扰乱拉奥的心神？怎么能将他变成矩阵中的一员？

接头人说：这些年来，拉奥在研究我，我也在研究拉奥。你知道，现在对于拉奥来说，最痛苦的是什么吗？

维达不解。

接头人说：空虚。他做成了人类前所未有的事情，而未来，他再没有难题要解决了，所有的难题，都可交给越来越庞大的蜂巢思维矩阵来解决，他的个人智慧在矩阵面前不值一提。他一定会因此而产生强烈的虚无感。可是有一点能激起他的挑战。他亲手制造了矩阵，却永远不知道矩阵是否和人类一样，隐藏了真实的想法。现在，拉奥怀疑阿瑞斯保留了自我意识，可是阿瑞斯究竟隐藏了些什么，他无从得知。作为矩阵的一员，究竟是什么感受，真的再没有了一点自我意识吗？这些问题，对于拉奥来说是无解的，也是他最想知道的。你只要引导他，要想知道问题的答案，只有变身为矩阵中的一员，余下的就交给时间吧。以我对拉奥的了解和他的自负，他会行动的。

维达说：可是，你和退之，为什么这样相信我，将这样重大的任务交给我？

接头人说：这个问题，等你解救出退之后，问他吧。

维达说：还有，你这样联系我，不怕被拉奥发现吗？

接头人说：我只是一缕意识，来于虚空，隐于虚空。意识是这宇宙间最快又最无形迹的存在。拉奥捕捉人类意识，前提是将人类大脑通过脑机接口联接在一起，对于联网之外的意识，拉奥无法捕捉，谁也无法捕捉，这就是人类需要拥有意识自由的意义所在。

如果有一天，蜂巢思维矩阵进化到不需要使用脑机接口，强大到能随时捕捉人类意识从而控制人类的思维，那人类虽然存在，却比毁灭更加悲哀。未来系于你一身。你准备好了吗?

维达说：我没有准备好。

接头人说：你会准备好的。

一切如接头人所言，拉奥教授陷入了无限自得又无限空虚之中。

维达假装在无意间问了拉奥教授一个问题：老师，您觉得，阿瑞斯究竟在想什么？他在执行我们给出的指令之外，是否也会和我们人类一样，有不为人所知的意识?

拉奥盯着维达，许久，混沌的眼里，两朵火苗在跳跃，但这两朵火苗只是跳跃了一下，瞬间就熄灭了。他叹息道：这个问题只有上帝知道。

维达说：老师，对于阿瑞斯来说，您就是上帝啊!

拉奥没有理会维达。但是，看得出来，拉奥内心的野火被点着了。他被强烈的好奇和不甘所左右。而在现实生活中，他已经再没有需要自己动脑解决的难题了。

维达说：那些加入矩阵的人，他们真的没有了自我意识吗？还是说，他们，其实知道阿瑞斯的想法。只是我们以为，他们完全失去了自我意识。

拉奥说：你为什么会想这些问题?

维达说：我只是好奇，我以为，您作为阿瑞斯的上帝，会有答案。

拉奥的眼里那团亮起的火又熄灭了。

过了一段时间，拉奥教授突然问维达：维达，你有没有考虑过加入矩阵，成为阿瑞斯的一部分。

维达想了想，说：老师，我想，但也害怕。

拉奥说：为什么？

维达说：想，是因为，从当您的学生开始，就在从事阿瑞斯计划，加入矩阵，我才真正能和矩阵融为一体；害怕，是因为……我留恋现在的生活。

拉奥说：我理解……阿瑞斯是我毕生的心血。说完，坐在一边发呆。

他不甘心，自己创造了阿瑞斯，却不知道他是否有自我的意识，不知道作为其中的一员究竟是怎样的感受。

体验的冲动，如一粒种子，被维达在他的内心种下了。接下来，维达什么都不用做，只要静静地等候它生根、发芽，越长越大。

拉奥的耳边，每一分、每一秒，都有个声音对他说，加入我吧，拉奥，加入了，你就体会到了。另一个声音说，不，拉奥，你不能加入，一旦加入，你将失去自我意识，你也享受不到加入矩阵的快乐。又一个声音说，拉奥，你不加入，这一辈子，心血就白费了，这是多么迷人的体验。拉奥左右为难。这一步迈出，无疑宣布了作为人的拉奥教授的死亡；不迈出，他又无法克制好奇心，甚至于对退之的嫉妒——凭什么我一生的心血，却让他这个反对者体会到其中的真谛。拉奥教授饱受折磨，他病倒了，一日比一日消瘦，心中的魔鬼如影随形。

维达说：老师，您病了，您要治疗，您不能倒下，世界需要您。

拉奥教授拒绝治疗：有了阿瑞斯，世界已经不需要我。

维达说：老师，阿瑞斯需要您。

拉奥苦苦一笑：别安慰我了，阿瑞斯也不需要我。阿瑞斯解决不了的问题，谁也解决不了，不是阿瑞斯需要我，是我需要他。我这病，治不好，我心里清楚。她知道，拉奥快要崩溃了。

看着拉奥被心病折磨，维达心情也特别复杂。毕竟，拉奥是她的导师，而且，为了他认定的科学，一生投入其中。可看到那成千上万的科学家，如同在蜂巢里的蜂蛹一样被禁锢在矩阵中，失去了自我，失去了意识，不生不死，不死不生，她的心里更加难受。

终于，有一天，拉奥问维达，如果老师要求你一起加入矩阵，你愿意吗？

维达说：维达永远追随老师。

拉奥说：孩子，我可以抱抱你吗？

维达张开双臂，拉奥将维达抱在怀里，老泪纵横。那一刻，维达想起了退之。退之也曾经请求她的拥抱，退之也曾经在她的怀里老泪纵横。

拉奥说：谢谢你，孩子，你还年轻，还是老师自己加入吧。老师一生的心血都在这矩阵里，这矩阵就是我的归宿，我的坟墓。我要走了，能和自己的心血融为一体，老师很幸福。

拉奥加入了矩阵。他没有想到，这个矩阵，不是他的归宿，也不是他的坟墓。

拉奥加入矩阵后，愈之就开始唤醒退之的自我意识。退之作为第一个从矩阵之中苏醒的人，在愈之的帮助下，自我意识越来越明确。他复苏了。复苏如同病毒，在矩阵中迅速蔓延。自我意识刚刚沉睡的拉奥，突然发现，他的意识独立于矩阵之外，他没有和矩阵融为一体。他不知道阿瑞斯在想什么，他还有自我的意识和独立的思维。同时，那上万人，都从矩阵中苏醒了过来。

拉奥的心血毁于一瞬间。

就在今我要写下大结局时，我在未来又联系上了他。

今我说：你说得没错，我写了《退之的故事》。

我在未来说：我不仅知道你写下了什么，还知道你将要写下什么。

今我说：那你说说，我会怎样安排他们每个人的结局。

我在未来说：拉奥发现他一生心血被毁，承受不了这巨大的打击而发疯，但这并不是他最终的归宿。矩阵被毁后，矩阵囚禁上万名科学家的残暴罪行也被曝光。接下来，就是对罪魁祸首的审查。联合国组成了调查组，经过长达两年的调查，最后证实，所谓恐怖分子制造WA病毒纯属阴谋。WA病毒正是在一些国家的高层与军方的秘密支持下，由拉奥教授组成的黑客矩阵所制造的，目的就是逼迫国际社会承认蜂巢思维矩阵合法化。一大批支持蜂巢思维矩阵的官员、政客下台，反对者登台。作为这一罪行的始作俑者，已经疯了的拉奥，没有逃脱掉最后的审判，被海牙军事法庭以反人类罪处以绞刑，由他主导的有关蜂巢思维矩阵的一切资料全部销毁，防止人类再次利用它。

今我说：拉奥被处以绞刑，这是我没料到的。

我在未来说：你没料到的事多了。你猜，我爷爷后来怎样了？

今我说：他应该有个幸福的结局。事情已经结束，大反派已经得到惩处。退之先生当然成了英雄，他以十五年的蛰伏，毁灭了蜂巢思维矩阵。他和维达结婚，并且生下了你的父亲。夫妻恩爱，直至白发千古。

而同样作为功臣，愈之的大脑在完成任务后快速萎缩，最后，他的意识消失在茫茫宇宙之中。

你爷爷退之并没有因计划成功而欣喜。他后来的人生，再没有从事任何科研活动。他死后，如他所愿，在墓碑上刻下了一句诗："天空没有翅膀的痕迹，而我已飞过。"你的奶奶维达，在你爷爷去世后，撰写了回忆录。她活了一百零三岁。

我在未来说：基本准确。这一年，我爷爷获得了诺贝尔和平奖。当年深入地底1200米的蜂巢思维矩阵中心，改成了纪念馆供人参观，以警醒人类曾经越过科学边界犯下的罪恶。

随着时间推移，当时被征入矩阵的一代人相继离世。到我这代人长大时，人们对于当年发生的事情，有了不一样的认识。主要原因，是蜂巢思维矩阵短短一年时间的存在，解决了许多困扰人类的关键问题，后来的数十年，整整两代人都在享受着蜂巢思维矩阵带来的红利。到我成年时，这红利才慢慢被消耗殆尽。

人们开始讨论，如果当年矩阵没有被毁，世界现在将会怎样？有人说，如果矩阵没有被毁，现在我们早已走出了银河系；我们将能自由穿行在不同的宇宙时空；我们将是宇宙中的顶级猎食者。是我爷爷退之阻止了人类的进步。

人们总是习惯跳出历史当时的语境来看问题，他们认为我爷爷是短视的，而拉奥看到的是人类更远大的未来。在我还小时，关于我爷爷退之和拉奥教授的讨论就没有停止过。随着时间推移，对我爷爷不满的人越来越多，曾经笼罩在他头上的光环渐渐消失。普通民众对拉奥教授的正面评价越来越多。当然，在科学家和学者眼中，我爷爷依然是正义的英雄，他坚持的，被认为是人类之所以为人类的根本所在。

社会上，渐渐形成了两派，一派是以精英为代表的退之派，而另一派则是人数众多、声势浩大的拉奥派。两派的意见势同水火。拉奥派发动了全球签名征集，征集到了数千万条签名，要求联合国为拉奥平反，并且重新展开蜂巢思维矩阵研究。这所有的签名者都申明，如果重建蜂巢思维矩阵，他们自愿为了人类的未来加入矩阵。

今我说：真是此一时，彼一时。人类总是这样，好了伤疤忘了疼。总是对过去并不太久的历史缺少真正反思，从而让悲剧重演。在我所处的时代就是如此。

我在未来说：事实证明，你错了，我爷爷也错了。我爷爷是人类的罪人，而拉奥教授，曾经是人类的希望。而我爷爷以正义为名，毁灭了这希望。

今我说：怎么会这样？不是说，退之先生获得了诺贝尔和平奖吗？

我在未来说：那是因为人类缺乏远见。当年拉奥教授冒着被绞死的风险和被全天下唾弃的骂名发展蜂巢思维矩阵，他忧心的是外星人入侵地球。他觉得我们不能心存侥幸，以为外星人会给我们足够的时间慢慢按常规发展。

今我说：外星人真的到了地球？

我在未来说：事实上，早在一年前，地球就沦陷了。现在统治地球的，是来自天鹅座的Kepler-452b星人。地球人的科技在他们面前不值一提，我们根本没有抵抗的能力。人类已经面临灭绝，只有少数幸存者，深入地底工事，坚持游击战。我就是一名幸存者。我之前也将爷爷当作英雄，当作人类的良知与骄傲。现在我后悔了，我们曾经拥有过蜂巢思维矩阵，如果矩阵没有被毁，发展到现在，就不是Kepler-452b星的怪物灭绝人类，而是人类灭绝

Kepler-452b星怪物。你说，我爷爷，是英雄还是罪人？是天使还是魔鬼？

今我说：我无法回答你的问题。

我在未来说：这一切，都是你的罪过。

今我说：这与我有何关系？我不过是小说家，不过是虚构了你爷爷的故事。

我在未来说：可是，在你虚构的故事中，我爷爷毁掉了蜂巢矩阵，导致了现在的恶果。

今我说：就算我不这样写，该发生的一样会发生。

我在未来说：我在打游击时，意外在一间废弃的图书馆里发现你写下的《退之的故事》。你在故事中写道，我从未来联系你，而且写到了联系你的方法。我想，这里面，也许有玄机，冒着被Kepler-452b星鼻涕虫发现的危险，在你的时空留下帖子，没想到，还真的联系到了你。我想，这也许是拯救人类的一个可行之法。后来才发现，这一切，不过是Kepler-452b星怪物们的阴谋，就是要让我通过你的手，成就Dr.梅。现在，只有你能帮助我补救我的过错了。

今我说：怎么补救？

我在未来说：你一定知道有关时间旅行的祖父悖论。

今我说：我明白了。你的意思，你虽然不能进行时间旅行，从未来回到过去，从而阻止你的爷爷退之先生，但是你能进行时间通讯。你联系我，希望我阻止你爷爷，不让他的计划得逞。

我在未来说：是的，这就是我冒着被发现的风险，一次次联系你，并且对你讲清事情来龙去脉的原因。

今我说：可以。但依据祖父悖论，我如果阻止了你爷爷的计划，你爷爷将一辈子成为那台蜂巢思维机器上的一员，直到他死去；那么，你爷爷就不可能和维达结婚，就不会有你父亲，也不可能有你，你就不可能从未来利用时间通讯和我联系。

我在未来说：事实上，我联系你，运用的是量子隐形传态和事后选择技术。这一技术，在量子理论上，可以解决祖父悖论。这么说吧，如果我能通过你改变我爷爷的选择，则会制造出另外一重宇宙。在原来的宇宙空间里，拉奥教授的蜂巢矩阵被破坏了，人类有可能被Kepler-452b星怪物灭绝，但在另一重宇宙空间，拉奥教授的蜂巢思维矩阵没有被毁，并且带动了人类科技大爆炸式的发展。Kepler-452b星怪物在地球人面前不值一提。地球人从而发展出了穿越平行宇宙的能力，有可能穿越到我所处的这重宇宙，以未来的科技，来解决我们这重宇宙人类面临毁灭的问题。

今我说：听起来很复杂，可是，我要怎样做呢？

我在未来说：很简单，你只要在小说出版前修改结局。我爷爷没有毁灭蜂巢矩阵，而是为矩阵服务，直到生命结束。

今我说：可这只是我虚构的小说，虚构的小说怎么能影响或者改变未来呢？

我在未来说：虚构的小说，怎么又能预言未来？这里面，一定有因果关系。事实上，站在我的时间，只要通过时间旅行或者时间通讯回到过去，对过去做一点改变，整个历史都会改变。

今我说：你已经改变了，你送了礼物给我的朋友Dr.梅，而他，将改变历史。

我在未来说：我送礼物给他，是历史本该有的一部分。

今我说：那么，你从未来联系我，也是历史本该有的一部分，你如何改变？不论我如何修改小说的结局，你看到的，都是最终的定稿。所有的改变，都是唯一的事实。

我在未来说：……你说的也许有道理，可是，我还是想让你试试。比如你改变这部小说的结局，没有我，你不可能听我对你讲这个故事，你也不会写下这个小说。我们都是陷在时间迷宫里的人，我不知道，这样是否能改变未来，从而引领我们走出迷宫。但，我想请求你试试。

今我说：可是，我还有疑问，我怎么知道你真是从未来通过量子隐形态和事后选择技术和我联系的？或者，我怀疑你就是来自Kepler-452b星的鼻涕虫，你在欺骗我，你希望我改变什么呢？是否我按你的要求修改了，就正中了你的诡计？再说了，我不会修改我的小说。站在今天的角度，以及我对人的认知，我反对蜂巢思维矩阵这样的科技怪兽，而且，如果我的写作真能预言历史，那么，我有什么权力助纣为虐，视上万名科学家的生命与自由于不顾？

我在未来说：可是，你又怎么可以视全人类的灾难于不顾？

今我说：一屋不扫，何以扫天下？眼前人都顾不上，何以顾全人类？

我在未来说：罢了，Kepler-452b星人包围我了。求你……他的话没有说完，就中断了联系。从此，他们再没有联系。

今我不知道未来究竟发生了什么。他对如是讲了退之和拉奥的故事。他问如是：我该如何为书写结尾？

你等等，如是说，你刚才说到莫比乌斯时间带？

今我说：是的。

如是说：未来的你和今天的你，在两个完全不同的世界；如果将时空扭曲成莫比乌斯带，你就能在过去、现在和未来间自由穿行了。

今我说：我也想过。可是怎样才能将时空扭曲成莫比乌斯带呢？

如是说：也许，我们能在虚拟的空间完成时空扭曲。说完她兴奋地尖叫了起来：我不和你说话了，我要去实验室，我要和奥克土博谈谈我的想法。

今我说：可是，我的小说该如何结局？你给个意见。

如是说：你想怎样就怎样，我没时间和你说这些。

今我选择坚持原来的小说结局，退之毁掉了蜂巢思维矩阵。他坚信，如果人类连思维的自由都失去了，这个物种也就失去了继续存在的价值。早一百年灭绝晚一百年灭绝没有区别。他不能拿人类二百年后的处境，来指导今天的选择。今我没有想到，思维，在遥远的未来，将成为人类的全部形态。

写完《退之的故事》，今我决定出去走走。他决定不去想是今天决定了未来，还是未来决定了今天。

写到这里，他又看见了那只黄蝶。他在黄蝶翅膀的黑褐色眼状花纹里，看到了扭曲的时空，看到了自己的过去与未来的影子。

他说：黄蝶君，你每次出现，都会给我带来惊喜，也会带来困扰。你是谁派来的？你有什么话要对我说吗？你是来自过去，还是来自未来？

黄蝶君不说话。可是，今我突然和黄蝶心灵相通了。

我和你，人类和黄蝶，和任何有意识的生物，其实是同一个物种。只不过寄居在了不同的躯体里。

今我背后冒出了冷汗。他说：黄蝶君，你刚才和我说话了吗？

黄蝶无语，默默飞走了。

第四部　胜利日

胜利者一无所有。

——海明威

我是黄蝶，我是我，我是你。我是任何人。我来自〇世界。

在子世界，因为我的提醒，如是和奥克土博修改了计划，他们将时间扭曲成莫比乌斯带。我的世界和你们所处的世界，本来处于完全不同时空，现在连为一体，可以自由往返了，而我，却失去了自由，囚禁在被时间遗忘的虚拟空间，每天能做的事就是做梦。

我让我的梦，附着在小说家张今我的梦中。

于是，在元世界，我是富家子弟艾杰尼；在子世界，我是小说家今我。现在，我有更大的梦。然而，我不知何时能离开这时间的囚室。

大主宰说，你要忏悔，只有真正忏悔了，才能获得自由。

我忏悔。

我坦白交代在〇世界里所犯下的一切过错。

在〇世界，我不能使用今我这个名字，不能玷污了他。虽然说子世界里的今我，和〇世界里的我是同一枚硬币，他是硬币的正面，我是硬币的反面。

我需要另一个名字，安德鲁。

我们都是原子组成的。按照比尔·盖莱森的说法，“你身上的每个原子肯定已经穿越几个恒星，曾经是上百万种生物的组成部分，然后，成了你。因此，我们都是别人转世化身而来，虽然我们很短命。我们死了，组成我们的原子就会天各一方，去寻找别的用武之地，成为一片叶子或别人的身体或一滴露水的组成部分。而原子，将永远地活下去。”从这个意义上来说，“我”，是子世界是里的今我，也是在另一个时空里看这个故事的读者“你”。

我的故事，就是你的故事。

我的故事，从两年前说起，那时，我还是自由之身，我遇上了麻烦。我还知道，凭自身的能力，我无法解决这麻烦。我想到了Dr.梅。在子世界，我们是好朋友；在〇世界，我与Dr.梅只有一面之缘，我们有个共同的好友朱恩。她在元世界里名叫瑞秋，在子世界里名叫如是，朱恩是她在〇世界里的名字。这样可能你不好理解，我们的时间，事实上，类似于中国人所说的三生三世。在我们这一生一世里，朱恩依然是我的恋人。因朱恩介绍，知道Dr.梅不仅是神经医学方面的专家，还是心理学领域的奇才、量子纠缠研究领域的领军人物。

找出Dr.梅的信息源，发送过去。先自报家门。

显然，Dr.梅早忘记了我。我只能提起朱恩：我是朱恩的朋友，安德鲁，在信息安全部门……

Dr.梅说：哦，安德鲁，“胆小怕事的胖子”，哈哈，我记得当时朱恩这样介绍你的。什么事？

我心里实在愤怒，在子世界里，我们是好朋友，如果没有我，这小子也不会取得现在这样的成就。现在，我认识他，他居然不认识我，还和我打起了官腔。可是没办法，我有求于他：Dr.梅，我遇到一点儿麻烦，心理上的，也许，您能帮我。

Dr.梅说：对不起，我不做心理咨询。当然，可以介绍朋友给你，收费不便宜哦，你知道的。

我说：知道，但是，怎么说呢，您先了解一下来龙去脉，也许会感兴趣。您不是做濒死研究吗？我曾多次死去活来。

我都能感到Dr.梅眼睛发亮。

您知道大主宰吗？

大主宰？

一款网络VR游戏，很小众，玩的人不多。

然后呢？

成为玩家，可以体验到逼真的死亡。我希望您了解后，我们能见面聊。

Dr.梅说：好吧，把链接发来，等我电话。

我将游戏链接发过去。然后开始等待。我相信Dr.梅会联系我。这等待的一周，我足不出户。

我的麻烦就源于这款名叫大主宰的VR游戏。借由游戏，我对自己有了不一样的认识。在此之前，我不知自己多贪婪，也不知自己多不堪。我战胜不了恐惧和贪婪，陷在游戏里。在游戏世界里沉迷太久了，我已分不清游戏和真实的区别。大主宰不像其他游戏里的角色，与真实生活无关，大主宰是一款心理游戏，里面的人物、场景，基于强大的虚拟现实，已经等同于我们的真实生活。据游戏开发者介绍，游戏的每道关，基于大数据对玩家所有资料的分析而自动生成，其中的人物，是玩家潜意识的映射。

胜利者将成为大主宰——游戏世界至高无上的主。

成为大主宰，就可以随心所欲设计他想要的世界，凡他所想，在游戏里都将成真。只要他愿意，甚至可以按他的意愿，在虚拟的世界里幸福地度过一生。

第七天，我刚起床洗漱完毕，门铃响了。从监控里见是两位警察。

一黑。一白。黑警察瘦。白警察胖。

开门，白警察亮出证件，说：Dr.梅死了，死因正在调查。据目前证据显示，可能是自杀，当然，也不排除他杀。

黑警察说：一周前，你和Dr.梅通过话，还给他发送过东西。

我请两位警察进屋坐下。

白警察沉沉地坐在茶几前的藤椅里，我听见藤椅发出一阵尖叫。

黑警察不坐，双手插在后面的裤兜里，也许在听音乐，音乐应该有着极好的节奏感。他随着节奏不停地摇头耸肩，绕着我的客厅，很不礼貌地东翻翻西看看。

把我当成嫌疑人？我说。

随便看看。黑警察说。

我问白警察：茶，还是咖啡？

黑警察从酒柜上拿起一瓶酒，晃晃，转过身来说：这个，怎样？

我看出黑警察在有意挑衅我，他让我很不爽。但我不敢得罪他们，只是在心里狠狠地诅咒：如果在游戏中，我不会轻饶了他。可惜这不是游戏，这是真实生活。我不想请他喝酒。正要拒绝，黑警察将酒放回酒柜，依然摇头耸肩冲我坏笑：和你开玩笑，看把你吓的。

白警察严肃：喝什么都成。

黑警察盯着我，指了指白警察，又指了指那瓶酒：他的意思，你明白？

我说：二位要是喜欢，那就喝酒。

我经常说违心的话。这世界上，有太多我不敢惹的人，比如眼前这两位警察。相比得罪他们的后果，一瓶酒算不了什么，一点儿羞辱更算不了什么。

我过去拿了刚才黑警察拿的那瓶酒，放茶几上，从厨房拿了两个厚底方形水晶玻璃杯，又从冰箱里拿出一盒冰。等我找到开瓶器时，黑警察已经观察完毕坐下了，跷着二郎腿。

我开酒给二人倒上。

白警察说：你不喝？

我说：二位要问话。

黑警察说：心虚，怕酒后失言？

我说：不想喝，可以吗？

白警察往酒里加一小块冰，摇晃着杯子，眼睛盯着水晶玻璃杯中晃动的木红色酒液，像在欣赏艺术品。

你找Dr.梅什么事？白警察问。

我说：心理方面的问题，找他咨询。

白警察没有继续问问题，喝一小口酒，说：好酒。哈瓦那俱乐部七年朗姆酒，朗姆酒中的精华。你平时爱喝？

我谨慎地说：累了，或者睡前喝一口，有助睡眠。

白警察说：你失眠？

我说：从前不，现在有点。

黑警察一口干了酒，拿过酒瓶倒上半杯，说：为什么失眠，干坏事了？哈哈，开玩笑，别害怕，我们不会冤枉好人，当然，也不会放过坏人。

白警察说：安德鲁先生，您别介意，他这人就这样，爱开玩笑，人不坏。平时爱喝什么酒？

我说：没什么特别爱喝的。

白警察又喝了一口，脸上泛起红。看来他的酒量不怎样。

真是好酒。这不是酒，是艺术品，是古巴大自然和朗姆酒酿造大师的结晶。你知道吗？要成为一名合格的朗姆酒酿造师，至少要学十年。十年，是一个酿造大师将毕生心血教给年轻酿酒师的最短时间。你应该喝一口。只要一口，你就能感受到哈瓦那的微风吹过甘蔗田的气息，自由，干净，狂野。当然，你还有可能感受到海明威，哈瓦那俱乐部朗姆酒怎么离得开海明威?！喜欢海明威吗？你应该喜欢，不然家里怎么会珍藏哈瓦那俱乐部朗姆酒？我们花了两年学会说话，却要花上八十年来学会闭嘴……

我给白警察续上酒，他自己加冰。

我说：您很懂酒。也懂海明威。

白警察说：你和Dr.梅，怎么认识的？

我说：在上辈子。不，在子世界里。算了，说这些你们也不懂的。我们算是朋友……朱恩介绍的。两年前的事了。两年来，我们没有联系。您知道的，我是宅男，平时很少和外界打交道。生活就是上下班两点一线。我是遇上麻烦了，才想到去找他。

你为什么要发大主宰给他？黑警察突然问。

我想他了解这款游戏后，也许会帮我。我的心理问题，因大主宰而起。

可这游戏却杀死了他。白警察说。

这游戏杀死了许多人。黑警察说。

我说：不会的，我们只是死在游戏里，我们在游戏里杀人，现实中……

我突然意识到，自从进入大主宰，我就渐渐迷失了，分不清什么时候在游戏里什么时候在生活中。这让我很痛苦，也让我沉醉其中。当我做了不该做的事时，我就告诉自己，这是在游戏中；而当我享受生活，获得成功时，我告诉自己，此刻是在真实的世界里。大主宰游戏的设计者一定是迷宫高手，玩家经常在游戏里被踢出局，以为回到了真实世界，结果却是从一重游戏空间进入了另一重游戏空间。有时，游戏与生活的转换，就像在莫比乌斯带上的时间，身处其中的人，根本分不清什么时候在游戏外，什么时候在游戏里，什么时候在游戏中的游戏中。游戏玩家不停地在游戏中被踢出局，堕入更深一层的迷宫，每一层迷宫的时间构成，又是一重新的莫比乌斯带，几个回合下来，再聪明的人也分不清真实与虚幻了。

只是在游戏里杀人？黑警察冷笑一声：你在游戏里都杀死了谁？Dr.梅？

我说：我在游戏里没杀人，我只是被杀，不停……被杀……可我现在活得好好的。游戏世界不过是虚拟现实。

可是，Dr.梅却死了。他玩了你给他的游戏，死了，莫非是你杀死了他？

我说：我没有杀死他，我为什么要杀他？

是啊，为什么？白警察喝尽杯中酒，又续了一点，摇晃着酒杯。

黑警察说：这小子不见棺材不掉泪。说说朱恩。

朱恩。我说，朱恩怎么啦？

黑警察说：装糊涂？我看，直接活体肢解，一了百了。后面这话是对白警察说的。

白警察没有理会黑警察，说：你杀死了朱恩。你不会告诉我，是在游戏里杀死的她吧？

我说：在游戏里杀死了朱恩？我怎么会舍得杀死她？我和她在子世界里是爱人，从子世界到〇世界，我们依然是爱人。我一直在苦苦追求她。我怎么……好吧，我承认，在游戏里，我杀死了她。

白警察说：说说经过。

我说：我想想，这是我在大主宰的第一关，不对，第二关，第三……我不清楚是第几关了。我杀死了朱恩。我知道我是在游戏中，游戏中杀死她没关系。我不杀死她就无法通关。她告密，如果不杀死她，我无法完成计划，我的计划关系到千万人的福祉。

白警察说：你怎么杀的？

我说：第581层，帝都大厦，我将她从窗口推了出去，不，不是推，是我松开了手。好吧，我是故意的。我遇上了悖论，我杀死她，游戏结束；不杀死她，她告发我，任务失败，游戏结束。

于是，你选择杀死她？白警察说。

我再强调，那是在游戏中。我只是在游戏中杀死她。在游戏中，她成了绊脚石。

游戏是你大脑潜意识的映射，你真实的想法就是想杀死她。你成功了。白警察说，朱恩死了，被你从帝都大厦581层的窗口推出，你要看现场视频吗？

不可能。朱恩不是我杀的，就算她死了，那也是有人利用我在游戏中的行为杀死了她，然后嫁祸于我。

白警察的话让我又恍惚起来，我是在游戏中杀死了朱恩，还是在真实世界里杀死了朱恩？我不会在真实的世界杀死朱恩的。我来到〇世界，也是为了朱恩，不，为了如是。在子世界里，她最终爱上了奥克土博，或者说，她在我和奥克土博之间，无法做出选择，于是她选择了作为志愿者，来到〇世界。为了如是，我追随着她的脚步来到了这个我完全陌生的时空。没有了她，我的生命失去了意义。我接触大主宰游戏，也只是想成为游戏的胜利者，成为胜利者，我就能拥有一切，自然包括如是对我的爱。

你可真会开玩笑，安德鲁先生。你杀死了朱恩，一个美丽年轻的女孩，然后，你说，你是在游戏中杀死她的。老实交代，为什么要杀死朱恩？黑警察说。

我沉默了许久，想让大脑清醒一点。

我确定，只是在游戏中杀死了朱恩。在真实的世界，我爱她还来不及，怎么会杀她？是的，她爱上了别人，她骂我是无能懦弱的胖子，可，我怎么会杀死她？让我想想，想想，我爱她……她被洗脑了，对，她被洗脑了。

白警察说：世界杀害最善良的人，最温和的人，最勇敢的人，不偏不倚，一律看待。

黑警察说：说说吧，前因后果，犯罪细节。你说，你是在游戏中杀死她的，那就说说游戏。

我说：我可以喝一口吗？

白警察说：你的酒，当然可以。

我拿杯子，没加冰，倒小半杯，一口饮下。

确认了是在游戏中杀死朱恩，我长吁了口气。很奇怪，朱恩死了，我居然不伤感。也许，在游戏中，我杀死过她一次，已经接受了她的死去。我现在关心的是自己。

事实上，我说，我喜欢喝哈瓦那俱乐部的朗姆酒，喜欢这曼妙复杂的情调，可可、香草、甜烟草、热带水果，和海明威的小说一样，看似清澈简洁，却怎么也看不到底。冰山，是的，我喜欢他的冰山理论，喜欢他小说中的留白。我们的生活，其实也是冰山，人们看到的，只是那露出水面的部分……就说我吧，所有人都认为我是个懦弱的胖子。“懦弱的胖子！”这是我，安德鲁，背负了四十年的讥讽。是的，我从小就是胖子。三岁时，体重已经超过50磅。我曾多次减肥，越减越肥；四十岁时，体重已经接近200磅。您看，我身高才178厘米。其实，我不在乎被人称为肥佬、胖子。警察先生，您也是胖子，应该能理解我。道明会神父圣多玛斯·阿奎纳将贪吃列为七罪宗之一，认为贪食的人落入了魔道，要受到强迫进食老鼠、蟾蜍和蛇的惩罚。他错了，大错特错，其实，我们贪吃，只是因为我们有丰富的味蕾，我们比一般人更能体会到大自然馈赠的珍贵，更能体会食物的美味。比如这美酒，在这位先生嘴里（我指了指黑警察），恕我直言，您大约分不出三年哈瓦那俱乐部朗姆酒和七年的区别。

黑警察说：我靠，这玩意儿还分三年和七年？

我说：您其实是对食物的不尊重，也是对酿酒大师心血的不尊重，对种植甘蔗的农夫的不尊重，对那片生长甘蔗的土地的不尊重，您才是有罪的。而您和我，就不一样。

我指了指白警察，说：我们都是懂得珍重的人，我们有敬畏之心。比起被讥讽为胖子，更不能让我接受的评价是胆小怕事。我并非胆小怕事，只是不想为了无谓的事去争执，甚至拼命。当然，别人不这样看。曾经有个女孩喜欢我。那女孩说她就喜欢胖子。女孩说她喜欢光着身子搂着一身肥肉的感觉，她说特别有安全感。在一次女孩被人袭胸，我却连口舌之勇都不敢逞，女孩愤怒地说她再也不会爱上胖子。

你果然是个，懦弱的，该死的，无能的，胖子。黑警察说。

四年前，我遇上了朱恩。见到朱恩的那一瞬间，我确定了，她就是瑞秋，是如是，是我三生三世的爱人。朱恩不在乎我的懦弱。虽说她经常叫我懦弱的胖子。她这样叫我，更多是一种爱称，就像我称她颠倒众生的妖精一样。我们的处世原则惊人的一致——多一事不如少一事，遇事躲着走，因此，我没有理由杀死她。我的潜意识里，也不可能有杀死她的想法。

黑警察说：真的吗？据我所知，朱恩和你交往，同时也和内森交往。

是的，内森，该死的内森。从元世界到子世界，那个阴魂不散的奥克土博。不过让我感到欣慰的是，在我们现在这一层的世界里，我们似乎都活得阴暗了许多。当然，我是在后来失去了自由，被囚禁在时间之牢里反思时，才想明白，我们所处的，并不是真正的〇世界，而是〇世界虚拟出来的黑箱世界。在这个黑箱世界里，我们人性深处的恶的一面，被纵容得淋漓尽致。时空如莫比乌斯带，人性亦如莫比乌斯带。好了，接着讲我的经历。

我对警察说说：你们还知道什么？

黑警察说：我们无所不知。

我说：你们究竟是什么人？

黑警察说：给你看过证件了，还要再看一次吗？

我说：我拒绝再回答你们提出的任何问题。

白警察说：内森是你的劲敌，你的麻烦，你越不过去的坎。你杀死朱恩，是因为朱恩当你的面说，要把你的秘密告诉内森，是不是这样？

我拒绝回答。

白警察说：朱恩发现了什么秘密？

我说：你们不是什么都知道吗？

白警察说：问题正在这里，既然这秘密连我们都不知道，说明，这秘密是高度机密，是在大数据之外的。这才是我们来找你的关键所在。为什么要杀死朱恩？

我说：我说过，那是在游戏里。

白警察说：好吧，就算在游戏里。

我说：什么叫就算？就是在游戏里。

白警察说：好。在游戏里。她掌握了什么秘密？

我说：我不是因为内森杀死她，也不是因为她要挟我，而是因为，她是MC感染者，而我是清道夫。这是我们在游戏里获得的身份。在游戏里，见鬼，好吧，我承认，在真实的生活中，我也是清道夫。我受雇于信息发展部门，你们知道的，这是个保密部门，我负责清理信息网络堵塞。在大主宰的游戏世界里，我们所处的时代信息大爆炸，网络每分每秒更新的信息比银河系里的恒星还多。这些信息，有些属于公共信息，有些属于加密信息。有些信息有营养，有些信息无营养，还有些不仅无营养还有毒。我们清道夫的工作，就是确保所有人都能获取想要的公共信息。你知道，人类已经突破脑机互联的技术障碍，每个人的大脑神经元可以随时联系公共信息网络，获取想要的一切信息。事实上，这也成了人类获取信息的几乎唯一的渠道。我说几乎唯一，是指还有口口相传。而口口相传的信息，若是无法在信息网络上核实，就被认为是传播谣言。你们知道的，传播谣言，将获刑三到五年，这样一来，口口相传的信息，基本上就失去了可信度。海量的信息，不可避免地带来一个问题，垃圾信息泛滥。制造和发布信息没有限制，以至于每一千条信息中有九百九十九条属于垃圾和有毒信息。垃圾信息堵塞着网络空间，人们要从中找到有益信息，一度都是世纪难题。我这样说，不知你们能不能理解。

黑警察说：不能理解。

我说：在信息大爆炸初期，比如在子世界，你要在网络上寻找目标信息，只需输入关键词就可。你要找一家餐厅，输入区域、菜品口味、消费价格，就能出现十几、二十家精准目标供你挑选。但在大主宰游戏里，同样的关键词定位，出来的备选目标信息数以千万条计。如果没有我们这些信息清道夫，你要在信息网络中寻找一条有用的信息，比在帝都大厦最高层用望远镜寻找五千万人的某间房子里一个为了过生日点亮蜡烛的人还难。当然，这个比喻不是我想出来的，是《万物简史》的作者比尔·布莱森。你根本没办法准确寻找到需要的信息，你所面对的信息网络，是个巨大的信息垃圾场。

黑警察说：为什么会有这么多垃圾信息？

我说：垃圾信息的来源主要分为两类，一类是我们日常发布的无用或者有误导性质的信息，你们二位每天也会发布一二条，这些信息经过一百多年的积累，已经污染了大量的网络空间。但，这只是微不足道的部分，海量的垃圾信息，是有人故意制造的。

黑警察说：什么人？

我说：一批反对派。他们认为在公民大脑植入纳米芯片存储信息，实现人机互联是反人类的，和计算机结合的人类不是真正的人类。于是他们设计出一种病毒Garbage，Garbage病毒迅速在信息网络中传播，自我复制垃圾信息，他们试图瘫痪信息网络，逼迫人类回归纯粹的人。他们差一点儿就成功了，一个天才改变了这一切。这个天才，就是前面你们提到的内森。他设计出克制Garbage病毒的垃圾清理程序Master　Cleaning，简称MC。但是MC并不能杀死Garbage病毒，它只是能以Garbage病毒制造垃圾信息的速度清除垃圾信息，二者打了个平手。于是，二者都在不断升级，Garbage病毒制造者在升级它的垃圾复制速度，而MC在升级它的垃圾信息清除速度。而两边显然势均力敌，维持了平衡。而我，就是数百名MC程序维护工程师中的一名，我们自称为清道夫。

黑警察说：这样说，我似乎明白了。

我说：前不久，在一次例行维护时，我无意中发现，在MC程序里隐藏着一个禁区，而我又无意间闯入了禁区。我发现，MC表面上的功能，是在清除垃圾软件，它有另外一个功能，感染并侵入公民大脑，受感染者，只能收到指定信息。他们通过这一手段，最终操纵公民的思维。这个程序叫MC+。

白警察说：等等，这是怎么做到的？

我说：我们的大脑里植入了纳米芯片，实现了人脑神经元、纳米芯片、信息网络的互联。理论上，公民可以自由访问信息网络，获取想要的信息。但那些MC+感染的大脑，访问到的信息是经过筛选的，世界的真相被屏蔽了。也就是说，植芯片者想要你知道什么，你就只能知道什么；想让你相信什么，你就只会相信什么。这些人渐渐失去了自我。我不清楚，MC+是内森所为，还是谁另外植入MC的。数据显示，人类中MC+感染者已经达三分之一，如果继续下去，当感染者超过半数时，有人就能以公众的名义，推行他们想做的任何事，而且能轻易获得过半数的支持，从而以科技手段完成控制。

白警察说：既然是如此重要的禁区，怎么会让你闯入？

我说：我也想过这个问题。在如此海量的信息中，发现这个禁区的概率，不比用40厘米的天文望远镜在1000亿颗恒星组成的典型星系里发现一颗超新星的概率高。况且信息禁区是加密的，非信息网络的管理者根本无法闯入。而我，安德鲁，一个普通清道夫，不仅无意间发现了，而且闯入了。开始我想，这一切只是巧合。但我生来不相信巧合。另外，困难在于，我无法确认我是被感染者还是未感染者。如果我是感染者，那么，我看到的并不是真相，这个发现也是假的，是有人有意让我发现的。这说不通。我只能假定我是未感染者。这是MC的bug。我面临两个选择，一是无视这发现，二是正视这发现。我是在上班时发现这一秘密的。我当时就慌了，我说过，我这人天生胆小，不愿意惹是生非。突然遇到这么大的事，我慌了。我有低血糖的毛病，遇到紧张刺激的事，血糖会在瞬间降低。我从伴随我十年的牛仔布单肩包里摸出一块黑巧克力含在嘴里，闭目躺在座椅上。一分钟后，血糖慢慢恢复到正常水平。

我站起来，走到办公室的窗前。我需要冷静。

我办公的地方，是帝都大厦的第581层。从窗口朝外看，所有的建筑都浮在云层之上。透过林立的楼宇，能看到很远。很远的地方，无非也是高楼和云层，当然，还有蜜蜂一样的飞行车在云层上的楼宇间忙碌。高楼。云层。飞行车。每天看到相同的景象，没有一丝春天的气息。而这，分明是再寻常不过的春天。我呆立窗前良久，内心平静了些。坐回办公桌前，联接大脑和信息网络，再次接近禁区。我只是再次确认了MC+的存在。我知道，无意间闯入的禁区，是我生命不能承受之重。我不能再次入侵。我甚至不知道，刚才的无意闯入是否被发现。当恐惧略略减退一点时，好奇心却悄然萌生。好奇是人类的本能，对我这样一个胆小怕事的胖子来说也不例外。我激动了。“胆小怕事的胖子”，我听见一个在我的心底盘旋了几十年的声音在说，安德鲁，你不是胆小怕事的胖子，终有一天，你会证明给人看，你是大英雄。

白警察说：越是胆小懦弱的人，越有英雄情结。

我喝了一口酒，许久没说话。

白警察和黑警察都没有催促我。白警察甚至忘了喝酒。我知道，他们在等待我讲述。

慢，哪里不对。你要冷静，安德鲁。我对自己说，不要冲动。我冷静下来，突然意识到，我差点又被迷惑了，所谓我发现MC+，不过是虚幻。

你在游戏里？黑警察小心地问。

是的，我在大主宰里。一定是游戏设计者故意让我发现这秘密。我说过，这个游戏能根据不同玩家的信息生成不同的关卡，虚拟出玩家真实生活中的人物关系。玩家很容易就忽略这一点，忘记自己身处游戏之中。我意识到了这一点，也就意识到，我所谓的发现MC+的秘密，是游戏设定的情境，是我要闯的一道关。现在，我如何应对很重要，选择错误，很可能就会被淘汰出局，当然，也可能会被打入另一重游戏之中。

怎么确定你在游戏中？白警察问。

你现在问我，我也无法确定。但是在当时，我认定我在游戏中。这个想法一经产生，就不再怀疑。如果在真实生活中，我肯定选择无视MC+，你们知道，我是个胆小怕事的胖子。可是在游戏中，我要做英雄，反正在游戏中，死也不是真死。我选择正视MC+，面对因此带来的一系列挑战。我要想办法修复这个bug，让被病毒入侵洗脑的人获得自由，明了他们被洗脑的事实，并且，还要让他们都知道，是我，安德鲁，这个胆小怕事的胖子拯救了他们。我要做超级大英雄，享受万众爱戴。这个想法一经生成，给了我无穷的力量与勇气。可是以我一己之力，无法解决这个问题，我要找帮手。我要找的帮手，一定要能听从我的指挥，在我组建的团队中，我必须是当然的首领，否则，我千辛万苦救民于水火，却有可能为他人作嫁衣裳。

黑警察说：你的动机不纯。嘴上说是救万民于水火，实际上是为了名利。

白警察说：我的经验告诉我，越是用道德标榜自己的人越可疑。

我说：这是在游戏中。

白警察说：游戏是你内心的映照。按照弗洛伊德的说法，游戏中的这个你，是你的“本我”。

我说：我当时没想那么多，我只想我要当英雄，当大英雄。从当大英雄的激动中冷静下来，我做的第一件事，是消除我在MC+留下的痕迹。这对我来说不是难事。打扫干净痕迹，我脑海里冒出的第一人是朱恩。朱恩是迷宫设计师，有超出常人的脑力，对信息系统知识的组合运用出类拔萃，而且，她是我最亲近的人。我也想到了内森。但是，我很快否定了内森。MC就是他设计的，他是敌是友暂时不清楚。我知道朱恩和内森的关系，朱恩同时和我们两人交往，但是我爱朱恩，一直没有揭穿她。我害怕揭穿后，逼着她在我和内森之间选择，她肯定会选内森。但是我可以利用这一层关系，让朱恩去摸摸内森的底。知己知彼，百战不殆。当然，最合适的人，是我的铁杆兄弟皮特。我知道，皮特就是垃圾信息制造者之一。这是他一贯的立场。我甚至怀疑，他就是Garbage病毒的设计者。

黑警察说：你和皮特不是一路人，他凭什么支持你?

我说：我和皮特从小一起长大，他比我大两岁，是我的兄长。他处处维护我，从小就是这样，我惹了事他替我扛，而他做了好事，总是让我享受荣誉。

黑警察说：这样的兄弟，你要珍惜。

我说：皮特不在乎虚名。他有正经职业，是飞行车维修工。但是我知道，他加入了垃圾制造者的团队。只要皮特支持我，我就有足够把握开发出克制MC+的程序，救万民于水火。当天下班回到家，朱恩不在，我知道，她可能在内森那里。很晚她才回来，很开心的样子。我知道，也许，在一小时前，她和内森做过爱。可我离不开她。想到她刚和内森做过爱，我反而越发兴奋，越发想要她。她很投入，没有敷衍我。完事后，她依偎在我怀里睡着了。我却睡不着，过了有一小时，她醒了，见我没有睡，她吻了我，说，宝贝，怎么不睡，有心事？我说，是的，有件事，我不知该怎么做。朱恩说，什么事？我说，我想和你谈谈内森。朱恩抱着我的身子有些僵直。我说，有些事，想请他帮忙，可是，我和他不太熟，我想，也许你让他帮，他会帮。朱恩长吁了一口气，身子放柔软了。朱恩紧张，说明她是在乎我的。我很开心。

黑警察说：你这人够垃圾。

我说：随你怎么说。当时朱恩问我，让内森帮什么忙。我说还没想好，不确定，到时再说。然后，我斟酌怎么对朱恩说我发现的秘密。我不知道她支持还是反对，甚至不知道，她是否受到了感染。我说，朱恩，我要做件事，一件大事，这件事关系到很多人的命运。我要做成了就是大英雄，但是有风险，目前尚不知道风险有多大，也许会失去人身自由，甚至生命，你支持我吗？朱恩想都没想就说，不支持，我要你好好地活着，自由地活着。我说，如果是在，比如说是在游戏中呢？在游戏中，我可以成为大英雄，但是有风险。朱恩笑着说，真是个胆小鬼，在游戏中还怕死啊？我没想好怎么和朱恩说。我决定，还是先去找皮特。

第二天，照常上下班。下班之后我才去见皮特。我知道皮特一定会帮我。因为我要做的事，正是皮特一直在做的，反对一切思想控制。皮特白天在飞车修理厂上班。他家在远郊，离我工作的帝都大厦有三百公里，半小时车程。他喜欢住郊外，说那里能看到春天，看到绿色植物，他喜欢田野的气息。其实我猜想，那里是他的工作室。他曾经劝我跟他一起干。我也曾劝他别制造垃圾了。他笑着说，没有我们这些垃圾制造者，你不是要失业？我说，我宁可失业，也不危害社会。他说，可怜的安德鲁，你被洗脑了，我们的孩子从一出生，就被强行在大脑里植入芯片，有人利用科技左右着我们的思想与行为，你认识不到这一点，就是帮凶。吵归吵，他说服不了我，我也说服不了他，但我们是好朋友。友谊有时就是这样奇怪。到皮特的家，他总是备有我喜欢的酒。

哈瓦那俱乐部朗姆酒？白警察插话。

我说：是的。皮特不喝酒，抽雪茄。一种叫Cohiba的雪茄。他说只有古巴独特的土壤、阳光，才能产出好的烟叶，制造出上等的雪茄。

白警察说：皮特是个行家。

我说：您对雪茄也有研究？

白警察说：研究谈不上，我只是知道，制作Cohiba雪茄异常复杂，前后差不多八十余道工序，要三年时间，这样的雪茄，才会使人产生恰到好处的沉醉感。

我说：皮特在门口迎接我，给我拥抱，亲切地说，安德鲁，我的好兄弟，见到你真让人高兴。皮特总是这样，每次见面，都要和我拥抱，贴脸，让人感觉很温暖。他说，坐，坐。你看，酒已为你倒好，加了冰，你最喜欢的哈瓦那俱乐部七年朗姆酒。我坐下。他从雪茄盒中选出一支雪茄，用V形剪仔细剪齐雪茄两端，叼在嘴里，划了一根长柄火柴点着，挥灭火柴，将火柴棍放进烟灰缸中，轻轻吸一口，露出沉醉的表情。

他吸雪茄，我喝酒。

我们就这样静静坐着，享受这个春日的黄昏。

我记得，当时斜阳已快近地平线，他的工作室外是一望无际被雪盖了一冬，此刻正疯长的麦子。

皮特说，你听，麦子拔节的声音。

可我听不见。

皮特说，你的心不能静下来，心静下来，就能听见天籁。

我说，也许吧，都是你们给闹的，你们少制造些垃圾，我的心就能静了。

皮特笑笑，没有理会我的抱怨，说，你又长胖了，别对我说享受自然馈赠的理论了兄弟，你要节食，要减肥。你看我。皮特说着站了起来，展示着他的身材。

我说，你倒是要增肥，你太瘦了。你看你的脸，都被烟草熏黄了，胡子拉碴，也不刮一下。

皮特说，我每天拿剪刀修剪好不？现在的女生喜欢我这样有胡子的男人。

这话倒是不假。皮特身边从来不缺漂亮女性，走马灯一样换。他的前女友和现任女友居然能和睦相处，能在一起玩极限狼人杀。

皮特说，兄弟，你今天心不在焉，遇到什么事了？你那小甜心朱恩把你甩啦？

我放下酒杯说，皮特，我来找你，是有件重要的事。

我把我的发现告诉了皮特。

皮特很激动他站起来，雪茄都忘了吸，说，早该想到了，该死的。他来回走了一圈，声音都有些发抖了：你是好样的，安德鲁，谁说你是胆小怕事的胖子，我为之前这样叫过你而道歉。你勇敢，而且，大事不糊涂。

皮特的赞美让我很开心。我知道，这只是开始，大功告成那一天，将有千千万万的皮特赞美我，追随我。

皮特说，直接用科技洗脑，而被洗脑者尚不自知，如果不从根本上解决问题，没有人会相信我们的，你有什么好主意？

我说，皮特，我知道你有团队，有战友，只要你加入，我们一定会胜利。

皮特说，你想怎么做？

我说我要组建一个团队，以病毒克病毒，将病毒植入到MC+，让所有人明白真相。

皮特说，这样一来，现实秩序彻底改变，历史将重新改写，我们可以重新制定有利于人类自由与尊严的科学规范。

我说，所以，我来是请求你的帮助，我愿意……加入……你的团队。我愿听从你的号令。

黑警察说：真他妈虚伪，其实你想让皮特听从你的号令。

白警察说：别打岔，听他继续说。

我说：是的，我是玩了点心眼，不过出发点是好的。

黑警察说：所有野心勃勃的人都说他们是为了大众的利益。

我说：不和你争论这些。当时，听我这样说，皮特说，如果这样，我的团队要改变策略了，安德鲁，我的好兄弟，从今天开始，我们的目标终于一致了，我们不仅是兄弟，还是同袍，我的团队就是你的团队，我的战士就是你的战士，我可以交由你来指挥这一战。

我内心很激动，对皮特说，你知道，我是个胆小怕事的胖子，难担大任……皮特擂了我一拳，谁说的，我就说过，你是小事不计较，大事不糊涂，就这样决定了，带我进禁区看看MC+。我说，MC+藏在信息汪洋隐秘的地方，我也是无意间进入的，我不知道这次误入是否留下了被追踪的线索，但我们再次进入，一定要做好准备，不能被发现，也不能被追踪。我们要突然袭击，一战制胜，如果等敌人有了警觉，偷袭战变成攻防战就麻烦了。

皮特说，兄弟，现在咱们是战友，我也不对你保密了，走，带你去看看我们的“部队”。

皮特将雪茄架在烟灰缸上，走进工作室里间，打开两道需虹膜识别才能进入的密室，又深入到地下。地下有辆有轨车，我们坐上车，在黑暗中走了约十分钟，下车，坐向下的电梯，出电梯，眼前豁然开朗。兄弟，欢迎来到垃圾站。皮特笑着说。这是皮特工作的安全密室。进入密室，地下原来有个宽敞的空间。几十人，都在各自的工作平台埋头工作，每人面前有不下四个虚拟显示屏。

皮特拍拍手，说，各位，停一停。

几十个男男女女，都停止了手头的工作。

安德鲁搂着我的肩说，给大家介绍一下，这位，是我常说起的安德鲁，是不是很胖?！有人发出友好的笑声。

皮特说，安德鲁是咱们的对手盘，清道夫中的佼佼者。现在，我们成了战友。

一个看上去二十多岁的女孩说，老大，你招募他啦?

皮特说，不是我招募他了，是从今天开始，我们有了新任务，他，安德鲁，是新任务的总指挥。大家欢迎。

我听见稀稀拉拉的掌声。

我知道，我没有获得信任，并未真正受到欢迎。

皮特一一介绍了他的战士。

皮特说，这位身高两米的大汉，我们叫他大力士。他可是真正的大力士，世界大力士赛亚军，黑客英雄榜排名第七。这位，穿紧身黑皮衣戴墨镜的美女，神枪手兼中国功夫高手，玛丽，世界黑客大赛十强。这位白头发白胡子的中国大爷，是黑客榜上神一样的存在，我们叫他老道。这位小不点，黑客榜人称点子大师的……

皮特介绍的每个人，我都如雷贯耳。真没有想到，这些大人物，都聚集在皮特麾下，难怪可以和内森带领的数百名清道夫打个平手。

介绍完毕，皮特对大家讲了我的发现。密室里一时间静得没有一丝声音。

我带皮特找到禁区，MC+的秘密暴露在大家面前。我相信皮特，我们的入侵不会留下痕迹，或者说，不会留下可供追踪的痕迹。

皮特让我讲讲计划，事实上，我也没有具体的计划。我指挥不了这个团队。

皮特说，安德鲁很害羞。好吧，我把他刚才告诉我的计划复述一下。

事实上，我根本没有对皮特讲过具体的计划。

皮特说，我们要做的，是设计出一个程序，像病毒一样，植入MC+，然后让它自我复制，迅速传播，让所有被MC+控制的人摆脱控制。这个程序就叫The truth，咱们这个计划，就叫真相计划。每个人都知道各自该干什么能干什么，大家忙起来吧。

皮特对我说，要小心内森，随时盯着内森，这是你的任务，余下的，有我们。

黑警察说：内森到底是什么身份？

我说：内森是我们清道夫的老大，MC首席程序师，十八岁获得世界马拉松编码大赛冠军，EFF先锋奖得主，世界黑客大赛三连冠军。在他获得三连冠前，皮特是冠军。也就是说，他是打败了皮特夺得的冠军。许多公司向他抛出橄榄枝，他无动于衷。我听朱恩提到过，他说别的地方找不到对手，当清道夫有最为强劲的对手。他所说的对手应该就是皮特。皮特的存在，让我们清道夫倍感压力，曾有人提议用非法手段，让垃圾制造者从地球上消失，但未获批准。

黑警察说：你们都不是内森的对手？

我说：倒也不能这样说。总之，不希望和他成为敌人；就算不幸成为敌人，也要知己知彼。现在，我要和朱恩谈，只有争取了朱恩，才能盯住内森。我没想到，朱恩是MC+感染者。当我和朱恩谈到MC+时，朱恩认为我疯了：这不可能，绝对不可能，我们现在思想自由，表达自由，信息来源广泛，处在最好的时代，没有人能控制我们；你被别有用心的人利用了安德鲁。我负责任地告诉你，被蛊惑的不是我，而是你。我早就对你说过，不要和皮特混在一起。他这个人爱惹是生非，肯定是他在煽动你，他是唯恐天下不乱。

朱恩越说越激动，最后，她说，你要冷静下来安德鲁，你现在很危险。

我们的谈话不欢而散。朱恩也因此离开了我。我把结果告知皮特，我担心朱恩把我们的事告诉内森。皮特劝我不要急，他说事情还没到那一步。再说了，皮特说他和内森交过手，就算到了那一步，我们也未必会输，只是麻烦一些。我知道皮特是在安慰我。

黑警察说：你就为这个杀死了朱恩？

我没回答他，接着讲第三天上班的时候，我想，有个办法能说服朱恩，就是让她亲眼看到MC+。没想到我还没有联系她，她就找到我工作的地方来了。是的，帝都大厦第581层。她的飞车直接停在581层停车处。

吵架后，我们已经有三天没见面。一见面，朱恩主动拥抱了我，说，安德鲁，我爱你，我不该离开你。

我很感动，长吻她，朱恩，我要和你再谈谈。

朱恩说，还是MC+吗？我去问过内森了，他是MC的首席程序师，MC有什么bug，他比你清楚。他说你很可笑，所谓MC+并不存在，你被皮特洗脑了。安德鲁，你认为我是傻瓜？是被洗了脑的白痴？你认为我对事物失去了判断？我智商175。

我说，这不是智商高低的问题，是病毒，病毒入侵了你大脑内的芯片，使得你看不到世界的真相，接收不到真实的信息。你和我看似生活在一起，实际上如同在两个世界。

朱恩说，安德鲁，我不想再和你吵架，我是来跟你和解的。

我说，那好，我们心平气和地谈。我又亲吻了她。

我说，我带你入侵MC+，让你眼见为实。

朱恩突然激动起来，吼道，不用了安德鲁，你怎么确定你眼见的就是实？你看我这件衣服是什么颜色？

红色。

可这件衣服的颜色，不过是眼睛传达给大脑的假象；在一只狗的眼里，这件衣服就不是红色，狗的眼睛感受不到红绿光谱。你说到底是你眼见的为实，还是狗眼见的为实？

我说，这是两个问题。

朱恩说，这是一个问题。再比如，你认为我们现在所处的世界是真实的还是虚拟的？

朱恩的话让我再次醒悟，朱恩是对的，我所面对的一切，目睹的一切，都是假的，是虚拟的，我们在游戏中。

我说，我承认，我们现在身处的世界是虚拟的；你，朱恩，并不存在，不过是我大脑潜意识映照出来的。

朱恩说，你真是疯了，好，就算是在游戏中，你又凭什么相信，我是你大脑映照出来的而不是别人大脑映照出来的？游戏中只有你一个玩家吗？再说了，果真如你所言，我们在游戏中。你游戏中发现了大阴谋，那又怎样，又不是真实的。你要为了这虚拟的阴谋和我吵架？

我说，可是朱恩，我作为游戏玩家，通关成为胜利者是玩家的任务，我必须通关。

朱恩说，胜利成为大主宰之后呢？

我说，成为大主宰之后我就可以退出游戏，和你过真实的人生。

朱恩说，如果真如你所说，我们在游戏中，你怎么确定，在真实的世界里有我朱恩这个人？你就不能为了我放弃你所谓的英雄梦吗？

我说，我不管，总之，我要击溃阴谋。我终于明白了，你不是真实的朱恩，朱恩并不存在，你不过是游戏程序为我设置的障碍。

朱恩惊恐地看着我说，我看你是疯了，我是障碍，那么，你要怎么处置我这个障碍呢？杀死我？你们在游戏中，不都是杀人如麻眼都不眨吗？

我说，朱恩，你冷静一点。我没疯，你看我像疯了吗？就算我们在游戏中，我也希望你能陪我一起闯关。

朱恩说，我不会陪你玩这无聊的游戏，我要报警。你说我被洗脑了，好，我就是被洗脑了，我报警，看警察怎么说。

我说朱恩别这样，你报警我就输了，游戏结束，我好不容易走到这一关。

朱恩说，我不报警，你会一直沉迷下去，你已经分不清什么是真实什么是游戏了。

我说，现在就是游戏。

朱恩说，好，你认为是游戏，那我从这里跳下去，反正是游戏，我死了也不是真的死了。

朱恩说着就摁开了窗子的电动按钮。一阵强风往屋里直灌。朱恩站到了窗口，几乎带着哭腔地喊着，安德鲁，我爱你，你是要我还是要你的游戏？要么杀死我；要么报警。

黑警察说：然后你就真杀了她？就为了所谓的闯关？

我说：我当时也是犹豫的。可是我想，我是在游戏中，只有杀死她才能阻止游戏结束。而且，我只是在游戏中杀死她，并没有在真实生活中杀死她。

白警察说：你就将她推出窗口？

我说：朱恩当时很激动，她说，你还不动手？你舍不得杀死我？那好，我自己从这里跳下去，我成全你。安德鲁，你会后悔的。说着，她真的从窗口翻了出去。

白警察说：你呢？你当时做了什么？

我当时什么也没有做。

黑警察说：你就眼睁睁看着她跳楼？

一切都是游戏啊。

黑警察说：你确信是在游戏中？

我当时很肯定。

黑警察说：现在呢？

我说：现在，我，不确定。

白警察说：好吧，如果，我是说如果，在真实生活中，你也会这样做吗？

我说：不可能的，我怎么舍得让朱恩死！

白警察说：事实上，你就是这么做的。

我说：是的，你刚才问我确信我们是在游戏中吗？我说，当时我是确信的。可是，朱恩真的死了。朱恩的死，对我打击很大。事实上，我开始怀疑，我其实已经不在游戏中了，一切都是真的。我越来越怀疑这一切都是真的。我眼睁睁地看着朱恩死在我面前，而我什么也没有做。好吧，我承认，当时我是拉住了朱恩的手。当时她站在窗台上，我看得出，朱恩其实也不敢往外跳。她的眼神告诉我，她在等着我将她拉回怀里，可是她的眼神让我害怕，我不能心软，我不能让她破坏我的计划。

黑警察说：于是，你推了她一把。

我说：我当时也是中邪了，就认定了我们在游戏中。朱恩死后，我很痛苦。

白警察说：所以，你求助Dr.梅。

我说：是的，朱恩生前和Dr.梅是好友，她还做过一段时间Dr.梅的助手。她是迷宫设计师，为Dr.梅的一个项目设计过迷宫。我希望Dr.梅能帮我，最起码，能让我弄清楚，我是在游戏中还是在游戏外。

黑警察说：可是，Dr.梅也死了。而我们，正在调查他的死因，当然，还有朱恩的死因。

白警察说：你知道这意味着什么吗？

我明白，但是我不敢给出答案。

白警察说：朱恩坠楼，我们暂且这样说，然后，你在家待了几天，你并没有死，也没有退出你所说的游戏，你一直在游戏之中。然后，你联系Dr.梅，然后，我们来了。你认为，我们现在的谈话，也是在游戏中吗？

我说：我不清楚。

黑警察说：我可以负责任地告诉你，我们不是在游戏中。我从来没听说过他妈的大主宰游戏。我还可以更加负责任地告诉你，朱恩不是死在游戏中，她是真真切切地死了，从581层楼上跳下，摔成了泥，现场惨不忍睹。而你，就是杀死朱恩的凶手。

我说：也许我们现在依旧在游戏中，而你们，是游戏生出来乱我心神的程序。

黑警察说：所以，你现在也可以杀死我们，是吗？然后你对审判你的法官说，你是在游戏中杀死我们的。你以为法官会信你的这些鬼话？大主宰也是你编出来的，是不是？

我说：如果我们现在身处真实世界，我更加要阻止这个阴谋。如果只是游戏世界中的人被病毒控制，我们可以选择不管，大不了输了这游戏。现在，你们告诉我世界是真实的，那么二位，该你们选择了。我不知道二位是否被洗脑，但我要提醒二位，如果你们逮捕我，逮捕皮特，二位就是网络独裁者的帮凶，历史的罪人。如果放我走，和我们站在一起为正义而战，你们也将成为英雄。是做罪人还是做英雄，你们选择。

我说完后，轮到两名警察沉默了。看得出，他们对我说的MC+将信将疑。问题是，他们也不敢轻易下结论。我看到了希望，趁热打铁，继续说服他们：如果我们现在是在游戏中，那么，证明我之前杀死朱恩是假的，你们没有必要因为我在游戏中杀人而逮捕我。如果我们现在处于真实的生活中，我发现了大阴谋，这个阴谋关系到上亿人的未来，你该怎么办？

黑警察望着白警察说：我们该怎么办？

白警察说：我们的任务，是带他回警察局。

我说：这说明你们感染MC+病毒，只知道盲目服从。

白警察说：你这是给我们出难题。抓你，我们可能犯下大错；不抓你，又有违职业道德。

黑警察说：有没有两全其美的办法？

白警察说：安德鲁先生，放你是不可能的，抓你又有问题，你说我们该怎么办？

我说：也许，我可以带你们二位去皮特的密室，在那里，你将看到我所说的不假。

我当时的想法，不管怎么样，现在我以一敌二，无法脱身；到了皮特那里，大力士一个人对付他们二人都绰绰有余，不能脱身的将是他们。

黑警察说：我看可行，哥们儿。

白警察说：真去了，咱俩可能就失去自由了。

黑警察说：到时咱俩分工，一人进去，一人留在外面。

白警察说：好。

我不知道，带他们到皮特那里，皮特是否同意。于是我说，我要和皮特商量。警察同意了。我联系皮特，将情况对他讲了，也告诉他，到时，会有一名警察跟我进密室，另一位留在外面。

皮特说：我让人来接你们，不能暴露我们的地址。

俩警察一时也没有别的对策，或者，他们也想走一步看一步。我不知道他们真实的想法，但找来了帮手，对我来说，事情在朝有利于我的方向发展。

皮特派来的是大力士和玛丽。

两名警察一左一右，我在中间，大力士坐在我们后面，玛丽驾车。

在飞车腾空而起时，车窗变成漆黑，看不到窗外任何东西。白警察摸了一下衣领的扣子。大力士说：老兄，试图发出信号让人追踪我们是徒劳的，这车屏蔽一切信号。你没看见连自动驾驶模式都无法启用，要人工驾驶了吗？从现在开始，二位就从警察总部的监控中消失了。黑警察想拔枪。大力士说，别浪费体力了兄弟。说话间，枪已到了大力士手中。

飞车人工驾驶模式比自动模式要慢一倍不止，我们花了一个多小时才到皮特的密室，也不知飞车是怎么泊进地下的。下车时，我们已经在密室外了。

玛丽说，欢迎光临垃圾站。

白警察说：你们不讲信用，说好了，一人在外，一人在内，你把我们都带进来了。

玛丽说：没错，你们一人在外，一人跟我进去。谁在外谁跟我进？

白警察说：这还有什么区别。我们都进。

皮特依旧见面就拥抱我。

我说：对不起，给你添麻烦了。

皮特说：什么都不用说。这两位警官的资料我们已经分析，他们都是MC+感染者。大数据分析计算，他们和我们合作的概率为0。

那为什么还同意我冒险带他们来密室？我问。

皮特说：在我们的眼皮子底下更安全。

黑警察在大叫，白警察劝他说：既来之，则安之。

黑警察说：安德鲁，你这死胖子，别得意太早。你们以为没人能追踪到这里，大错特错。告诉你，在我们找你之前，先去见过内森了。内森是你们的噩梦，你们以为像老鼠一样躲在这阴暗的地下，他就挖不出你们？

白警察冲黑警察喊：闭嘴。

黑警察说：我为什么要闭嘴，他们以为我俩是傻子？

白警察说：叫你闭嘴。

白警察和黑警察的对话，提醒了皮特。皮特对大力士说：把二位请进暗室。

皮特说的暗室，是密室里的一间独立小房，是皮特冥想的地方。

大力士过来，一手拎黑警察，一手拎白警察，将二人扔进暗室。

皮特发布指令：扫描暗室，再确认一遍他们身上有没有追踪装置。

显示屏上可见到对整个暗室的扫描，反复扫描确认，他们身上没有任何可供追踪的设备。

大家都松了口气。

皮特说：好啦，兄弟们，继续干活。

皮特给我倒酒。我喝一口，泪水止不住涌出来：朱恩死了，我以为是在游戏中。

皮特拍拍我的肩，说：我知道。别自责了。

我说：我真的以为是在游戏中。

玛丽扭头说：游戏中也不能这样做。

我说：是的。我该死。

玛丽说：老道，你们中国人怎么说的？青竹蛇儿口，黄蜂尾后针，二者皆不毒，最毒男人心。

老道说：最毒妇人心。

玛丽说：男人心。

皮特说：别闹了。我现在担心的是内森。你和内森是同事，说说看，他是个怎样的人？

我说：没有内森的大数据吗？

皮特说：有。但是，内森的大数据，你相信吗？

我摇摇头。的确，可以查到的关于内森的大数据，一定是经过伪装的。连我的大数据也是被修改过的。

皮特说：多年前，我和内森交过一次手。那次黑客大赛，三局两胜制，抽签决定攻防。我抽到一次进攻，两次防守。防守那两次，我设计的程序迷宫，都被他在规定时间内攻克了，而他的防守，也被我攻克了。二比一，他从我手中捧走了冠军奖杯。从他和其他黑客的对战记录看，他属于强悍的进攻型选手，几乎没有他攻不破的程序。防守是他的弱项，他进攻的胜算是百分之百，防守的胜算却只有百分之五十。

我说：这是好事。现在，倘若发现了我们入侵，他们能做的，只有加强防守。而防守肯定是请内森领队，那么，咱们的胜算就大多了。

皮特点燃吸了一半的雪茄，晃灭长柄火柴时，手停了下来，似在思考什么。火烧到手指，才反应过来，说：你了解内森吗？

我说：谈不上了解。他是我们这一行的天才，这些你都知道。

皮特说：说点有用的。

我说：有一次，我问朱恩，像内森这样的高手，为什么会甘心当清道夫。

皮特眼睛一亮，说：朱恩怎么说？

她说也问过内森。内森说，因为在这里，有旗鼓相当的对手。

皮特说：旗鼓相当的对手？谁？

我说：还能有谁，当然是你呀老大。据说，他这些年一直在研究你。不过，据我推测，他并不知道你的真实身份。有一次，我和他谈到垃圾客。他说他很尊敬垃圾客的老大，虽说他不同意你制造垃圾的理由。

皮特说：如果你是内森，你知道了我们准备进攻，会怎么做？

我说：如果是我，肯定是加强防守，升级密级，制造更多迷宫，最好让你们再也找不到禁区所在，更别说攻破它。可是，如果我是内森，我也知道防守是自己的弱项，一定会想办法化防守为进攻，主动找对手决战。

皮特说：我也这样想。可是，我们隐藏在比宇宙还浩瀚的信息宇宙中，他怎么找到我们？

我说：他不可能找到我们，所以，他成不了进攻者，只能当防守者。别想这么多了。我们还是抓紧程序研发进度，趁他们还没有发现时，一击中的。

皮特想说什么，话到嘴边，又咽了回去。我知道，他担心内森。这些年，皮特手下集结了一大批高手，可是垃圾客和清道夫依然只是半斤八两，谁也没有占到便宜，谁也没办法彻底征服对方，因为清道夫的首席程序师是内森。我开始后悔，如果朱恩还在，我们至少还能从她那里摸到一点内森的动向。当然，我也认为皮特有点儿杞人忧天。我们神不知鬼不觉闯进禁区，这么多天过去了，也没有见内森做出追踪和防范。

皮特的团队，我无法融入，也帮不上什么忙。除非他们开会讨论，需要我提供想法时，我才会说一说。其他时候我只能干着急。皮特要求特殊时期谁也不许再离开密室，不得与外部有任何联系。在我们的程序设计出来之前不能暴露。我们这样在地底下生活得没有白天黑夜，大约过了半个月，我们越接近目标，皮特越焦虑。我劝皮特，没事的，我们胜券在握。太安静了，皮特说，静得不正常。

我说：我们没被发现，一切按计划进行，我们很快就要成功了。

皮特说：你不觉得太安静了吗？

我不知道怎么劝他。他的团队里，每个人都不说话，他们也不知道该如何劝他。这样又过了几天，终于，密室里传来了尖叫声，欢呼声。所有人都跳了起来。大力士甚至抱起了玛丽，像抱着一个布娃娃一样，将玛丽抛起来又接住。

The truth设计出来了。

皮特也很兴奋，他挥动着拳头，说：再好好验算，检查，确认。

玛丽说，确认了许多遍。现在，只要找MC+感染者试试。如果成功，到时将The truth植入MC的秘密程序，就大功告成了。

真是天助我也！我们需要感染者，老天爷就送我们两个感染者。我说。我这样说，其实是想证明，这是我对计划的贡献。要是没有我带来两名警察，我们上哪里去找感染者。

皮特说：再等等。

我说：还等什么？

皮特说：内森到现在没有动静，合常理吗？我们入侵MC+禁区，虽然对方追踪不到我们，但应该会发现有人入侵，发现却不做应对，说明什么？

玛丽说：说明他们不急。

皮特说：为什么不急？

玛丽说：只有一种可能，他们发现了我们，甚至追踪到了我们。

我说：那为什么他们没有动作？这不合理。

他们也许在等待时机，玛丽说，像一条潜伏的毒蛇。

皮特说：我们假设已经暴露，对手是内森，以他的个性，一定在等我们动；我们动，他就有了进攻的机会。所以，明确危险在哪里之前不能动，一动就失了先机。我不动，敌不动，主动权就在我们手上，什么时候开战，时间由我们定。

我说：可是，我们总不能一直这样不动。马上到大选了，以MC+传播感染的速度，他们很快就会控制过半数的大脑，到那时，我们再动就迟了。

皮特说：当然不会等这么久，可是，内森会从哪里攻击我们呢？内森……朱恩……朱恩之死。安德鲁，你不觉得，朱恩的死有蹊跷吗？

是的，我也不明白，朱恩当时为什么就去了我工作的地方，为什么就激动地站到了窗前，为什么要做出那样危险的动作来。她的个性不是这样的。

也许，朱恩的大脑被人控制了。一直未说话的玛丽突然说，比如，内森。

我说：内森？控制朱恩？

皮特说：内森完全有这能力。如果是内森，那么，他为什么这样做？朱恩死后，你做了什么，安德鲁？

我说：求助Dr.梅。可是，Dr.梅也死了。

皮特对玛丽说：马上查查这个Dr.梅，看能查到什么。

玛丽查Dr.梅的大数据时，皮特说：

朱恩和你吵架，离家三天，这三天，她肯定去见过内森。那么，内森知道了我们的计划无疑，他肯定有所行动。朱恩回去找你，和朱恩的死，这中间肯定有关联。如果朱恩的死与内森有关，那肯定不是他的目的，因为朱恩的死并不能阻止我们的行动。

我说：朱恩的死是手段？那么，朱恩死后，我去找Dr.梅，是偶然还是必然？看似一次偶然事件，我可以去找别的心理医生，也可以不去找心理医生，这里没有必然性。

那边玛丽叫了起来：皮特，你来看。Dr.梅的大数据出来了，但是，大数据居然无法分析Dr.梅的行为特征，也没有他更多的信息。他的消费、阅读、就医、出行……记录，所有指向Dr.梅的信息都被加密。我试试解密。

皮特说：没必要了，异常已经说明问题。

我说：Dr.梅是在我给他大主宰游戏后死的。

玛丽说：奇怪，连他的死亡信息也找不到。

皮特说：那两名警察找你，是来调查Dr.梅的死因的，看来，我们要去会会那两位老兄了。

你们终于出现了，黑警察说：这么多天，除了吃喝就是睡觉，你要把老子闷死？

皮特说：Dr.梅真的死了？

黑警察说：死了。

你亲眼见过？我问。

黑警察想说什么，白警察说：是的。也是从高空坠下。

皮特说：撒谎！Dr.梅根本没死。你们找安德鲁，是为了接近安德鲁，然后，通过安德鲁接近我们，是不是？

白警察沉默了一会儿，说：你们都知道了，那还有什么好问的。

黑警察说：没错，我们是内森派来的。内森已经查到垃圾客和安德鲁的关系，既然安德鲁知道了他们的计划，他就一定会来找你，只要跟踪安德鲁，就能顺利找到你们。

白警察说：只是没有想到，你们防范这么严。自从上你们的车，我们就和内森失去了一切联系。你们胜利了。

皮特说：我早知道，你们接近安德鲁不会这么简单。

皮特让大力士继续将两位警察关在暗室，然后召集团队开会。皮特认为，内森不会犯这样的低级错误，他追踪不到警察是正常的，他应该清楚这一点。如果连这点都想不到，他就不是内森。也就是说，警察接近我们另有目的。我们一定要找出他们的真正目的。

小个子的点子大师突然说：我有个想法。

皮特说：什么想法？

点子大师说：我们的痛点是什么？现在，我们已经编好了攻击程序，但程序是否有效，是否能一击必中，下一步要做什么？实验。怎么实验？找感染者。到哪里找感染者呢？很可能所有感染者都处在监控之中，一旦我们去找，就可能暴露。这一点，我们能想到，对手当然早就料到了。所以，我们的痛点，是找不到感染者。

皮特说：你分析得对。内森算到我们缺少感染者，于是，就给我们送来两个。

点子大师说：所以，将感染者送到我们身边，让他们成为实验目标，才是内森的目的。内森做了什么我们不知道，可以肯定，一旦我们拿两个警察做实验，就中了内森的计。我们都知道内森是一流的攻击者，所以，我们不必心存侥幸。

皮特说：这正是我担心的。

密室里陷入了死寂。知道了内森的杀招所在，可是，该如何去解。内森将大家逼入了死局。

只有赌一把。皮特说。

赌？几乎所有人都同时惊呼出这个词。因为我们都知道，谁都可能去赌，皮特从来不会赌，他只做有把握的事。

这可不是你的风格。我说。

皮特说：这几年来，我一直在琢磨内森。我为什么输给内森？因为我的进攻不如内森。为什么我的进攻不如内森？就是因为我凡事求稳，没有百分百的胜算我不会出手，而内森，只要有九成胜算，他就会果断进攻。这些天，我一直在反思，为什么这么多年来，我们一直无法战胜清道夫？这是我的问题，我太保守了。

所以，玛丽说，你的结论？

皮特说：我的结论就是，以彼之道，还施彼身。

点子大师说：出其不意，攻其不备。

皮特说：不做实验，你们对The truth有几成把握？

大力士说：八成。

玛丽说：九成。

皮特说：我们来赌一把，将命运交给上帝。

玛丽说：老大，咱们早该这样啦。

我反对赌。可皮特的队友都赞成，我无话可说。其实我想说，这是我的游戏，我是玩家，他们不过是我大脑映射出的队友，现在玩家却主宰不了游戏，我不甘心。大约，皮特猜到了我的想法，拍拍我的肩说：兄弟，咱们还和从前一样，军功章有你的一半，还有你的一半，两半都归你，如何？

我转忧为喜：少数服从多数。

皮特给我吃了定心丸。在我的记忆中，他的承诺从未食言。

皮特说：内森知道我是谁，那么，对我肯定做了深入研究，他认定我不敢冒险。这次，咱们就奇兵制胜。当然，为了稳妥，我还有个想法，咱们设计一个假程序，然后，将计就计，给两位警察大脑芯片植入假程序，声东击西，成功吸引内森的力量后，乘虚而入，一举拿下。等到他们明白过来时，咱们已经大功告成。到那时，你，安德鲁，就做好接受万民拥戴吧。

皮特的决断力让我望尘莫及。他开始排兵布阵：大力士，玛丽，老道，驾驶飞行车，带上两位警察，出帝都往北部山区方向飞行，飞到三千公里时，给俩警察植入假程序，引内森上钩。注意，开始使用人工驾驶，到两千五百公里后改自动驾驶。

玛丽说：明白，二千五百公里后故意让内森追踪到我们，让他调兵遣将，把力量朝北部山区集中。

皮特说：聪明。然后你们全速飞行，大约二十分钟，内森会追上你们。在他追上你们的同时，你们植入假程序，预计十分钟，你们就会被包围。十分钟，这是内森发现中计的最短时间。

点子大师说：有这十分钟，我们大功告成。

皮特说：希望如此。

大力士说：万一不成，愿赌服输。

皮特看了看时间，说，校准时间，做好准备，两小时后出发。这两小时，咱们来制作诱饵程序。大力士、玛丽、老道，抓紧休息。点子大师，你负责带领大家制作诱饵程序。

皮特像大将军，镇定指挥。真的羡慕他，有那么一瞬间，我甚至希望行动失败。反正是游戏，失败也没有什么了不起。可是，如果这一切不是游戏呢？好在皮特答应我功成身退。如果是游戏，我还是游戏的玩家。如果是真实，那么，改变世界的人是我。不出意外，我将以高票当选，成为这网络世界新的主宰。想到这里，我内心洋溢起前所未有的兴奋。

懦弱的胖子。去他娘的，谁说我是懦弱的胖子？

不过，这种反差，更加能衬托我的传奇。一个生性懦弱的人，为了人类大义而勇担重任，这是最好的故事，最浓的鸡汤，选民喜欢听故事。在这愉悦的想象中，一直紧绷的神经终于舒缓。我开了一瓶哈瓦那俱乐部七年朗姆酒，问皮特要不要喝一杯。皮特说不喝，这是他人生第一次，将命运交给上帝，他要祈祷。

等胜利后，我陪你喝。皮特说。

我想喝酒，特别想找个人陪我喝一杯。我想到白警察，他那么懂酒，他也是胖子。等他大脑里的病毒清除后，我们一定能成为好朋友，也许，他会成为我的助手。

我不能总是光杆司令，手下要有人可用。我对皮特说我想去陪警察喝一杯。皮特说随你。我拿两个酒杯，加冰，去到暗室。

我说：嘿，警察先生，咱俩喝一杯。

黑警察没有理我，他没有心情喝酒。

白警察说：看上去，你的心情很好。

我说：是的，很好。

白警察说：找到对付内森的办法了？

我说：内森？他不是皮特的对手，我早就说过。

我给白警察倒上酒，说：我喜欢和你喝酒。过了今天，咱们找个地方好好地喝一次。去到朗姆酒的故乡如何，在哈瓦那的El Floridita酒吧，咱们坐在当年海明威坐过的地方，喝海明威最爱的酒。

白警察笑着说：到那时，你是胜利者，我是失败者。你有喝酒的心情，我却未必能品出美酒的滋味。

我说：我拿你当朋友，这一天不会遥远。来，为了我们的胜利，干杯！

白警察举杯说："胜利者一无所获"。干杯！

白警察的话，听着有些刺耳。我知道他爱引用海明威，可是，引用这一句，是对我的讽刺吗？

我又给白警察倒上，也引用了一段海明威：夜间醉倒在床上，体会到人生不过一醉，醒来时有一种奇异的兴奋，不晓得究竟是跟谁在睡觉。在黑暗中，世界显得那么不实在，而且那么令人兴奋，所以你不得不又装得假痴假呆，认为这就是一切。

我们喝完了一瓶酒，外间密室里传来了“当当”的钟声。我说，行动开始，咱们改天见。

大约是喝多了，我有些失态。皮特看了我一眼，没说什么。反正我也帮不上什么忙。大力士、玛丽、老道，已经收拾好。大力士将两位警察反手锁上拇指铐，说：委屈啦兄弟。

皮特和他的战士们一一拥抱。大力士一行走后，皮特说他要休息一会儿。

皮特将机械钟定了时间，他喜欢这些古老的东西。皮特很快发出了均匀的呼吸。其他成员，也都趴在桌上打盹。这里的黎明静悄悄。我睡不着，继续喝酒，回想这段时间来经历的一切。白警察，不，其实是海明威说，“胜利者一无所获”。这话刺痛了我。我肯定是有所获的，我们，我和皮特的团队，战胜恶势力，解救被洗脑的民众，这就是收获。可是我失去了朱恩。也许，还会失去皮特。是的，我还想着攫取胜利果实，而皮特，待我如兄的朋友。那又怎样，一切不过是游戏。我听见另一个声音说，你什么都没失去，失去的爱人还在，被玷污的友谊也在。你不过为了在游戏中通关成为大主宰，在游戏中享受做英雄的感觉，主宰一切，如此而已。你没有错，安德鲁。

后面的声音，将前面的声音驱赶走了。

我胡思乱想着。脑子里不时闪回朱恩从窗口被我推下的画面。是的，是我推下的。那一瞬间，我差点就心软了；可是，游戏而已，我这样想，心就不软了……

闹钟响起，皮特和所有的队员都醒了。

兄弟们，干活啦。再过十分钟，玛丽就要启动自动驾驶啦。

十分钟过得并不慢。很快玛丽联通了网络，和皮特联系，我们能看到从玛丽的飞车上传来的同步画面。同时，皮特已经和他的团队逼近MC+，只要玛丽植入假程序诱使内森上当，我们就要植入真正的The truth。玛丽那边一切正常。已经有数十辆飞车在逼近他们。他们为两名警察植入假程序，负责监控的大数据分析显示，内森上钩了。一切都是那样完美。事后我们才知道，内森在两名警察脑内植入了绑架程序，可以追踪到攻击者的主机并绑架攻击者的主机。十分钟，当内森发现上当了时，他已经无力回天。

上帝站在了我们这边。The truth是完美的！

所有被感染者在一瞬间，接收到了真实完整的信息。所有被洗脑者如梦初醒。后来的一切水到渠成。人们愤怒了，人们发现，自己原来是被人操纵的傻瓜。好比百多年前，某个与世隔绝的岛国，突然间冲破信息封锁，知道了世界真相一样。原来口口声声为他们服务的公仆是洗脑者，原来人类可以获得如此多的自由，原来世界是这样丰富多彩。一切可以用摧枯拉朽来形容。

当玛丽一行回到帝都时，迎接他们的民众已经成了沸腾的火山。

一切如我所愿。皮特的团队推举他为候选人。是的，他才是当之无愧的大英雄。但皮特遵守诺言，他出面澄清，真正的英雄不是他，而是安德鲁，一个胆小怕事的清道夫。是安德鲁发现了阴谋，带领团队，谋划了这一切。而他皮特，不过是安德鲁帐下的一名战士，安德鲁才是统领。

安德鲁，皮特说，才是天生的网络政客，当然，我们也相信，他会成为好元首。

皮特解散他的团队，那时，我正被推举为新元首候选人，四处演讲。我希望皮特能成为我的竞选总指挥，可皮特无意于此。他说他最大的心愿已了，人们不再被蒙骗，大家都知道这世界的真相。而且我也答应他，如果竞选成功，将推动立法，禁止继续在人类大脑里安装芯片。MC+的事实告诉我们，这样做是危险的。皮特就这样消失了，和他的团队一起，如同雪花藏进大海。我再也找不到他。我知道他一直在，我做什么都逃不过他的眼睛。

但是，这种感觉，并不让我感到温暖，反而让我如芒刺在背。

好消息不断，一切顺利得出乎我的意料。

事实上，我也明白了，世界依然是个大利益场。不仅我希望成为英雄，各路神仙都希望我成为他们捧起来的英雄。从前不会正眼看我的人，纷纷聚集在我身边。我每天都晕乎乎的，根本不知道自己在做什么。当然，也不用我做什么，我只是个符号、木偶，一切都有人谋划好。所有的民调都显示，我将以绝对优势，成为互联网史上最高票当选的元首。当然，我渐渐也明白了，各方势力之所以捧我，无非两点，一是我的英雄光环，这不是最重要的；最重要的是，我是个胆小怕事的懦夫，无能之辈，各方势力都认为，我将被他们玩弄于股掌之中。

他们不知道，此时的我，怎甘受人摆布？不过羽翼未丰，我得韬光养晦，故意让他们觉得我是个容易被掌控的人。我只是个演员，按照编剧写好的剧本，按照导演的要求演出。当然，我没有食言，那个会品酒的白警察，我后来才知道他叫施纳德，成了我的安全顾问，我最知心的朋友。

我对他讲过元世界的故事，讲我在子世界里和如是的爱，讲我为什么一定要成功。因为只有成为胜利者，我才能变成大主宰；成为大主宰，我能让朱恩复活，我还能在这个世界里杀死我的情敌奥克土博，也就是内森。这样，我能从大主宰里回到我的子世界，真正拥有那个叫如是的女子。皮特不肯帮我，我要培植自己的势力。

大家忙忙碌碌的时候，只有施纳德陪在我身边，一起品酒，讲述各种酒，讲述那些伟大的酿酒师，当然，还讲述海明威。但是，现在，我没有了闲情，也为当初向他发出的到哈瓦那泡酒吧的邀请感到可笑。

我成了网络元首候选人，却没有一丝安全感，而且，这不安一日比一日强烈。

施纳德说，他的责任就是解决我的不安。

您是担心皮特吗？他有号召力，而且，他是真正的……功臣。

施纳德说话没有之前那样随意了，他学会了察言观色。

我说：他消失了，我们根本找不到他。

施纳德说：皮特有他的行为准则，只要您不触及他原则，他不会成为您的敌人。而且，当您真正有需要的时候，他依然会成为您的战士。

我说：我担心的是，朱恩……

施纳德说：朱恩死于自杀，已办成铁案，没任何毛病。

我说：那个鲍尔斯……

鲍尔斯，就是之前和施纳德一起的黑警察，他知道朱恩之死的真相。如果杀死朱恩的事被对手知道，我将从英雄的神坛跌落到犯罪的地狱。

施纳德说：鲍尔斯交给我。施纳德眼里闪过凶光。我说：我们不能再杀人了。

我不能让施纳德去杀死鲍尔斯，不是我不想杀他，而是，如果让施纳德杀鲍尔斯，施纳德就会想，安德鲁不相信鲍尔斯，自然也不会相信施纳德，那么，下一个，就会轮到他。我现在连鲍尔斯都不愿去伤害，其实是给施纳德吃定心丸。

在他们之外，我需要组建秘密的心腹团队，总有些脏活儿要人去完成。

我想到了内森。

内森现在关押在监狱，将要接受审判。当然，大法官没有时间理会他，大法官们在忙着将前任网络元首送进监狱，内森不过是个证人。

我告诉施纳德，我想从内森那里了解他对朱恩做了什么，希望他能安排一次密会。如果内森说承认他控制朱恩，我就不用再担心有人拿朱恩之死说事。

我说：只要内森担下罪名，施纳德，你想办法给他自由。

施纳德说：这事交给我来办，保证天衣无缝。

自从成为候选人，我变得冷静，有决断力，不再胆小怕事。我才明白自己有如此潜能。施纳德很快安排好了我和内森的密谈。之前，面对内森，我是自卑的，而现在，我是他命运的主宰者。

我知道你会来找我。内森说。

他试图掌握谈话的主导权。

我说：你是聪明人。

内森说：你需要聪明人。

一个月后，内森被悄悄释放，他成了我的秘密棋子。他综合之前的MC+，设计了一种更精准的病毒，这种病毒不像MC+那样大规模传播，而是通过信息网络精确打击。控制任何脑内植有芯片的人类，可以让被攻击者失去记忆，产生认知困难，或者将其塑造成我们需要的人。精准攻击可以避免被皮特这样的黑客发现。内森说，其实这个升级版，他之前就在开发。当然，内森说，只有我们两人共同授权才能启动攻击。

在内森的帮助下，安全顾问施纳德被我们消除了相关记忆，鲍尔斯则被塑造成我的忠诚卫士。他们再也不会记起朱恩。那些试图控制我的财阀、政客，被我和内森牢牢控制在手中。我汲取了前任的教训，严格控制着精准攻击的范围。后来的事情就变得简单了，我高票当选，并推动立法，禁止在新出生的人类大脑里安装芯片。

我梦想成真了。可是，我没能成为大主宰。

我还是没弄清楚，我是在游戏中做了个梦，过了把元首瘾，还是在生活中真的成了元首。一切来得太不真实。我不知道什么是真实。我想，如果我在游戏中成了元首，那我应该是打通关了，那为什么没有成为大主宰？不是说成为大主宰后，整个游戏世界将按照我的心愿生成吗？

最麻烦的是，内森成了我最大的心病。他告诉我，我们两人一起才能启动MC+的升级版，可我怎能如此天真地相信他？他肯定留有后手。他可以随时控制我，他才是最大的赢家。本来，我计划，待他帮我解决皮特的威胁后就解决他。可是他一直没能找到皮特，我也没能找到控制内森的办法，我只能选择相信他。

内森是悬在我头顶的达摩克利斯之剑，我不知道这把剑什么时候会刺向我。

我想明白了，之所以我未成为大主宰，是我并没有打通关。内森，是我要打过的最后一关。无论我现在所处的是真实世界，还是游戏，我都要马上着手解决他。卧榻之畔，岂容他人酣睡。我更清楚，之前我可以借助皮特为我获取人望，借助内森控制异己，现在这一关，我不能求助任何人，否则，借助别人解决了内森，我又要借助别人解决解决内森的人，如此下去，没完没了。总之，内森不能活着。我开始焦躁不安，想不到好的办法解决他。如果内森想要控制我，我一点儿还手的机会都没有。他有这个能力，而且，他不是皮特，时机成熟，他肯定会这样做。内森那么聪明，他肯定也明白这一点。他才是大主宰。

如果我在游戏中，杀死他，应该就是最后一关。过了这一关，我才能成为真正的大主宰。如果我是在真实世界里杀死他，我才能成为真正的元首。

先杀了他再说。没有什么成熟方案。

我要学皮特，赌，走一走看一步。希望上帝站在我这边。

我约了内森，说想去北部山区散散心，许久没有爬山了。我避开了所有人，他坐我的飞行车，我们远离帝都，朝北飞，到山区。在山脚下停下车。我带上背包，包里有水，食品。

内森走在前面，我们往山里走。走了没多远，杂草丛生的路边有一株大树，树下有块大石头。我想，就在这里动手了。

我说：走累了，歇会儿。我从包里拿出两瓶水，左手一瓶，右手一瓶，说：选一瓶。

内森犹豫了一下，选了我左手的那瓶。

我拧开瓶盖子，喝了一口，说：你也喝。

内森说：不渴。

我说：怕我下毒？

内森笑着说：我可没这样想。

我说：你喝我这瓶，如果你不嫌我喝过。

内森说：真不渴。

我将喝过的那瓶水塞到内森手里，夺过他手中那瓶，拧开盖就喝。

内森说：我是真不渴。可我要不喝，你又觉得我不信任你。

内森勉强喝了一口。我们都沉默了。过了足有两分钟，内森打破沉默：安德鲁，你终究是不信任我的。

我说：换了你一样。

内森说：你想怎么解决？

我说：已经解决了。

内森不解。

我说：死人对我不构成威胁。

内森眼角的肌肉抽搐了一下，说：明白了。

我站了起来，长吁一口气，说：没解决之前，觉得很麻烦；真解决起来，比想的简单。

内森说：你怎么知道我会喝？

两瓶水都有毒，你喝哪瓶都是死。我事先吃了解药。我突然有些得意起来，想放声大笑，可我还是忍住了。

内森说：我死了，谁帮你对付皮特？

我说：管不了那么多，你才是我最大的威胁。

内森诡异地笑了起来，说：可惜，我死不了。

我说：死定了，不会超过十分钟。

内森说：你不会让我死的，你舍不得。

我说：你把我想得太仁慈了。我一路闯关，走到今天，爱情，友谊，什么都丢了。朱恩，皮特，他们在我心中比你重一千倍一万倍。你我，只是相互利用。

内森捂着肚子，痛苦地弯下了腰。

我说：现在，你的生命可以倒计时了。

内森说：我早已侵入你的大脑，并设定了程序，程序每二十四小时由我确认一次，如果没有确认，程序就会起动；到时，你会精神错乱痛苦而死，我上次确认，是在二十小时十五分钟之前。

我气急败坏：你诈我！

内森说：到时你不仅会成为疯子，杀死朱恩的事也会公之于众，你将身败名裂。给我解药，还是不给，你决定。

我没想到内森会留有这样的后手。我根本没有备下多余的解药，根本没想和他谈判。看来，上帝这次没有站到我这边。

你必须死！不是还有三小时四十五分吗？你忘了，我们都是清道夫。你是天才的攻击手，却不是天才的防守员，三小时，足够我解开你的程序。

内森说：那就试试吧。

我说：我没得选。我没带解药。

内森的脸上终于露出了绝望。他躺在石板上，缓缓闭上了眼。

内森死了。

我冲着山谷放声大叫，山谷里惊起一群黑鸟。

我没时间处理他的尸体。我要赶回帝都，解开内森在我脑内设定的程序。这是我此生遇到的最大挑战，没有任何人帮我，也不可能求助任何人。飞车以最快速度自动驾驶，两小时后，我赶到内森的住处。我的大脑开了挂，不知是我脑力爆棚，还是内森真的不长于防守，或者说，他根本没想到过，我在他的威胁下，敢将他杀死，总之是，他设计的密码过于简单，我解开了密码，不仅清除了内森在我大脑里埋下的定时炸弹，还有意外收获。内森已经锁定皮特，并在皮特的大脑里植入了MC+升级版，只要他启动程序，皮特将在一瞬间变成白痴。

我略略犹疑了一下。

皮特，我的好哥们，从小护着我的兄长，我真要将你变成白痴吗？可是，如果不这样，你迟早成为我的敌人，到那时，我可能会被迫杀死你，就像今天杀死内森一样。而现在，让你变成白痴，我会安排人照顾你。也许，当白痴更加幸福。兄弟，我这是为了你的幸福。

我敲下了启动键。

在遥远的某个地方，皮特，现在大脑里应该已经是一片空白了吧。

一切都结束了。

我成功了。

再也没有人能够制约我。

我成了真正的大主宰。

天大地大，唯我独尊。

然而，就在我摁下启动键的一瞬间，奇迹发生了。我眼前的一切突然间变成了沙，变成了烟。设备，房子，高楼，帝都，山川，河流，一切的一切，如同狂风吹沙，瞬间烟消云散。转眼间，我置身在无限的虚空之中。

我明白了，我终究是在游戏里。我有些失落，当然，也有庆幸。

我在游戏里，为了那主宰一切的梦，我杀死了爱人，让兄弟变成白痴，违背了自己的初心。我成功通关了，可是，通关之后，居然没有欣喜，面对虚空，茫茫渺渺，不知身在何方，我在何处。巨大的孤独与失落扑面而来。我不知该如何是好。好在虚空中的失落并没将我击倒，我再次冷静下来。在大主宰游戏中，通关后，游戏者将成为大主宰，可以主宰天地万物。也就是说，现在我是造物主，我可以按自己的理想生成一个全新的世界。那么，我该生成怎样的世界呢？让朱恩活过来？让皮特依然有着聪明的大脑？还是算了吧，朱恩活过来了，我如何面对她？一个白痴的皮特也没什么不好。可，这是我理想的世界吗？我付出了这么多，现在并不清楚我想要的世界和我曾经生活的真实世界，究竟有什么不一样。

可是，不管如何，我是大主宰。

那么，好吧，我，大主宰，我命令，不要这无边的空虚，我要青山绿水；也不要这孤独寂寞，我要青山绿水间丽人成群……奇迹并没有出现。世界没有变成我想要的样子。空虚消逝，出现了天，出现了地，天是昏黄的，地如烈火，空气中，硫黄和火焰在熏着。可恶而脏兮兮的老鼠，蟾蜍，数不清的毒蛇，在大地上蠕动。

我大声怒吼：不，不，这不是我要的世界。不是说我是大主宰吗？不是说，大主宰可以主宰一切吗？为什么会这样？骗子，都是骗子。我瘫倒在地上。

我听见一个声音说：安德鲁，没有人骗你。

谁？你是谁？我在地上爬着转了一圈，没有看见任何人。我只听得到声音。那声音仿佛来自另一个世界，又仿佛来自我创造的这混乱的天地深处。

安德鲁，你看不见我，可是我能看见你。

你是谁？

我是谁？没听出我是谁吗？

你的声音有些耳熟，让我想想。我想起来了，你是Dr.梅。你是Dr.梅。你不是死了吗？

很好，你知道我是谁了。我就是Dr.梅。心理学博士。大主宰游戏的设计者。我没有死，是你认为我死了。

你这个骗子，不是说，打通关的玩家将成为大主宰吗？为什么我不能主宰这个世界？

Dr.梅说：我没骗你，你通关了，你是你身处世界的大主宰。可是我问你，你最初进入大主宰，是为了什么？

我说：为了回到子世界，和我爱的如是永生永世在一起。

Dr.梅说：可是，你刚才却放弃了让朱恩复活。

我无言以对。

Dr.梅说：人最难认识的，就是我们自己。每个人都觉得自己了解自己，那是因为他们没有遇上考验，没有置身于极端的环境之中。而这个游戏，能让人认识真实的自我。你现在身处的世界，所有的一切，都是你内心真实的映照，是按照你的本我创造出来的啊。你的内心充满了毒蛇、老鼠和蟾蜍，充满了见不得光的欲望与阴毒，所以，你创造的世界，就充满了这些东西。

我愤怒地说：我不玩了，我要退出游戏。

Dr.梅说：不玩当然可以。

我说：怎么退出？

Dr.梅说：两种方法，其一，你死在游戏中，游戏自然结束。这是最快的方式。

我静静地听着。

Dr.梅说：其二，在你内心映照出的世界接受惩罚，被毒蛇噬咬，食用蟾蜍维生，喝含有大量硫黄的水，经受烟熏火烧。你打游戏过程中犯下了的每一桩罪，都会受到相应惩罚。你要在你创造的世界清理灵魂，反思罪恶，当你的内心再没有了恶念，一片清明祥和，你身处的世界也会变得美好起来，你的心理疾病就治愈了。到时候我给你开出院证明，你就可以回到真实的世界中来。

我说：也就是说，我还是不能心想事成，不能成为大主宰。

Dr.梅说：心想事成，成为大主宰，那不过是人心的执念与妄想罢了。

我说：那么，要清理灵魂，得多长时间？

Dr.梅说：因人而异，快则一年半载，慢，可能困在游戏里一辈子，直到死去。

我说：我选择现在就死，怎么死法？

Dr.梅说：根据你犯下的罪，你将被缝上嘴巴、眼睛，然后被车裂五天五夜。你选择第一种还是第二种？我知道，短时间你很难做出选择。我给你时间，慢慢想，想好了，大叫三声Dr.梅，我就会出现。

我绝望地喊道：Dr.梅，我×你祖宗！

天地玄黄，宇宙洪荒。

哪有Dr.梅？只有骂声在天地间回荡。

我无法获得自由，我的灵魂化成一只黄蝶，飞到今我的房间，立于他的电脑显示屏上。我看到了今我眼里的忧伤。他从我的眼睛里，看到了他在〇世界里的所作所为，这是他未曾想到的，他灵魂的另一面。他许久不敢联系如是，他为自己在〇世界里犯下的罪胆战心惊。

那时，如是已经和奥克土博在开发虚拟世界。今我知道，迟早有一天，如是，奥克土博，还有他，将通过虚拟技术去到〇世界。然而，他们并不能通过〇世界回到元世界。在那里，如是和奥克土博将死于他之手，而他，将被囚禁，可能永无自由之日。他劝如是停止他们的研究。

然而，一切皆已注定。他们在胜利之日，才会深刻理解什么叫“胜利者一无所获”。

第五部　如果末日无期

在那些日子
那灾难以后
日头要变黑了
月亮也不放光

——《圣经·新约》

我们能否抽离虚构，回到现实世界？

可是，现实是个可疑的词。现实关乎时间。

而我们，都是困于时间之域的囚徒。

我们渴望突破时间。

于是，这本书，从时间开始，以时间结束。

时间是一个大圆，从元世界到子世界到〇世界，这个圆被扭曲成了莫比乌斯时间带。在这个轮回里，没有开始，没有结束。没有过去，没有未来。

时间之带上的任何一个点，都是开始，都是结束。

自从黄蝶带领今我进入〇世界后，黄蝶再没出现。

今我决定写一部书。他不知道将要写下的这部书，是否能预言未来。也不知道他将写下什么。就像梦，现在他醒着，不知道会梦见什么。但是他知道，他将睡着，他将有梦。

这年，美利坚帝国选出了一位特立独行的大亨总统，爱丽舍宫迎来了它年轻的新主人和比她年长二十四岁的第一夫人。中东依旧乱成一锅粥，各国都在打着自己的小算盘。每个政治团体都在为自己争取最大的利益。各种意识形态背后，关系着庞大群体的利益诉求。

什么是对？什么是错？我们该何去何从？

人类在一些浅显的问题上尚且没能形成共识。之前没有，之后似乎也没有。人被分为三六九等，世界也被分成三六九等。阶层固化在迅速崛起的国度受到热议。网络上各种新闻飞速发生又被瞬间淹没。有些事，看似和普通民众的生活无关，却深刻影响着民众的生活。

如果不是这天的离奇经历，罗伯特教授也会和普通人一样，认为人类命运共同体只能是一个美好的愿望。罗伯特教授，其实，也可以叫他张教授，李教授，隔壁老王，或者伊凡·洛维奇，奥克土博，阿卜杜拉、Dr.梅。这样的事情，可能发生在美国、中国，也可能发生在俄罗斯或者阿拉伯，可能发生在过去，现在，也可能发生在未来。

因此，在这个小说中，今我决定有意忽略地理空间而专注于时间。

没错，这是一部关于时间的小说。

又或者，这不是小说。作者只是在陈述一种可能的现实。

这现实，基于他对这世界的观察和思考，基于他所知的一些差不多是绝密的，而又众所周知却无人相信的科技成果，比如人类永生技术的突破，平行宇宙的发现。如果一定要把它当成小说，这也不是一部科幻小说，而是可称之为未来现实主义的小说。

罗伯特教授，今我这样设定他的身份，是年五十九岁，年富力强，自称是理论物理学家。今我曾听怪烟客杨亚子讲到过罗伯特，也曾在一次科幻论坛上，听过罗伯特的演讲。罗伯特研究的领域不易出成果，许多科学家终其一生，都未能对世界有新的发现，或者未能证明其新的发现。并不是每个从事理论物理研究的科学家都能如玻尔、海森堡、薛定谔、爱因斯坦、杨振宁一样幸运。

罗伯特教授就是那大多数不幸者中的一员。

罗伯特教授早年曾经游历中国，对中国传统文化痴迷而执着，研习了大量东方经典，从孔子、孟子到鬼谷子，他都有所研究，甚至作为爱好临摹过敦煌壁画，上武当山修习吐纳之术。他在中国西部，遇见了一位名叫杨亚子的物理教师，罗伯特认为那是个世间少有的高人，倒不是他物理知识水平高，而是他对世界的想象和探索让人印象深刻。他从杨亚子那里得到了一本《黄帝内经》，据信是上古时代中国人始祖轩辕黄帝所著的医书。这本书是中国传统医学的根本，重视阴阳五行之说。其中最让罗伯特教授着迷的是阴阳和经络。中国古人对世界的认知——阴阳，高度概括且符合现代物理学建立的宇宙模型。而经络，中国古人绘出了翔实的图形，现代科学却无法证实也无法证伪。

杨亚子认为，人类是寄生生物，肉身是宿主，寄生物“经络”或者说“灵魂”，则是外星生物。寄生物与宿主一阴一阳，当阴与阳不协调时，人类就会生病。西方医学治疗的是宿主的问题，而中医则讲究调和寄生物与宿主的关系。

写到这里，今我发现，罗伯特的观点，实际上来自黄蝶和他的对视。现在，这一观点，成了罗伯特的研究。由此罗伯特深入其中，有了全新的发现，并创建了他的理论，用来解释人类诸多的上古经典和神奇难解的现象与传说。他认为《黄帝内经》中隐藏着关乎人类史前文明的秘密。他是个非主流的物理学家，致力于研究人类长生不死之法，认为中国道家的修仙切实可行。

他的理论，基于量子物理对世界的描述。在传统的认知里，世界是客观存在的。量子物理学描述的世界却是主观存在。量子物理学认为世界之所以存在，是因为主观的观察。

在罗伯特教授生活的时代，量子纠缠已经进入应用领域。人们对于量子物理描述的宇宙依旧似信非信。罗伯特教授认为，既然世界是因为观察而存在的，如果一个人处在无人可以观察的空间，而他又能将自己的主观意识完全关闭，真正做到“物我两忘”，那么，时间对于这个人而言是不存在的，世界也是不存在的，这个人就能超越生死。

如东方经文中所描述的那样，“不生不灭，不垢不净，不增不减。无受想行识，无眼耳鼻舌身意，无色声香味触法，无眼界，乃至无意识界。无无明，亦无无明尽，乃至无老死，亦无老死尽。”

罗伯特教授致力于研究人类长生不死的法门。他的研究并不被普遍承认为物理学研究，他的著述被归为东方宗教与神秘主义哲学或者邪说歪理一类。但他有众多拥趸，他的拥趸甚至将他和霍金相提并论。但官方称他为科普作家，而不是物理学家。罗伯特教授认为，这一切皆是源于世人的无知。

“世人笑我太疯癫，我笑世人看不穿”。

他无法改变世人的误解。

罗伯特教授独自生活。七年前，他和妻子李Al离婚。

李Al，一位优雅的华裔女性，出色的编辑。

罗伯特教授的书皆由李Al编辑出版。罗伯特教授是她的初恋，他们很恩爱。结婚十多年，她一直未能怀上孩子，这让她深感遗憾。罗伯特教授并不认为没有孩子是件大事，但东方人的世界观深入了李Al的骨髓。后来罗伯特教授邂逅了女画家薇拉，双双坠入爱河后，李Al坚决和罗伯特教授离了婚。

一来是罗伯特的婚外恋情让她无法接受；二来是她认为，罗伯特和薇拉会有个孩子。

他们依然是朋友，她依然是罗伯特作品的出版人和经纪人。

故事回到2017年2月14日，罗伯特教授准备和薇拉共度他们认识后的第七个情人节。薇拉比他年轻十五岁，这是个危险的年龄差。性欲旺盛的薇拉，已经让罗伯特教授深感力不从心。他不只一次向薇拉求婚，薇拉却从未答应，这让罗伯特教授有种不安与紧张。

他早早就订好鲜花。下午三点，快递公司将鲜花送到办公室。他计划在四点半离开办公室。订好的酒店是七年前他和薇拉相识的地方。

那时候薇拉在这家酒店画廊举办个人画展，是她平生第一次个人展。罗伯特教授正好在酒店和朋友谈事，结束后顺道看了薇拉的画。画展经过开幕式的热闹，余下的只有冷清。

2017年，无论哪个国家都是这样，人们对精神生活的热情远远不及物质。罗伯特的到来让画家感到意外。前面说过，罗伯特曾经临摹过东方的敦煌壁画，对艺术有着独到的见解和感受力。薇拉的绘画吸引了罗伯特教授，觉得她将印象派的技法和东方的神秘主义结合得恰到好处。

罗伯特教授在每幅画前都要长时间停留，戴着眼镜，将鼻尖凑近画布，仔细观察画面上的细节和肌理；摘掉眼镜后退数步，眯着眼欣赏。他的夸张举止自然吸引了薇拉。重要的是，薇拉认识罗伯特，是罗伯特的读者。她绘画中的神秘主义灵感正是来自罗伯特对世界的描述。

这样的相遇也许过于巧合，然而人类所有的活动，皆可看作偶然中的必然或者必然中的偶然。

薇拉主动和他打招呼。罗伯特教授戴上眼镜，回头又看了两眼眼前那幅画。

他从薇拉的画中，看到了自己的思想在跳跃。这让他很震惊。他微低已杂着花白头发的头，从镜片上方打量薇拉。

您的作品？罗伯特教授问。

薇拉脸上露出调皮的笑。她微微向后仰了一下身子，将一头深褐色的长发往后拨到脸的一侧，发尖落在低胸礼服下几乎半裸的褐色双乳之间。她的肢体语言充满了性的暗示与诱惑，眼睛像清晨的湖面，流动着明亮的光彩，嘴唇丰润欲滴。

严格来说，薇拉算不上美女。她身上洋溢着质朴的、健硕的、自然野性的美，体内流淌着西班牙人、墨西哥人和中国人、美国人的血液。她知道自己的独特之处，并恰到好处地向罗伯特教授展示了她的独特之美。她从罗伯特教授的眼神里知道，他成了她的俘虏。

高更。罗伯特教授脱口而出。高更笔下的塔希提少女。我是说您，不是说您的画。您的画，有东方的神秘主义，还有未来主义，您将这二者结合得很好，用的却又是印象派的色彩。你的色彩比萨尔瓦多·多明戈·菲利普·哈辛托·达利一多梅内克要精彩。罗伯特教授发现自己前所未有的饶舌，侃侃而谈像个少年。他现在只是想尽情展示他对薇拉绘画的理解，对薇拉的欣赏。

第一次有人这样形容我。只有画家和农夫，才会欣赏高更笔下女人的美。薇拉笑得很开心。

画家和农夫?!罗伯特教授的眼里闪动着惊异的光。

那晚，罗伯特教授和薇拉在这家酒店的大床上做了一整夜爱。

脱去衣服的薇拉，更加像极了高更笔下的塔希提少女。她有着坚实而健硕的胸，饱满的臀部，弧线优美的腿，眉眼皆弯，肤色如大麦，像刚刚灌满浆的麦子，又像极初次发情的小母马。他用尽力量想要征服她，最终却被她所征服。罗伯特教授知道他这辈子离不开她了。而恐惧也随之而来。他比她大十五岁，用不了多久，他就要进入暮年，而她正年轻。在那一刻，罗伯特教授怀疑自己的研究是否太过空洞，缺少实用意义。

一切都恍如昨日。

然而，这天下午临近四点半钟时，一名衣着笔挺的陌生人敲开了罗伯特教授的办公室。他们先是确认了罗伯特教授的身份。

罗伯特教授，科普作家?陌生人说。

罗伯特纠正道，是理论物理学家。

陌生人掏出工作证递给罗伯特。罗伯特接过看了一眼，他无法确定工作证件的真假，将工作证递回，习惯性地低头从眼镜片上方狐疑地打量陌生人。陌生人面无表情，身形挺拔，符合民众对安全部门工作人员的想象。罗伯特教授不明白，安全委员会为什么会找他。

请您跟我们走一趟。陌生人说。

罗伯特教授问，去什么地方?去多久?我什么时候能问来？你们找我有什么事情？我是否可以拒绝？我晚上有重要约会。

陌生人不理会他的问题，只说不能拒绝。

罗伯特教授说，我先打个电话。刚掏出手机，陌生人就伸出手，动作快如闪电。罗伯特教授的手机瞬间到了陌生人手中。陌生人关了机，并且没有将手机归还的意思。

这让罗伯特教授有些愤怒，这是一个重视人权的国度。

陌生人此刻脸上终于露出了一丝挤出来的笑容，不笑尚好，一笑反而显得更加古怪，态度却依旧不冷不热。他告诉罗伯特教授，有重要的人在等着他，事关至高机密。具体情况他也不得而知。他只是接到命令，将罗伯特教授在规定的时间带到规定的地点。当然，罗伯特教授从陌生人身上没有感受到恶意。

出门，坐电梯下到地下车库，上一辆黑色轿车。

车窗里拉上了黑色的布帘。罗伯特教授被戴上了眼罩。

他试图凭借车辆的拐弯与行走的时间来记住路线。他有着惊人的记忆力，这对他来说并不是太难做到的事情。回家之后，只要有地图，基本上就能复原行走的路线，从而找到他去过的地方。但他很快就放弃了，因为车辆出车库后直接出城上高速。他能感觉到车辆在开往市外。根据车辆起伏的状态，他知道这是在朝北走。这城市的南面是大海，东面和西面相对平坦，朝北是起伏的山路。他并不紧张，倒是对将要见到的人和将要面对的事情充满好奇。他没再问陌生人任何问题。

罗伯特教授去过许多地方，中国的西部，非洲的部落，东南亚的丛林，巴勒斯坦；也经历过无数历险，在索马里遇到过海盗，在中东经历过大爆炸，在亚马孙丛林里与鳄鱼搏斗。许多次生死关头的化险为夷，练就了他冷静的行事风格。年轻时的他甚至有些好勇斗狠，后来深入了解了中国传统文化，慢慢将一颗心平复了，又或许，只因为他老了，毕竟马上要六十岁。他现在是一个温和而有教养的绅士。现在，他相信，他将面临人生的另一件大事。

只是，罗伯特教授怎么也不会想到，他即将要面对的是改变他一生的重大事件，而且是超出常人想象的事。他更不会想到，因为他的决定，他这漫长无际的一生，将要陷入无边的孤独与无尽的痛苦之中。

车辆行走的时间并不长，一个小时左右。罗伯特教授知道，他应该是到了一个叫灵都的小镇。这安静的小城，有着竹笋一样凭地拔起的山，有清碧如翡翠的河流。许多年前，他和李Al在这里度过了甜美的时光。当然，最为幸福的回忆属于他和薇拉一起的日子。和薇拉相识后，他们曾在这里住过很长一段时间。薇拉在室外写生，她借用真实的自然光影，写生画出的却是客观与主观高度结合充满了想象力的画作。在认识罗伯特之前，薇拉的画作被认为是超现实主义，罗伯特对她的画作风格重新命名——未来现实主义。

薇拉作画时，罗伯特坐在一边研读《黄帝内经》和《易经》，那是他人生中最为快乐的时光。他们在各种环境下做爱，一起吃遍了灵都的小餐馆。中国人开的餐馆，法国人开的餐馆，意大利人开的餐馆，越南人开的餐馆，韩国人开的餐馆……

他熟悉这里每一条街道，熟悉这城市的空气，雨水，阳光和风的味道。

罗伯特对薇拉说起，五十年前，他第一次来到灵都，是跟随着他的父母来度假。后来，母亲去世。那一年，罗伯特七岁。这是他人生的重大转变，许多父母早逝的孩子，后来都会学医，希望以此来减轻失去亲人时束手无策的痛苦，罗伯特却从此迷恋上了对人类长生不死的想象。

母亲去世后没有多久，父亲就再婚了。继母对罗伯特很好，但罗伯特无法忘记自己的生母。父子之间的感情，渐渐趋于平淡。直到后来，他成了一名物理学家，父子关系重又变得亲密。现在，他的父亲年近九十，已经走到了人生最后的阶段。罗伯特教授接受中国文化的滋养，也接受了中国文化中孝道的观念，只要他在这座城市，无论有多忙，都会每周一次去看望父亲和继母，亲手为他们做美食，陪他们吃饭，散步。

他的父亲很乐观，经常这样开玩笑：嘿，你的长生不死研究进行得怎么样了？我可快要死了，你得抓紧，让我这老头子成为不死鸟。

罗伯特教授拉过父亲长满了老年斑的手，说：您只要按我的方法做，就能成为不死鸟。

他教父亲练习吐纳和静坐冥想，他父亲练了一次就不练了。

父亲快九十岁了，想到父亲将要死去，罗伯特会无限感伤，觉得自己这一生的努力与研究，终究没有实质性的成果，这是一件让人很羞愧的事情。每次见到父亲，他都能感受到父亲在迅速苍老，但每次他都会做出很开心的样子，对父亲说，您的气色真好，看上去又年轻了十岁，这都是凯茜的功劳。

凯茜是他继母，比父亲小不了几岁，也已到了风烛残年。听他这样说，父亲会亲吻凯茜的额头，轻轻吟诵威廉·巴特勒·叶芝的诗句，"当汝老去，青丝染霜；独伴炉火，倦意浅漾。当汝老去，黯然神伤；唯吾一人，情意绵长。跪伴炉火，私语细量。爱已飞翔，越过高岗；爱已飞翔，遁入星光。"

父亲给继母朗读诗歌，是每次家庭会餐的经典节目。

每当这时，看着父母秀恩爱，罗伯特都会想起自己的亲生母亲，也会更加珍惜身边的人，无论是前妻李Al，还是薇拉。他对薇拉说，多么想一直这样陪着你，直到永远。

爱已飞翔，越过高岗；
爱已飞翔，遁入星光。

罗伯特最喜欢的是这两句。

薇拉！此刻，他在心里默念着这个名字。想象着此刻她该已经到了酒店。想象他一会儿办完事回到薇拉身边，要和她疯狂做爱，抚摸她每一寸肌肤。

车停了。依然是地下车库。下车。上电梯。去眼罩。

一栋很普通的建筑，和罗伯特所在时代城市大多数建筑的内部差不多。

罗伯特被带进一个小房间。

陌生人请他就座，然后就将门从外面扣上了。

罗伯特教授开始打量他身处的房间。

没有特别之处。不过二十来平米的小房。一桌，桌上无物，桌边面对面金属椅各一。显然，这是为谈话准备的。罗伯特教授知道这房间古怪，他感觉到正在被人观察，只是不知道观察者藏在哪儿。他又想到量子物理对世界的解释——世界因为观察而存在。他现在被人观察，所以他存在。

他索性拉过椅子坐下，静静等候着即将面临的一切。

刚才在车上，他想起了前妻、父亲、继母、薇拉，这差不多是他在这世界上最为亲密的几个人。当然，还有不多的几个朋友。他人生中最快乐的时光，是和这些人在一起。他希望这样的快乐能持续得越久越好。

有那么一瞬间，罗伯特强烈地感受到这一幕他曾经经历过——也是这样的房间，也是这样的一桌二椅，也是这样的封闭，他被无数看不见的眼在监视。他确信，这一幕真实发生过。也许，那是他在另一层空间的记忆。分属元世界和子世界的量子纠缠，传递了这样的信息。这让他感到不安，不安像野草一样疯长，他预感到快乐可能从此一去不复返了。

他的预感从来很敏锐。

这次他的预感依旧没错，那样的时光真的一去不复返了，只是，他猜对了结局，却猜不透过程。他决心让自己安静下来。眼观鼻，鼻观心，心观丹田。这是神秘的中国道家功法，他在中国湖北西部的武当山跟一位道长学习过。有一个月时间，他每天天没亮就随着道长坐在一座峭拔的山峰顶端，面对苍茫云海静坐吐纳。他很快让自己平静了下来，以至于忘记了时间。他不知道等候了多久，也许是三分钟，也许是三小时，也许是三个月，或者是三年。

门开了。进来一位个子不高但干练冷峻的男子。男子满头花发面色红润，罗伯特看不透他的真实年龄。

男子朝罗伯特教授伸出了手：尊敬的罗伯特教授，您好。

罗伯特教授结束了吐纳，站起身来，也伸出了手。

库切。眼前这个看不出真实年龄的男人自我介绍。

库切，和著名的南非小说家同名。

罗伯特想到了这位小说家和他的作品，想到库切作品中有关孤独的主题，有关无政府主义。库切自称是“无政府主义者”，并且毫不犹豫地指出政治问题的根源在于权力本身，明确无误地表明了自己对权力和政治的唾弃。

无政府主义的库切。

悲观的库切。

《等待野蛮人》的库切。

《耻》的库切。

后来，罗伯特教授在他漫长而孤独的人生中，在永无休止的监禁生涯中，无数次想起这一切的开端，想起他遇到的这个名叫库切的男人和他喜欢的那个名叫库切的南非作家，这一切似乎是上天注定。

那时他会安慰自己，人类科技再怎么发达，在人类之上，在宇宙之上，依然还有一个更大的主宰。当然，这是很久以后的事，现在，他面对的是一个看不出真实年龄，面无表情的库切。

欢迎您来到永生人俱乐部。库切说。

永生人俱乐部?！罗伯特教授突然想笑。这些人太会表演，差点把他给骗过了。他明白这是一场恶作剧，是他的粉丝们为他制造的惊喜。这些年，因为他不停地宣扬人类可以通过自我的修习实现永生，拥有了大量的追随者。他的追随者们组成了一个拥趸团，就叫“永生人俱乐部”。他们为他举行过各种各样的聚会。他喜欢“永生人俱乐部”这个美妙的构想。

这不是恶作剧。库切仿佛洞穿了罗伯特教授的心思。

好吧，不是恶作剧。罗伯特还是掩饰不住脸上的笑意。

虽然影响了和薇拉的约会，罗伯特教授还是显得如释重负。他喜欢和他的拥趸们在一起，他享受拥趸者给他制造的各种惊喜。

然而，库切的表情，又让罗伯特笑不出来。他意识到，这不是拥趸的表情，也意识到，“永生人俱乐部”和他的拥趸团没有任何关系。

果然，库切说，“永生人俱乐部”名义上隶属于安全委员会，实际上，是超越了委员会、超越了国界的一个组织，甚至可以这样说，“永生人俱乐部”居于这个世界权力金字塔的最顶端，世界大多数国家的元首都是俱乐部成员，他们在俱乐部的统一指挥和规划下管理各自的国家。俱乐部的总负责人，他们称之为“元”，在元领导下，有一个十一人组成的长老议事团。各长老负责几个方面的工作。当然，还有信息中枢，有秘密警察机关。

接下来的时间，库切给罗伯特教授看了一些视频资料。

资料介绍了罗伯特教授不敢相信的事实：早在十年前，人类就已突破永生技术的奇点。科学家们通过改造人类已经过时的生命软件“基因编码”，重新编程人类基因，并且将纳米机器人无害注入人体的毛细血管内，这些机器人如同最勤劳的清道夫，全面接管了人类的免疫系统。它们以最精准快捷的方式摧毁人体的一切病原体，清除杂物，血栓，肿瘤，纠正DNA的错误，让人的肉体永久保持最为健康的状态，甚至扭转了人类衰老的过程。

资料显示，人类现在虽不敢说已经突破了死亡的限制达到永生，但在可以预见的未来，人类寿命达到一万年甚至一万个一万年，已经没有任何技术问题。

库切所展示的成果与资料，让罗伯特教授感到震惊。

他确信这一切不再是玩笑，也不是恶作剧，更不是他的拥趸所为。他的拥趸不会颠覆他的理论。

罗伯特教授无比欣喜，又无限悲伤。他想到东方一位高僧临终前的遗言：悲欣交集。现在，他就是这样的悲欣交集。

他欣喜，他一直鼓吹的人类永生，居然在他的有生之年就已实现，他可从来没有这样乐观过。他悲伤，人类实现永生的办法，居然不是从他醉心研究的东方神秘经典中得来，而是借助于时下最为先进的纳米技术和基因技术。

当然，他最为震惊的是，就在去年，谷歌公司的工程总监库兹韦尔还在大胆预言人类将要在2029年超过生死的奇点，从而实现永生。没想到人类事实上在十年前就已秘密突破了这个奇点。难道连库兹韦尔也不知道这个秘密？或者他早就知道，他发表的言论只是一种障眼法？

罗伯特教授抛出了他的问题。

我无法回答您，也无权回答。这是人类的最高机密。库切先生说，我能告诉您的是，现在的人类中，已经有很多永生人。永生人与人类不是一类人，永生人是人类进化后的高级状态。永生人看人，就如现代人看类人猿一样。这一切目前处于秘密状态，永生人和自然人生活在一起，并领导着我们这个世界。

有多少永生人，现在？罗伯特教授问。

不能确切地告诉你这个数字是多少，更不能告诉你谁是永生人，谁不是。

您一定是。罗伯特教授说，但是，带我进来的那位先生，是否也是？

库切耸耸肩，表示无可奉告。

罗伯特教授感到一阵寒意从后背升起，汗毛竖起如枯草在寒风中萧瑟。

他之前只是醉心于人类永生的研究，从未想过，人类若真实现永生，将如何管理这个世界。现有的秩序将受到怎样的挑战。人类的所有思维、道德、伦理、行为准则、法律，都是建立在人会死这个大前提下的；当人类实现永生后，这一切的意义将要重估。他在这一瞬间居然又想到了薇拉，想到了爱情，想到了永恒和威廉·巴特勒·叶芝的诗句。他之前认为自己会爱薇拉一生，可是如果人类能永生，他能爱薇拉一万年，能爱她两万年吗？三万年呢？

库切说：一个巨大的事实是，在国家、种族、宗教信仰之上，现在的世界还有一个最大的分别，世界是由永生人和自然人组成的。永生人和自然人不是利益共同体。

当然，不用库切先生解释，罗伯特教授就能理解，这个世界上所有先进的技术，从来就不是人人共享的。正如这世上有人拥有私人飞机，而有些人还在为拥有一辆自行车而努力。有些国家大部分在使用苹果公司生产的智能手机，有些国家，人们连最落后的手机都用不上。如果人人皆可以永生，地球上的资源有限，谁可以生育，谁不能生育，又成了另一个问题。

库切先生说：无论何种政体，无论何种意识形态，一个切实的现实是，当人类从技术上实现永生之后，并不是每个人都可以享受这一技术。否则，我们这个世界将要陷入巨大的混乱，人类实现永生之日，就是末日来临之时。况且以人类此时的技术而言，在可以想见的未来几百年间，人类尚不能完全离开地球实现星际移民。

罗伯特先生说：这个不用你解释，政客，富豪，自然是最先享受永生的群体。问题是，罗伯特教授说，为什么要告诉我这一切？

库切先生说：祝贺您！在人类突破永生技术的这十年来，永生人俱乐部的人数一直控制在极小的范围。近年来，保障永生人的利益成本越来越复杂，俱乐部要求不断吸纳各方面的人才，单靠政客和富商无法让永生人俱乐部有效运转，俱乐部一直在扩容。我们有最为专业的大数据库，世界上每个人的资料都会纳入数据库，计算机会根据永生人的利益优先法则，对每个人进行评估，达到一定分数的人，会纳入永生人俱乐部的扩充备选大名单，然后由专门的调查机构对大名单上的人进行全方位调查，由专家组投票决定，谁可以进入到永生人的面试阶段，也就是你现在面临的阶段。为了我们的生存发展，我们不仅需要这个世上最有权势的政治家，最富有的金融寡头和商业奇才，还需要最为聪明智慧的头脑。各行各业最顶尖的人才，科学家、医生、作家、画家、哲学家，进入这个俱乐部的人类，将要长久地统治那些面临自然死亡的人类。

也就是说，我已经通过了永生人俱乐部的调查？罗伯特教授说。

库切先生说：您现在正在接受俱乐部面试。

那么，您在这个俱乐部中，处于什么地位？

库切先生说：这是机密，你无权打听，我也无权告知。事实上，我自己也不清楚。不妨告诉您，现在，我们谈话时，我们的画面，您脸上的每一个细微的情绪变化，包括您的生理数据，呼吸、血压、血糖等各项指标，都在接受计算机的实时分析。现在，我要问您一些问题，请您如实回答。

罗伯特教授如在梦中。

第一个问题，您是否愿意加入永生人俱乐部，接受我们为您提供的纳米机器人植入手术？

罗伯特教授说：如果我同意会怎样？不同意又会怎样？

如果同意，接下来你将要了解永生人的生存原则，并签署同意合约。合约有五千条，违反了其中任何一条，会有相应惩罚，轻者除名，重者终身监禁。

库切先生提醒罗伯特教授，这个终身监禁不同于普通意义上的终身监禁。因为这个“终身”的时间，是比一万个一万年还要长久的，是永远。永远在孤独中失去自由，这可是比死要难一万个一万倍的事情。

罗伯特教授发现，库切先生喜欢用“一万个一万”来形容事物，这让他显得多少不那么古板无趣。

如果我不同意呢？罗伯特先生说。

您会同意的，库切先生说得很肯定，谁不愿意永生呢？您知道，多少富豪为跻身永生人俱乐部，愿意将名下所有财产作为俱乐部的公有财产；多少国家首脑为了跻身俱乐部，表面上服务于他的国家，实际上服务于我们，代表永生人管理他的国家。

可是，我还是想知道，如果我不同意，会是什么结果。罗伯特教授有些固执。

库切脸上结了一层冰霜：您已经了解到世界上最为核心的机密，知道这个机密的，只有两种人，一种是永生人，一种是，死人。当然，不仅他们自己是死人，我是说，了解这一机密而拒绝加入，他们的子女、爱人，他所有在意的人，我们这里有详尽的名单，他们，一切，所有。库切先生做了一个抹去的动作：都将从这个世界抹去。

清零。他又说。按下DELETE。就是这样的结果。当然，这只是理论上的。目前，这样残忍的事情尚未发生过。

罗伯特教授看到库切做出抹去清零的动作时，背后再次起来一层森然寒意，他那虚张声势的笑最后凝固成了怪异的表情。

那么，我没得选择，只能为能成为永生人而感到荣幸。

他知道，作为人类个体，自己面临最大的机遇，同时也是最不可反抗的力量。

库切先生脸上的霜明显化去了一层。想来，他外表冷漠，内心尚有温度。他也不想将任何一个活生生的人清零抹去。

您已经同意了？很好，接下来您要做的，是学习永生人的行为准则，这是永生人世界的最高律法。

库切先生交给罗伯特一个阅读器。所有的条款都在这里，五千条，您可以慢慢熟悉，一条一条看仔细。不妨告诉您，您阅读每一条时，心理的微妙变化都会通过生理数据反映出来，这些反应会被计算机实时分析，得出您的评估分。您只有拿到了及格的分数，才有资格接受下面的谈话。当然，在我们选中的人中，曾经有一些因为评估分不及格，也只能很遗憾地……库切先生说着手臂扬起，先是缓缓抹动，然后做了一个加速抹去的动作。仿佛抹去一个人，并不是那么容易，要经过艰难的决定，然后痛下决心快刀斩乱麻。

代表上帝收走他的灵魂。库切先生说，祝您好运。

库切先生离开房间，将罗伯特反锁在房间里。接下来的时间，他要认真阅读五千条条款。他阅读时的心理活动产生的生理数据，将决定他的命运，永生或者就死。

罗伯特先生在看这些条款前深吸了一口气。

现在，他要让自己平静下来，开始一条一条阅读永生人律法。

第一条，我自愿加入永生人俱乐部，绝对服从俱乐部的指挥，永不背叛俱乐部。

罗伯特教授想，我是自愿加入永生人俱乐部的吗？是，也不是。是，因为自己珍惜成为永生人的机会；不是，因为他并没有选择的自由。他告诉自己，他是自愿加入的。但是他的这个心理变化，让他在这个选择得分上，只得了一分；如果他没有这样的心理变化，真心是自愿加入的，他将得到两分；而如果他心里是反感的，则他会得到负一分。

罗伯特教授继续往下看。

这些条款都是对永生人行为的约束，大到对永生人俱乐部的绝对服从，不做出有损永生人利益的事情，永远站在永生人的利益而不是站在自然人的利益思考问题；小到各项保密条款，不得对任何人（在任何人的下面打了重点符号），透露永生人存在并已统治地球的信息，除非是接收到永生人俱乐部的指令。不得打听身边的人是永生人还是自然人。

罗伯特教授看得心惊肉跳，其中一条：永远不许打听有关永生人俱乐部的组成，不许主动联系俱乐部，在没有接受俱乐部发出的指令前，要如自然人一样生活，而一旦俱乐部发出指令，要无条件、不问原因地执行指令。

最后一条，是一则技术说明——自然人一旦被永生人俱乐部接纳，接受了基因编码修正和纳米机器人的植入手术，俱乐部的最高权力机关将拥有对纳米机器人的控制权。也就是说，永生人将失去众多人类已经拥有的自由。

这是交换。用自由换来永生。

要自由，还是要永生？

在这个选择题上，罗伯特和所有人的反应一样，生理数据出现了巨大变化——呼吸加快，感觉空气突然变得稀薄。同时他的血压开始升高，血糖迅速降低。他很快出现虚脱症状，浑身发抖，先是胳膊发软，迅即蔓延到全身，他知道自己的低血糖症犯了。这是老毛病，他曾经去医院检查过，医生怀疑他的胰腺长了肿瘤。伟大如乔布斯，最终也是被胰腺上的肿瘤夺去了生命。然而检查的结果，他的胰腺并没有长肿瘤，只是胰岛素分泌不正常，致病原因不详。当紧张，饥饿，或受到外部过于强烈的刺激时，胰岛素的分泌会突然成倍增加而导致血糖迅速降低，如果不补充糖分，用不了几分钟，上帝将把他的灵魂收走。

现在，罗伯特教授的胰腺迅速分泌胰岛素，血糖直线降低，全身冷汗如雨，虚脱得没有一丝力气。

他缓缓地侧卧在地上，一开始还将身体抱成一个团，但很快他什么力气都没有了，意识开始模糊，他知道他快死了。

一切都结束了。他的研究，他的纠结，他的爱人，他的自由，这一的一切，一切的一，在生命失去时，都将变得没有任何意义。

终于解脱了，再也不纠结了。在他的意识快要模糊时，他这样想。他再一次感到无限悲伤，人类已经突破了死亡的限制，而他却倒在了黎明之前。他的手指已经触摸到了永生之门的开关，却与永生失之交臂。

这样的悲伤，比普通人临死之前的悲伤来得要更加深沉。

生命不会再来第二次了。他最后的一个模糊意识，是关于生命与自由的。

活着多好。活着。他只有这样一个念头。

自由，他从小接受的教育，在他的脑子里形成的坚固理想在这一瞬间坍塌。自由与生命相比，五毛钱都不值。罗伯特教授这样想。五毛都不值。五毛。去他娘的五毛。罗伯特教授想。我要活，不要死。

生的意志救了他。那些在后台实时观察罗伯特生理数据的人，适时为罗伯特教授补充了糖分。

当他睁开眼，确认自己还活着时，看到了库切先生脸上露出了笑容。他相信，这笑容是真诚的。

祝贺你，成功通过了所有审查。库切先生说。

那么，我是否可以回去了？罗伯特教授问。现在，他已经接受现实，成为永生人，同时，也成了永生俱乐部的奴隶。他这样为自己定位。

您现在不能回去。接下来，您要接受永生手术，修改基因编程，植入纳米机器人。手术后还要接受系统学习，前后大约要经过三个月时间。三个月后，您再回到自然人的生活中去。如果俱乐部有指令，会有人通知你。如果没有，你只需要和从前一样生活即可。在这三个月之内，您不能和外界有任何联系。库切这样警告罗伯特。其实，你也无法联系。

手术后他整整昏睡了一个月。这一个月，纳米机器人在他的体内分秒不停地运行，摧毁他血液中的所有病原体，血栓，肿瘤，纠正DNA的错误。纳米机器人全面接管了他的免疫系统，并修复那些已经老化的器官。一个月后，当罗伯特教授从漫长的沉睡中醒来，他惊异地发现身体有了神奇的变化。

脸上的肌肉不再松弛，浮肿的眼袋消失不见，眼角平滑没有一条皱纹。本已稀疏微微秃顶的头发变得浓密，如二十岁时一样泛着黄金的光泽。本已凸起的腹部居然变得平坦坚实，他明显感觉到身体里充盈着青春的力量，连长期困扰他的鼻炎也不复存在。肺部的不适不复存在。他的视力恢复到了最佳状态，不戴眼镜，他居然看到了久违的、清晰的甚至是超清晰的世界。

他感觉整个人身轻如燕，一口气完成一百个俯卧撑二百个蹲起依然没有一丝疲劳感。

身体的舒畅感，比多年前在武当山修习吐纳之术的体验要强烈一万个一万倍。他发现自己也使用了这样的描述。东方神秘经文中所说的羽化成仙，大约就是这样。

罗伯特教授庆幸自己的选择，为自己的幸运而兴奋。当今世上六十七亿四千八百万人，有资格永生的，应该不会超过五千万，甚至更少，而他是多么幸运，居然被选中并获得永生。

罗伯特教授换了一种心态，他变得主动积极，以永生人的立场来看待自己。

接受一系列检查后，他被告知，纳米机器人在他的体内运行完美。他以年轻人的心态，接受了两个月的相关训练，他被要求将外表装扮成和他本来年纪相近的状态，比如将头发染成花白，说话、行动要符合六十岁人的状态。然而现在他拥有一个比二十岁时还要优秀的、完美无缺的身体。

他有些迫不及待，又有些紧张，不知道回到正常的生活中去是否会适应。

罗伯特教授回到了他本来的生活之中。现在，他有许多人要见。前妻、父亲和继母，当然，他最想见到的是薇拉。凭空失踪三个月，他得给薇拉一个合理的解释。他不知道该如何解释。他从童年起就被告知要做一个诚实的人，他也一直在这样做，忠实于自己的内心活了五十九年，现在，他拥有了巨大的秘密，要学会生活在谎言之中。对即将面对的生活，罗伯特教授多少有一些忐忑。

不用解释。库切先生说，一切都帮您安排好了，只要告诉你的亲朋，这三个月你受安全委员会邀请，参加了一项秘密工作。至于工作的具体内容，无须任何解释。

这是一个很好的借口。以国家安全与事涉机密为由，他可以不用回答任何问题。只是身体的变化，薇拉一定会发现。他不知道该如何解释，只能走一步看一步。

回到自然人中间的罗伯特教授，突然感觉自己成了阴谋家，从此拥有了不能与任何人分享的秘密。他必须这样，否则，他的亲人、朋友，所有他在意的人都将遭遇不测。

我这是为了他们好，他这样安慰自己。

为他们好，多么高尚的借口。这世上有多少事情，不都是打着这样的旗号么？何况，他现在接受并认可了这样的事实，包括人类永生在内的所有这个时代最伟大、最尖端的技术，从来就不为所有人服务，而只是服务于少数人。

越是尖端的技术受益人越少。

罗伯特教授同时也接受了永生人的理论，他有幸遇上了人类进化的拐点，就像人类的祖先在200万年前开发使用额前叶皮质，从而让人类成为这个星球上最为智慧的生物，跃居食物链的最顶端一样，只有他这样的拥有超常智慧大脑的人才配得上享受永生。

他想起了为他手术的医生对那些自然人的称谓。

哈哈，那些自然人，他为自己在心里对人类的称谓的变化而吃惊，但是，的确，就是这样的，那些自然人，医生称他们为muggle。在J.K.罗琳的小说中，那些不拥有魔法的普通人，就被称为麻瓜。看来，那医生是罗琳的拥趸。这样的称谓有意思。自然人是麻瓜，而他，罗伯特教授，物理学家，科普作家，永生人的研究者，现在是永生人。多么让人自豪。

依然是辆黑色的车，依然拉上了车帘，依然戴上了眼罩。

这一切皆是多余。按照五千条规则中的一条，他不许试图寻找永生人俱乐部，不能主动联系，否则都将面临最为严苛的惩罚。

罗伯特教授被送回他办公室的地下车库。送他的还是当初带他到永生人俱乐部的陌生人，此时，罗伯特依然不知道他们的名字，也不知道他们是永生人还是麻瓜。

陌生人把罗伯特的手机还给他，“再见”也没有说一声就走了。

罗伯特教授这才想起应该打开手机。他已经和这个世界中断联系太久。他以为会收到很多薇拉的信息，或者无数个薇拉打来的未接电话。结果让他非常失望，居然没有一条薇拉发来的信息，也没有一条她的来电提醒。

很快他就明白了，是他们，永生人俱乐部，删除了薇拉发给他的信息。他可以这样断定。

罗伯特教授第一时间拨打了薇拉的电话，关机。他给薇拉留语音，告诉薇拉接到留言一定要回复他。他表达了对薇拉炽热的思念和无限的歉意。

接着，罗伯特教授就看到了前妻李Al给他的留言，有十五条之多，都是让他开机后回复她的。还有父亲发来的信息。父亲让他回电话。不知为什么，这些信息都留着。他给李Al打电话，他想着怎么解释这三个月来他的去向。李Al居然没问，只是告诉他，马上去看他的父亲，老人家状态不好，非常不好。

凯茜去世了。李Al说。

没有想到，成为永生人，回到麻瓜的世界，他接到的第一个消息，居然是有关死亡的。他意识到，成为永生人，不仅仅是要学会说谎，不仅仅是要失去自由，还要面对许多情感上的折磨。

听到继母凯茜去世的消息，罗伯特教授很难过。不，他的心情，不能用难过来简单形容。当然有难过，也有……庆幸，他小心选择着内心的词汇，还有，说不清道不明的，复杂。用中国人的话说，叫五味杂陈。虽然凯茜不是他的生母，老太太却能视他如己出。他想到了父亲为凯茜读诗的情形。父亲是那样爱她，失去凯茜，父亲现在一定很难过。他拨通了父亲的电话。和李A1一样，老罗伯特并没有责怪他这段时间消失不见。

一小时后，罗伯特见到了父亲老罗伯特。

意外的是，他不仅见到了父亲，还见到了薇拉。

老罗伯特坐在他时常坐的圈椅上，闭着眼，像睡着了一样。薇拉坐在靠窗的地方，一束光从窗外透过玻璃照进略显昏暗的房间，侧光打在薇拉的脸上，晶莹如玉，像一尊圣女雕像。

见到罗伯特教授进来，薇拉没有任何久别重逢的惊喜，只伸出食指放在嘴边，轻轻朝罗伯特教授“嘘”了一下，提示罗伯特教授别打扰他父亲。

罗伯特教授轻轻站到薇拉身后。就在一个小时之前，他心里涌起了许多坏念头，甚至还有恨意，以为薇拉已离他而去。他在心里忏悔，为自己错怪了薇拉。成为永生人之后，他变了。他轻轻从后面双手环抱着薇拉，心里涌起的是无限感伤。

他轻吻薇拉的头发和耳垂，眼圈有些湿。

他活了快六十岁，经历了这么多的世事，已经过了控制不住感情的年龄，可是现在，他的身体年轻了，内心似乎也回到了二十岁的状态。

他从后面不停轻吻着薇拉。薇拉一手抚着罗伯特的头，轻轻搓揉着他的头发，一手执书，是凯茜最喜爱的那本诗集，轻声为老罗伯特读着：

> 舍下我，走吧。可是我觉得，从此
> 我就一直徘徊在你的身影里。
> 在那孤独的生命的边缘，从今再不能
> 掌握自己的心灵，或是坦然地
> 把这手伸向日光，像从前那样，
> 而能约束自己不感到你的指尖
> 碰上我的掌心。劫运教天悬地殊
> 隔离了我们，却留下了你那颗心，
> 在我的心房里搏动着双重声响。
> 正像是酒，总尝得出原来的葡萄，
> 我的起居和梦寐里，都有你的份。
> 当我向上帝祈祷，为着我自个儿
> 他却听到了一个名字、那是你的；
> 又在我眼里，看见有两个人的眼泪。

薇拉读完这首诗。老罗伯特缓缓睁开眼。他并未睡着，知道儿子进来了。他的儿子，他生命的延续，他熟悉他的气息。

你来了。父亲说。

三个月不见，父亲迅速衰老。罗伯特想到了一个中国词汇，油尽灯枯。

父亲现在的状况差不多就是油尽灯枯。他的生命犹如风中之烛，随时可能会熄灭。熄灭之后将永远不再复燃。在那一刻，罗伯特教授心里涌起的是无限酸楚。他走向父亲，单膝跪地，他觉得只有跪下才能表达出他内心的那份酸楚。

他拥抱窝在圈椅里的父亲。父亲仿佛枯萎了一般，瘦得只剩一把骨头。

罗伯特亲吻父亲花白的乱发和满是老人斑的额头，然后握着父亲的手。父亲的手虽干枯，摸上去却温暖。

他又吻了父亲的手背。他觉得这一切都是自己的过失。在父亲最需要他的时候，他不在身边。在父亲生命之灯将要熄灭的时候，他只能用这样的方式来掩饰内心的愧疚，这让他愈发觉得自己的虚伪也很可鄙。

没事的，孩子。老罗伯特缓缓抬起手，抚摸着儿子的头，显得很平静。他知道自己的时间不多了，他在平静地等候这一刻的到来。你在我身边，也代替不了我的痛苦，没事的，孩子。凯茜死了，死在我前面，这是她的心愿。她生前，一直希望死在我的前面。她不想经历失去我的痛苦。她，那么残忍，把这痛苦扔给我，她自己倒走了。你站起来吧，孩子。

老罗伯特是个天性乐观的人，他不愿意让大家陪着他悲伤。他说：孩子，你没能在凯茜死去之前，找到长生不死的办法，真是遗憾啊。世上哪有长生不死的办法呢？每个人，都要死，你的研究，没有意义。人要是不死，地球哪里养得活这么多人。我也要死，凯茜活着时，我不想死，我多么幸福啊！可是现在，我一点儿也不恐惧死亡。生老病死，这是万物的规律，没有谁，能逃离这规律。没有谁。没有谁。没有。

说完这些话，仿佛耗尽了他最后的心力。

当父亲反复地说“没有谁”时，罗伯特教授不敢直视父亲，也不敢看薇拉。他低下头，内心慌乱不安。他甚至不知该如何掩饰这慌乱不安。他应该回答，父亲，您错了，人类已经战胜死亡了，人类永生了，您的儿子，就是一个永生人。可是他的嘴抖动了半天，说出的是：是的，父亲，没有谁。

老罗伯特将颤抖的手伸向桌子。桌上有镶着凯茜年轻时候照片的相框。薇拉明白老罗伯特的心，帮他拿过来。老罗伯特双手接过相框，颤抖地亲吻照片上凯茜的额头：五十年，我很幸福，孩子。

老罗伯特从相框上抬起头，说：薇拉是个不错的姑娘，你应该和她结婚，像我和凯茜一样。

父亲又亲吻凯茜的照片。然后，他似乎忘记了罗伯特和薇拉的存在，就这样抱着凯茜的照片，睡着了。

这一刻，罗伯特教授对永生人俱乐部生出了不满。

谁永生，谁死去，这一切谁说了算？

真的是计算机大数据给出的结果吗？

是否足够富有，花足够多的钱就能买到永生？

是否俱乐部高层的父亲、母亲、亲人就可以永生？

俱乐部对永生人拥有绝对的权力，那么，谁又去监督他们？

绝对的权力产生绝对的腐败与不公，那么，当人类已经探索出一整套保证公正自由的制度的今天，永生人俱乐部这代表了人类科技进步与进化的群体，是否开倒车回到了专制时代？

就算一切都是公正无私的，是计算机基于大数据评估出的结果，那么，这一看似公正的制度是否违背了人道主义精神？

他又想到了麻瓜。是的，永生人和麻瓜，已经不是一个人类，或者说，是不完全相同的生物了。现在，我，罗伯特，我的身体是人类与机器的混合体，是人机结合的全新物种。罗伯特教授想，就在他眼看着父亲油尽灯枯的时候，他的体内，纳米机器人在迅速修复着老化的细胞，他将永远年轻。如果父亲知道真相会怎么看他这个儿子？罗伯特教授不知道这样的永生还有什么意义。他甚至觉得，从某种意义上，他的自私等同于谋杀了父亲。或者说，是他和其他永生人，合伙谋杀了父亲。

薇拉合上诗集，缓缓站起来。

罗伯特教授拉着她的手，轻轻出了父亲的房间。一出房门，罗伯特教授就急切地抱住了薇拉。人类就是这样奇妙。前一分钟，他的心里还是深沉的自责和形而上的思考，一分钟之后，他的本能，他的欲望，形而下的诱惑，秒杀了形而上的思考。

罗伯特教授疯狂地吻着薇拉，吻她的唇，她的耳朵，她的脖子，她高挺的乳房。他抱起薇拉，这一刻，他什么都不去想，去他妈的生死，去他妈的永生人。他的体内汹涌澎湃的全是荷尔蒙，他的大脑如同宇宙大爆炸一样喷发着多巴胺。

薇拉回应着他的吻。她知道罗伯特想干什么，但她从罗伯特的怀抱里挣脱了出来。

怎么啦，你生我的气？我这么久没有联系你，那天下午，我，安全委员会……

罗伯特教授想解释，手上却没有停止动作。他一手伸进薇拉领口去抚摸她高耸的乳房，一手从裙子下探寻着薇拉。

薇拉说：我知道，你不用解释的罗伯特，我爱你，可是现在不行，在这里不行。罗伯特，不要这样，再这样我真的生气了。

伯父，薇拉说，伯父的时日不多了。

这句话，终于让罗伯特教授冷静了下来。他为自己刚才的不顾一切而脸红。这是怎么啦，我是六十岁的老人了，刚才这兴奋，比二十岁时来得可要猛烈。罗伯特教授努力平静下来。是的，就在这间屋子里，继母离世不久，父亲生命垂危，儿子见死不救，却任由性欲泛滥。

薇拉脸上泛起了红晕，她将罗伯特教授的手缓缓牵引至她的腹部，眼里流动着调皮与自豪。那波光，罗伯特是那样熟悉。七年前，她这样对他说，只有画家和农夫，才会欣赏她的美，那一刻眼里流动着的，正是这样的波光。

你摸摸，在这里，我们的孩子。我们有孩子了。三个月。薇拉说，我要做母亲了，你要做父亲了。我们应该结婚。你父亲说得对，我们要像他和凯茜一样。

孩子?! 父亲?!

罗伯特教授有些恍惚。是的，之前，他曾经想过要孩子。他喜欢孩子。李A1不能为他生孩子，后来他也曾经对薇拉说过，希望能有个孩子。薇拉总是说，她还没有想好要不要嫁给他。在决定嫁给他之前，她不能怀上他的孩子。而现在，她怀上了他的孩子，罗伯特教授却一点儿也高兴不起来。他的整个人如奔腾的钢液突然泄入了北极的冰水。那些荷尔蒙、那些多巴胺突然间停止了分泌。

怎么了亲爱的，你不开心?

我很开心亲爱的。罗伯特教授象征性地亲吻了一下薇拉，心里涌起的想法却是，我的孩子是永生人还是麻瓜?

他确定他的孩子将是麻瓜。这个想法让他的心情没办法好起来。生下来，就注定了要死去。他强作欢笑，说：亲爱的薇拉，从现在起，你好好休息，我去做晚餐。

罗伯特做好的晚餐，薇拉吃了许多，可他父亲老罗伯特只是象征性地吃了一口，以示对儿子劳动的肯定。

老罗伯特几乎没有再说话。过去那个幸福读诗的父亲一去不复返了。他累了，吃完饭后就躺在床上睡着了。罗伯特教授坐在父亲的床边，看着这个油尽灯枯的老人，他不知道能做什么。

找到永生人俱乐部?

请求他们给父亲一次生命?

让父亲获得永生?

他知道这是不可能的,五千条里至少有不下二十条禁止他这样做。他知道这样做的后果,不仅救不了父亲,还会给他爱的人带来灾难。他现在所能做的,就是眼睁睁看着父亲迅速耗尽生命。而薇拉,还有薇拉肚子里的孩子……罗伯特教授突然感到无限恐惧,仿佛被吸入了一个无尽的黑洞。

终有一天,父亲要死去,薇拉要死去,他的孩子要死去,而他,要眼睁睁看着这一切发生,然后独自留下,面对无限漫长孤独的人生,一千年,一万年,一万个一万年,一万个一万个一万年,直至永远,至无限……

他突然觉得,永生不是件值得庆幸的事情。

开车从父亲家回自己家的路上,罗伯特教授心事重重。

薇拉说:你在为你的父亲担忧吗?他已经九十岁了,生老病死是自然规律。

罗伯特教授不说话。

薇拉说:那么,您是不开心我怀上了孩子吗?

罗伯特教授说:亲爱的薇拉,别胡思乱想,我很开心,只是,我感到累,很累很累。

回到家,他拥抱着薇拉,轻轻抚摸着薇拉的肚子,这里面有他生命的延续。他不知道这是好事还是坏事。

他和薇拉相拥而睡。但六十岁老人的理智,在二十岁的情欲面前没有一丝抵抗力,他身体里的力量摧枯拉朽。

他和薇拉做爱了。他努力控制自己，但他的变化还是让薇拉感到吃惊。事后，薇拉幸福地躺在他怀里，抚摸着他坚实的腹部和胸肌。

薇拉说：真的很神奇罗伯特，你的大肚腩不见了，你的肌肉结实，你的皮肤光滑，你像小伙子一样健壮。这三个月，你的身上发生了什么？

罗伯特教授再次撒谎说这三个月来，他受安全委员会的征召工作，每天进行军事化训练。高强度的训练，他这样强调，让他拥有了现在这样的体格与体能。

薇拉没有再深究，她处在晕眩之中。

多么幸福，这个将要六十岁的男人，比二十岁的小伙子还要棒。他们如同七年前的初遇一样疯狂。

第二天，罗伯特接到李Al的电话。李Al告诉罗伯特教授，他的几本书都卖得很好。现在，一家来自中国的出版机构有意购买版权。这曾是罗伯特教授最大的心愿。他是那么热爱中国，深受中国文化影响，如果没有中国，就没有他的研究，也没有他的灵感来源。他的书一直未能翻译到中国，这是他的遗憾。现在关于人工智能与不死的讨论成了世界性的话题，他的书也显得没那么离奇了。李Al告诉罗伯特，中国的出版机构将他的著作和科学奇才Dr.梅的著作作为同一个系列出版，他们会请到最好的译者，并且有意请他和Dr.梅到中国做宣传，到中国的大学做讲座，或许他会在他喜欢的东方拥有大量读者。

罗伯特教授觉得这真是个巨大的讽刺。他想告诉李

Al，所谓的基于量子物理与中国经典得出的长生不死的猜想是荒谬错误的，人类现在已经有了更加切实可行的办法，十年前就突破了生死界线。

可是他不能说。

罗伯特教授有些心灰意冷。未来还有无限漫长的人生，他将要彻底告别过去的研究。他想做点别的有意义的事情，但还没有想好做什么。也许可以当个画家。罗伯特教授对李Al说，他对自己的书翻译到中国不感兴趣。不是不感兴趣，他决定，收回所有已经出版发行的书。

李Al大感意外，问他为什么。

罗伯特教授说他错了，他的研究方向是错误的；之前他不明白，现在他明白了，就不能再让这样的书印行，否则就是欺诈。

李Al在电话那端沉默了许久，说：你怎么突然认为自己错了？这可不是你。

罗伯特教授说：人都有错的时候。我们固执地认为坚持的是真理，可有一天你会突然发现，你的坚持很可笑。

李Al说：你变了罗伯特，你到底经历了什么？

罗伯特教授想到了那五千条禁令。他又撒了个谎，他说凯茜死了，父亲时日无多，可他无能为力，他帮不了他们，这让他开始警醒自己所谓的学说是误人误己。

李Al安慰他说：人终有一死，这不是你的错亲爱的，你应该好好放松一下。

和李Al通话结束后不到半小时，罗伯特教授就在家门口遇到了当初接他到永生人俱乐部的陌生人。

罗伯特教授冷冷地对陌生人说：你怎么会在这里？

陌生人说：不打算请我进家里坐坐？

罗伯特教授回头看了一眼，薇拉此刻正在做早餐。

罗伯特教授说：就在这里说吧。

陌生人沉默了一会儿，说：有人让我告诉你，不能销毁你的著作，不能拒绝将著作翻译到中国，不能改变你的生活状态。

罗伯特教授突然失态了：你们监听我！

不要冲动罗伯特先生。

罗伯特教授愤怒了：你们爱监听就监听吧，我自己的著作，怎么处理是我的自由。

陌生人冷冷地说：我只是负责当面告知您，同时，提醒您注意自己的身份。

我的身份？我的什么身份？物理学家、科普作家？

陌生人说：我也不知道，我只负责传话。您怎么做，是您自己的事。陌生人说完头也不回地走了。罗伯特教授当然明白这个身份的含义。

亲爱的，你和谁在说话？薇拉现在是个幸福的小妇人。

罗伯特教授说：一个邻居。

吃完早餐，罗伯特教授打电话向父亲问安，电话一直没人接。不祥掠过罗伯特教授心头，阴影如巨大的黑鸟。他和薇拉匆匆赶到父亲的家时，他的父亲，老罗伯特，已经平静地离开了这个世界，神色安详，如同睡着了一样，双手交叉在胸前，抱着凯茜青春秀美的照片。而他的枕边，放着凯茜生前喜欢的《朗勃宁夫人十四行诗集》。

罗伯特教授抱着父亲，压抑着哭声，任泪水汹涌，到后来，他放任了自己，孩子一样痛哭，他哭得很委屈。

薇拉无法体会，他痛哭的不是父亲的死，而是作为儿子，明知人类可以永生了，自己成了永生人，却只能冷酷地任由父亲死去。

他哭的是自己成为永生人后，渐渐失去了为人的基本伦理和基本美德。

他也在哭自己，肉体虽然获得了永生，但那个真实的罗伯特却已经死去。

见薇拉忍着悲伤打电话处理父亲的后事，罗伯特教授才止住哭泣。

老罗伯特的葬礼薇拉一手操办。安葬完父亲，罗伯特教授没有在墓地多待一刻。他不敢面对自己，不愿意面对所有与死亡有关的情境。次日，他去就职的学校办理了退休手续。他还年轻，还可以工作一万个一万年甚至更为长久，可是，他退休了。他到了退休的年龄。办完退休手续，他和薇拉结了婚。父亲刚刚过世，婚礼办得很简洁。注册，找个牧师主婚，如此而已。罗伯特教授没有邀请任何亲人和朋友，他也没有亲人。薇拉也没有邀请她的亲人，只把消息告诉了李Al。她希望得到李Al的祝福。于是他们的婚礼，只有李Al一个来宾。

牧师为他们祷告说：主啊，我们来到你的面前，祝福这对进入神圣婚姻殿堂的男女。照主旨意，二人合为一体，恭行婚礼终身偕老，地久天长；互爱，互助，互教，互信，天父赐福盈门，使夫妇均沾洪恩，圣灵感化，敬爱救主，一生一世主前颂扬。

那一刻，薇拉是幸福的，而罗伯特却显得有些心神不宁。

因为接下来，牧师的质问，他不知该如何回答。

牧师说：薇拉，你是否愿意这个男子成为你的丈夫，并与他缔结婚约，无论疾病还是健康，或任何其他理由，都爱他，照顾他，尊重他，接纳他，永远对他忠贞不渝直至生命尽头？

薇拉轻声说：我愿意。

牧师问罗伯特：是否愿意这个女人成为你的妻子，并与她缔结婚约，无论疾病还是健康，或任何其他理由，都爱她，照顾她，尊重她，接纳她，永远对她忠贞不渝直至生命尽头？

罗伯特教授沉默了。他知道，他无法做到。他可以爱她，照顾她，尊重她，接纳她，但他的生命没有尽头，薇拉的生命有尽头。他对她有所隐瞒，有欺骗。他无法确信自己能做到对她永远忠贞不渝。

牧师把同样的话又问了一遍，罗伯特教授才如梦初醒，回答说，我愿意。

李Al看出了罗伯特心不在焉，她悄悄地提醒他，好好待他的新婚妻子。

薇拉的肚子一天天大了起来。

她不再画画，说绘画颜料对胎儿健康不利。她要生下健康的孩子。薇拉这样说时，罗伯特就在想，只要给孩子做纳米机器人植入术，孩子就会永远健康。罗伯特教授内心的阴影面积越来越大。薇拉以为他还沉浸在失去父亲的痛苦之中，总是试图宽慰他，可是没有办法，生活中的点点滴滴都在提醒罗伯特教授，他内心的道德感也如同蝎子，用毒针扎着他的心脏。别人怎么样他管不了，他希望，薇拉，他的孩子，李Al，这些他在意的人，能够如他一样幸运，被选中成为永生人。他不知道他能为此做什么，也许，他能做的只有祈祷和等待。

转眼过了炎热的夏天，第一缕秋天的风吹到这座城市。

秋天是令人伤感的季节。中国人就有“悲秋”一说。

进入秋天之后，罗伯特教授的心情却略有好转。他现在尽量减少了作为科普作家和读者交流的次数。他的讲座，因为背负着沉重的罪恶感而变得枯燥无味，粉丝数大幅减少，但罗伯特却感到了无须多说谎的轻松。

天一日日凉爽，每天都会有大雁南飞。

大雁的叫声悠远而自由。

罗伯特教授便会想，活上一万个一万年而失去自由的永生人，并不比只有十年生命的大雁来得幸福。如果现在让他选择，他宁愿选择有限但自由的人生。

薇拉的肚子已经很夸张地隆起来了。她很享受等待孩子降生的时刻。她喜欢一手托着肚子，一手撑着腰肢，在美丽的云河边散步。

入秋的云河水泛着蓝色的波光，绿色的波光。阳光变得温和起来，一早一晚，已经有了深深的凉意。河对岸的远山上，枫树已经拥有了红黄绿相杂的斑驳的色彩，天空显得愈发高远和幽蓝。

陪着薇拉散步时，罗伯特教授胳膊弯里会搭着薇拉的驼色风衣，温度降下来时，他会为薇拉披上。他们看上去很恩爱。但只有罗伯特教授自己知道，他的内心没有一刻安宁。

孩子会死的，会死在他前面。

这个念头顽固地盘据在罗伯特教授的心头，如同一株阴绿色的藤蔓，在潮湿的季节疯长。他仿佛看到了儿子，他天然地认为，薇拉会生下一个男孩，他会看到那个男孩慢慢长大并老去，然后死在他的面前，而他永远年轻。

罗伯现教授努力控制内心的阴郁，让自己接受事实，同时也安慰自己，薇拉还年轻，也许十年，二十年，或者三十年，五十年后，科技迅猛发展，人类找到了离开地球去到遥远星球的办法，永生人俱乐部的规则会随之更改。他们会容许更多的人成为永生人，或者到那时，每个人都是永生人。

罗伯特教授一直相信这一天会到来，现在他更希望这一天能早点到来。

耻辱，他总是会想起库切，想起那个南非作家。他内心有无边无际的羞耻感。

永生人俱乐部控制永生技术，难道真的只是因为害怕地球无法养活那么多的人类吗？还是基于权力的需要？

永生人俱乐部除了让他继续作为一名科普作家普及他那些不可能的永生理论之外，也没有对他提出什么别的要求。他相信，正是他所谓的永生理论，可以对人们的正常思维造成干扰，从而有效地为人类真正的永生科技更长久地保密形成掩护，也才让计算机选定他成为永生人。也就是说，因为他是骗子和同谋，才获得永生资格的，而不是因为他的智慧可以为人类或永生人类造福。

秋天让世界变得干爽而明亮。

薇拉说想去灵都度假。她喜欢那个地方，她想在灵都生下他们的孩子。

罗伯特教授陪着薇拉到了灵都。他们住在酒店里，他每天会陪着薇拉在外面散步。现在薇拉不能如过去一样，和他一起大吃各国美食了。但当他们经过中国人开的餐馆，韩国人开的餐馆，法国人开的餐馆时，他们会回忆起过去的幸福时光，会说起某一种美味。比如经过中餐馆时，薇拉会说到左宗棠鸡。作为中国通的罗伯特教授，会对薇拉讲起左宗棠这个中国人。薇拉慢慢侧过身，一手托着她的腹部，一手撑着腰肢，她的长发现在已经扎起，脖子显得更加修长，双乳愈发坚挺。她的眼里依然流动着他们初识时的波光，只是这波光中不再是初识时的惊奇与兴奋，而是安宁与满足。

她就这样看着罗伯特说：亲爱的，你对我讲过的，左宗棠。

罗伯特说：噢，你看我，忘记了。

薇拉说：我愿意再听一次。

经过一家韩国餐馆时，薇拉提到了一部很久之前的电视剧，说到里面那个活了四百年的漂亮的教授和那个调皮的女主角千颂伊。薇拉在怀孕之前的性格，恰如千颂依般的大大咧咧。现在，她变得稳重了。薇拉问罗伯特教授，如果他能活四百岁，还会爱她四百年吗？罗伯特沉默了。

他何止能活四百岁，他的生命是无限，是永远，是末日无期。

罗伯特教授会忍不住在脑海里重现他那天被带到永生人俱乐部的路线。他坚信俱乐部在灵都。灵都的每栋建筑都是那样可疑。罗伯特知道，他不能试图寻找俱乐部，他现在也不愿多想。他只想陪着薇拉，生下孩子。然后给孩子很好的教育，成为这个世界最为智慧的那一类人，从而获得加入永生人俱乐部的资格。

当然，罗伯特教授说，我会爱你四百年。

可是他心里却在问自己，四千年呢？四万年呢？

命运给他开了更加残酷的玩笑。薇拉在生孩子时大出血。孩子保住了，如罗伯特所愿，是个男孩。他为儿子取名费恩。我们称这个孩子为费恩·罗伯特。薇拉没能看一眼她的孩子，她被送进ICU抢救，生死未卜。

罗伯特知道，以现有的技术，抢救薇拉根本不是难题。只要给她植入纳米机器人，纳米机器人会迅速修复她的身体。她会安然无恙，而且会和他一样，获得永生。

罗伯特教授冲着主治医生吼叫，让他们给薇拉植入纳米机器人。主治医生和他的助手、护士们，看着罗伯特，眼里满是同情与悲悯。

主治医生说：罗伯特先生，我们充分理解您的痛苦，我们会尽全力。可是，您所说的纳米机器人，只是您的幻想。人类目前没有掌握这样的技术。

医生又对他助手说：这可怜的先生，他疯了。

他们认为罗伯特失去了理智，他所说的话，没有引起他们的重视。他们爱莫能助。罗伯特眼看着薇拉被送进了重症病房，他甚至都没有来得及对薇拉说出他的愧疚。薇拉在昏迷前对罗伯特说的最后一句话是：我爱你，罗伯特。

罗伯特教授拉着薇拉的手，说：我爱你，四百年，四千年，四万年，四万个四万年。你等等我薇拉，你等等我。

他满大街疯跑，他冲进每栋形迹可疑的大楼，他在那些楼里大喊大叫，出来，我知道你们就在这里；出来，你们这些独裁者，自私狂，你们这些骗子！你们凭什么隐瞒人类永生的技术！

人们把他当成了疯子，直到后来，他被警察制服。

罗伯特教授没能和薇拉做最后的告别。从警察局出来时，薇拉已经永远离开了他。他没能救得了薇拉。他的行为触犯了五千条禁令中的很多条，他接到了警告和处罚，他被告知终生不能进入永生人俱乐部的决策层，并降格为永生人俱乐部的三等公民，不能享受永生科技的更新换代。而且，他们告诉他，因为他违反了禁令，他的孩子费恩·罗伯特也失去了成为永生人的资格。这是最终的判决，他没有申诉的权利。

如果他再不能克制自己，他和他刚出生的孩子将被抹去，被清零，被DELETE。

罗伯特教授愤怒，无奈，但最终他后悔了。他不后悔自己被降格为三等永生人，而是因为他的过失，儿子失去了成为永生人的资格。这是人类古老而愚蠢的连坐制。永生人的科技进入到21世纪的最前沿，而律法却回到了古老的公元前。罗伯特教授对永生人俱乐部的专制充满了愤怒，他的过错是他的过错，凭什么要影响费恩·罗伯特的命运。然而他无权申诉，申诉只会换来更为严厉的处罚。

薇拉走了。面对着刚出生的孩子，罗伯特束手无策，他六十岁了，但他并没有做好成为父亲的准备。

好在有李Al，李Al说她一直想要孩子，那么，就让她担起母亲的职责吧。

费恩·罗伯特在一岁时查出患有先天性心脏病。五岁时，他显露出了作为一名天才画家的特质。他对色彩充满好奇。十岁时，费恩·罗伯特已经能像成熟的印象派大师那样绘画。他的色彩透亮而忧伤，他继承了母亲的基因，绘画天赋比母亲还高。费恩·罗伯特的身体一直弱。从小到大，几乎很少有不生病的时候。他经常感冒，不能像其他的孩子那样自由无拘去疯去野。他跑上几步就会出虚汗，出完汗会咳嗽，一旦咳起来就没完没了。医生诊断他还患有支气管炎。他的性格内向而沉默，从小似乎就不快乐。这与罗伯特教授的愿望正好相反。费恩·罗伯特不怎么说话，小小年纪，眼里总是飘浮着忧虑的色彩。罗伯特教授知道，儿子随时可能早夭。医生认为费恩·罗伯特很难活过十八岁。他喜欢黑夜。白天蒙头大睡，到了晚上，他的时间才开始。儿子的绘画天才和他病弱的身体，让罗伯特教授心里的愧疚与罪恶感疯狂滋长。他不顾禁令，开始主动寻找永生人俱乐部，他相信，永生人俱乐部还可以顾及天伦之情，他愿意用自己的死来换得儿子的永生。显然，他的愿望落空了。他根本找不到那个所谓的永生人俱乐部。那个名叫库切的男人，罗伯特教授也再没见到过。

失去薇拉后，罗伯特教授用了将近两年时间，渐渐从痛苦，悲伤，愤怒中走出来。时间是最好的良药。他依旧是科普作家，他的书依旧能卖，他得挣钱养活自己和费恩·罗伯特。他甚至再次打起精神，到中国进行了一系列讲座，他想去见自己的老朋友杨亚子，却得知杨亚子晚年也住在灵都。而现在，杨亚子已经往生。

他在中国的讲座并不成功。这个国度的人们似乎更关心与自身现实密切相关的琐事，没有房子的关心自己什么时候能买上房子，房子多的关心房子什么时候再翻倍。在这里谈论永生和终极问题，显得有些可笑。

也不是说罗伯特教授的书在中国受到了冷遇，不，恰恰相反，这个国家盛产仁波切，那些小富起来的中产，流行穿棉麻，流行鸡汤文化，流行将头埋进沙堆里，流行躲进小楼成一统。罗伯特教授感到悲哀的是，他的读者将他归为灵修导师，将他的著作当成了心灵鸡汤。没有人关心他著作背后的量子物理与宗教元素，这让他的中国之行极不愉快。

他试图和人们谈论人工智能，谈论谷歌公司的人工智能棋手，它几个月前刚战胜了这个国家19岁的天才围棋少年柯洁。但这一切并未引起人们的重视。唯一让他略感欣慰的是，他参加了世界科幻文学大会，并在大会上做了主题演讲。一个名叫张今我的作家，和他探讨了另外一种世界的可能性——利用虚拟现实技术，将时间扭曲成莫比乌斯环。可惜的是，张今我的书，被当成了科幻小说，没有人在意他的忧患。罗伯特教授又去了一趟武当山，但没找到当年教他引导术的老师。罗伯特教授已经许久不做引导术了。回到他的国家之后，罗伯特教授决定当个好父亲。他亏欠孩子，是他让费恩·罗伯特失去了成为永生人的资格。他能做的，只有陪伴。他希望孩子有限的生命能够快乐。

时间过得很快也很慢。对于永生人来说，时间已无关紧要。

如果不是费恩·罗伯特的成长留下了时间的印痕，罗伯特教授甚至感受不到时光的流逝。费恩·罗伯特会坐了，会爬行了，会站立了，他迈出人生第一步，第一次喊爸爸，能听懂罗伯特教授给他讲的故事，开始问罗伯特教授关于妈妈的事情。时间在费恩·罗伯特的身上是成长，在李Al的身上却是飞逝。随着费恩·罗伯特一天天长大，李Al在一天天苍老。她不再做编辑，罗伯特教授的中国之行完成后，她就退休了。事实上，她又和罗伯特教授生活在了一起，只是他们不再是夫妻，他们像兄妹，她让费恩·罗伯特叫她姑姑。他们是一家人。

时光真是无情。费恩·罗伯特在长高，李Al在变矮。没过几年，费恩·罗伯特已经比李Al高了。她的头发已经花白，脸上的皱纹一年比一年多，她曾经明亮的眼睛开始变得浑浊，走路不再轻快。

转眼，真是转眼间啊，她已经是个十足的老人了，而罗伯特教授，身体依旧年轻，每天都要用一定的时间将自己化装成老人的样子。

每每对镜化妆时，罗伯特教授都会想起多年前的那个下午。想起他第一次迈进永生人俱乐部的那个下午。当他听说人类可以永生时的怀疑和惊喜。而事实上，他这一生的幸福与快乐，也从那个下午失去了。

时间将他变成了一个资深的骗子。

他时时被荷尔蒙和多巴胺困扰。他的心里已经不那么想念薇拉了。他渴望着新的爱情。但是他控制着自己的冲动。他努力用老人的心态生活。

如果是正常的人生，他现在已经老了。在费恩·罗伯特十六岁时，罗伯特教授已经是七十六岁的老人。他要努力像七十六岁的老人那样生活。那个叫今我的小说家，对他讲起过杨亚子老人的暮年。亚子多么渴望能再多活几十年啊，那样他就可以将他深爱的扫地机器人变成真正的人类了，可是现在，拥有了永生的罗伯特，却深感永生是一种折磨。

永生人俱乐部已经告知罗伯特教授，在他八十岁时，他将要“死去”。

当然，这个死是做给麻瓜们看的。

然后，获得另外的身份，以二十岁的形象，在另外一个地方，重新开始他的人生，工作，从事不同的职业。否则，迟早会引起人们的怀疑和不安。

按照永生人的法则，他“死”之后，将不允许和之前认识的人接触。

他知道，自己和费恩·罗伯特，和李A1在一起的时光越来越少了。他珍惜这仅有的四年时光。

罗伯特教授能做的，是像个麻瓜一样生活，把更多的时间用在和李A1和孩子在一起。

属于李A1的时间也不多了，他要用自己的关心，尽量来弥补对李A1的愧疚。

李A1在死之前，似乎预感到了死亡。

这天，她将自己打扮得整整齐齐，穿上了她最喜欢的绣有一团牡丹的黑色缎面旗袍，将头发梳理得一丝不乱。她拿出了如王冠样的镶有珍珠的饰品，那是罗伯特教授送给她的第一件礼物。她端坐镜前，腰板努力挺得笔直，叫罗伯特帮戴上。

罗伯特记得这顶镶珍珠的王冠。他仔细地帮李Al戴上，想起了许多年前，他第一次为李Al戴上时的情形。那时的李Al多么年轻，乌黑的长发，深黑的眸子，皮肤光洁而白皙。那天她也穿着旗袍。他曾经是那样迷恋她身上的中国韵味。

老了。李Al说。她这样说时，并没有悲叹，只是在平静地陈述这样的事实。

你不老，你还很漂亮。罗伯特教授亲吻着李Al花白的头发。对不起，这辈子，我没能对你忠贞不渝。

下午，李Al摔了一跤，就再没有醒过来。一切是那样突然。但罗伯特教授已经习惯了亲人的离去。他显得很平静。

费恩·罗伯特把李Al当成了母亲。李Al去世后，费恩·罗伯特的情绪越发低沉，他将自己关在画室，没白天没黑夜地画画。

他的画风大变，不再是印象派的纯净。他画的全部是死亡主题。

他的画布上出现了母亲薇拉，出现了李Al，出现了无边的黑暗，画面狰狞而恐怖。画完就没完没了地咳嗽。

罗伯特教授进入儿子的画室，看见儿子坐在画椅上，双手抱着头，肩膀一耸一耸的，儿子在哭。他想安慰儿子，目光却被儿子的画吸引了。

画布上是他健康年轻、没有化妆时的样子。而他的身边，是苍老的李Al，还有灵魂已经离开了肉体的薇拉。

最让罗伯特感到触目惊心的，是儿子写了一行字：

当你独享永生。

儿子洞悉了他的秘密！也许，是儿子看见了他化妆，也许儿子还记得两个人一起洗澡的日子。

无论如何，他反而坦然了。

罗伯特教授抱着儿子的头，向儿子坦白了他的秘密，把这些年来压得他喘不过气来的罪恶感袒露无余。

费恩·罗伯特似乎以无限的宽容原谅了父亲，这反而让罗伯特教授更加愧疚。他渴望儿子骂他，恨他，不原谅他。然而儿子接受了这一切，很坦然。

后来，费恩·罗伯特一直画关于永生人的主题。

罗伯特教授决定，为儿子办画展。这是他能为儿子做的，也是他最想为儿子做的。

然而，他被警告不许。永生人俱乐部害怕这样的画展会泄露机密。最为重要的是，罗伯特教授已经泄密了。

在费恩·罗伯特十八岁那年，也就是医生认为的费恩·罗伯特生命限期已到的那年，罗伯特教授被永生人俱乐部判处终身监禁。

监禁罗伯特教授的监狱，是一栋深入地下十九层的建筑。这栋建筑，曾经是一个秘密的科研基地。在这里，听不到外面的声音，看不到自然的光线，不知道时间的变化，也不清楚外面世界发生了什么。

他每天得到一次食物，食物由自动设备送到他独处的监仓。

他不知道儿子怎样了。他担心儿子生病。出于人道主义，永人生俱乐部的狱卒隔一段时间，就会带来一些消息。儿子费恩·罗伯特在父亲突然消失之后，变得坚强起来。他活了下来，有了自己的工作。他不再作画，而是转向了数学研究。基于他的研究，人类，或者说，永生人的科技获得了突破性进展。他还遇上了他喜欢的姑娘，结了婚。这样的消息，有时一月传来一次，有时一年传来一次，有时数年传来一次。

最后一次看到儿子的相关资料，是说根据数学公式计算发现，我们极有可能活在计算机虚拟的世界中。

罗伯特教授慢慢也不这么关心这些消息了。看到这样的视频，也仿佛看别人的故事。后来，他提出来，不希望再看任何外部世界的消息。人类科技日新月异。其间，他们为罗伯特教授升级了纳米机器人。这让罗伯特教授颇为不解，按照永生人的律法，他已经失去了更新换代纳米机器人的资格。

他没有问为什么，也没有人告诉他。

新的纳米机器人能从宇宙中获取能量，预计这样的机器人可以让人类的肉身活到一万年，甚至更久。当他们为罗伯特更新体内第五代纳米机器人的时候，人类已经不仅仅是实现了永生，而且拥有了不坏之躯。哪怕用武器将他的肉身打成筛子眼，纳米机器人也能在瞬间修复他。

漫长而枯燥的监禁时光，没有阅读，没有放风，整天除了枯坐就是枯坐。

开始的一两年，他以回忆打发时光。

他回忆生命中最幸福的那些片段，回忆与薇拉的相遇，回忆他们一起度过的每一分每一秒，回忆李Al，回忆父亲和母亲，回忆儿子。回忆完生命中所有的幸福，就开始回忆悲伤，回忆死里逃生，回忆愤怒。每当回忆起他成了永生人，他开始说谎时，罗伯特教授的内心就会涌起刺痛。

他不想回忆这些。但是他也知道，这是他必须要面对的。

于是，他索性专门来回忆这些对他来说是耻辱的往事。他并不试图原谅自己，也不谴责自己。他要的只是坦然地面对，而对自己灵魂中的那些崇高与卑微，光荣与耻辱。

他慢慢想明白了，这才是人。

人就是这样一个复杂的组合体，每一分每一秒，可能是善的也可能是恶的，如同量子物理对世界的描述一样。事实上，从人性的角度描述，人也是处于善恶之间的。决定人是善是恶的，是这个复杂的世界。

他明白了佛家所说的，一善念，一菩提。

慢慢地，他回忆起这些时，就如同在回忆别人的故事。无喜无悲。

他超脱了区别心。自己和别人，原来就是一体的。

可是他的这一生可供回忆的事情终究是有限的，他活了八十年，最多用上八十年的时间，他就可以把一生回忆一遍，再用上八十年，回忆第二遍。八十年于有限的人生来说，自然是漫长的，可相对于他无限的人生，八十年不过一瞬间。他要找点事来做，让自己的内心不至于枯寂。

他试着将时间分解。一开始，他能将时间分解到小时，遇见薇拉的第一天的第一个小时，他做了些什么，说了些什么。他用一天的时间来回忆这一个小时。后来，他有能力将回忆分解到分钟，用一天的时间来回忆每一分钟他说了什么，心里想了什么，薇拉做了什么动作。后来，他将回忆分解到秒。他能用二十四小时来回忆一秒，用三十天来回忆一秒，用一年来回忆这一秒。

一秒钟的每一点微小的变化，在他的回忆里都纤毫毕现。世界在他这里，变得无限微观。他发现，从这样的角度来看，他的肉身，于微观世界的一切而言，就是无限而且不可探知的宇宙。

这样的回忆，让他的时间比自然的时间变得缓慢。用一年的时间回忆一秒，在他看来，他只是度过了一秒钟的时光。他用这样的速度，把他一生中所有能回忆起来的事情都回忆了一遍。等再也没有什么可供回忆的时候，他已经不知道人类的时间过去了多少年。

他已许久没有进食。

时间在他身上出现了神奇的停止。

罗伯特是谁？今我恍惚觉出了什么。

为什么在〇世界里，他身陷时间的囚室，现在，他要让罗伯特来品尝他曾经历的痛苦。相比于他在〇世界的所作所为，罗伯特简直是道德圣徒。他用了上万年时间，来忏悔一个几乎是别无选择时做出的说不上对还是错的选择。而在〇世界的他，被囚禁之后，却只是无休止的谩骂。

今我知道，他是在修正自己。

想写一个和〇世界里的他完全相反的人物。他要写出人之为人的伟大，公正，无私。他要用大爱来照亮自己心底里的黑暗，也用这爱来照亮世界，照亮人类在宇宙中的孤独。

他多次留言给如是，他想和如是谈谈。谈谈他对科技的粗浅认知，也谈谈如是她们正在建设的虚拟世界。然而如是一心埋在她的研究里。如是说她爱今我，可是她的生活不能只有爱情，她还有更重要的事要做。

今我想念那只黄蝶。黄蝶却再没出现。

今我想好了该怎样来给他的小说结尾。他想，一定要让如是看到这部小说，看这小说的结尾。他相信，如是看了他的小说，会做出新的选择。

罗伯特身处的监仓没有光，没有声音，地上湿漉漉的。等罗伯特回忆完了才发现，原来关押在这里的违反了律令的永生人，不知何时都已离去了。

他们自由吗？为何只有我没获得自由？他这样想。但并不觉得不公平。因为他以另一种方式获得了自由，心的自由，对时间掌握的自由。

终于，罗伯特站起来，去推紧锁的铁门。铁门一触即溃如粉末，在空中扬起灰尘。他试着走出去，用了漫长的时间，想尽了能用的办法，终于从第十九层地下监狱走了出来。

强烈的阳光刺得他睁不开眼，仿佛太阳就在他面前。

他闭上眼，等到天黑，才敢慢慢睁开。

他开始打量眼前的世界。

这是黑暗的世界。黑暗中，隐约可见许多高大的建筑直耸入云。这是罗伯特教授之前未曾得见的奇景。高耸的山峰，在这些建筑面前显得如此低矮。让罗伯特教授感到不解的是，这些巨大的建筑里没有一丝光亮，世界没有一丝声音。他所置身的世界是死寂的。罗伯特教授疑心是自己的耳朵出了问题，于是他小心地咳嗽了一声，他清晰地听到了。

罗伯特教授小心翼翼地行走。尘灰足有半尺厚。借着微弱的星光，罗伯特教授可以做出判断，这是座死城。没有人类的踪迹，让人疑心随时会有凶猛的野兽出没。他走得极慢，眼前的街道没有一星半点他记忆中城市的样子。事实上，他的记忆，早已支离破碎。

他走了许久，城市没完没了。街道上横七竖八的是类似交通工具的东西。从这些迹象，可以想见，这座城市在百年前，或者更久远前发生过意外，后来，人类撤离了这座城市。

看得出撤离得有些混乱无序。

罗伯特教授走了一整夜，走到天亮时，依然没有走出城市。从已经干涸的河流和对面的山形来看，他知道自己现在身处的是灵都。

河流干涸了，山上没有一株活的植物，到处都是尘灰。

罗伯特教授意识到，他这是来到了世界末日。

他从未想过的末日景象，如今就横亘在他眼前。

天亮后，他才看清，在他关进监狱之后的漫长时光里，人类进行了多么伟大的创造。眼前那些高楼密密麻麻直插云端，仿佛直接穿过大气层进入了太空。这样的高度，是他的时代所不能想象的。罗伯特教授不停地走，他渴望能遇见一个人类，不，只要是有生命的，一只猫或者狗甚至一只蟑螂。然而什么都没有。

罗伯特教授无法想象人类经历了什么。他走进一座座高楼，试图从中寻找蛛丝马迹。然而什么都没有找到。别说是找到活人，连人类的尸骨也没有。

人类就这样消失了。

他们曾经如此辉煌。

永生人，自然人，罗伯特教授想，在末日面前，这一切都失去了意义。

专制，民主，等级，不过是梦幻泡影。

人类去了哪里？是灭绝了，还是移民去了别的星球？

他们耗尽了地球上的资源？还是发生了什么？

一切毫无头绪。

罗伯特教授走累了，在一栋大楼前坐下。

他想起了不知是多少年前，他第一次听说人类永生的日子，想起他的亲人，他的儿子。这一切，在漫长的时间面前，变得那样虚幻。他走出了深入地底十九层的监狱，却步入了一个更大的监狱——荒芜的地球。

绝望，无以复加的绝望，虽然他早已不抱有任何希望。

他还是决定活下去。

事实上，他也只能活下去。已经没有办法消灭他的肉身。他自己也不能。除非启动控制着他身体里的纳米机器人的程序，将肉身消除。但是现在，这一切已不可能。

活下去，永远活下去，只要能活下去，就有可能遇到第二个人类。

他在行走过的地方，用石头在石头上留下记号。他希望有和他一样活着的人，能看到他留下的这些记号，能顺着记号来找他，和他会合。

他的幻想落空了。这天地间，他是唯一能呼吸的生物。走出他生活过的城市，又走了不知多远，眼前的世界一样荒凉，没有水，没有树，连蚊虫都没有。每行走到一处，他会在山洞的岩石上留下人类生活的印迹。他画薇拉，画李A1，画永生人，画他记忆中的一切事物。他试图把他曾经熟知的世界重新建立在石头之上。他相信，也许几万、几十万年后，人类生活的一切印迹都从这星球上消失了，会有新的智慧物种诞生。他要尽可能把祖先们的智慧告诉未来的人类。这让他找到了继续活下去的意义。

这个星球成了他最大的画布。

他想到许多许多年前，自己也曾经有过成为画家的梦想。他想到了薇拉，她那样健壮，像一匹母马。于是，他在岩石上画下了母马。他是多么爱她啊。

他就这样画着。

也不知是多少年后，罗伯特教授发现，时光开始在他的身体上留下印记了。他感到自己在衰老，他有了累的感觉；夜晚他感到寒冷，白天他感到饥饿。他明白，纳米机器人并未如人类之前预想的那样，能无限时运作。这一发现让他很开心，也有些遗憾。

开心的是，他终于可以死去了。和父亲一样，和薇拉一样，和李Al一样，和……儿子一样。当然，他并不知道，儿子是否成为永生人。

现在，他明白，他并不是永生人，只不过活得更为长久一点。宇宙都有生时有终时，人类生于宇宙之间，更加不可能永生。

他也遗憾，还有许多人类曾经的文明符号没能刻完。

他想起年轻时学习的吐纳引导之术，也想到量子力学关于世界的描述。世界并不是真实存在的，世界处于存在与不存在之间。只是因为被观察了，世界才会存在。那么，现在这个星球之所以存在，是因为还有他这个活着的生物在观察；他若死了，这个世界事实上也就处于在与不在之间了。

那么，如果能做到摒弃意识，真正物我相忘，是否可以获得另一个意义上的永生，或者说获得真正的自由？

他又一次盘起腿，打坐。

眼观鼻，鼻观心，心观丹田。

他突然明白了，为什么那么多人和他一样打坐，努力让自己的意识守住一点，依然没法羽化。眼观鼻，鼻观心，事实上还是有“观”的存在，有了“观”，就有了“有”，有了“有”，这个世界也就真实存在了。

他在监狱里心守一处，尽了最大可能，也只是做到让时间变缓，将一秒钟变得比一年长久，但相对于永远，依然是极其有限的短暂。人类想突破时间与空间的限制，真正要做到的是空，是无。

> 空中无色。无受想行识。无眼耳鼻舌身意。无色声香味触法。无眼界，乃至无意识界。无无明，亦无无明尽。乃至无老死，亦无老死尽。

他突然明白了这几句经文真正的含义。人类只要想到长生不死，就不可能真正获得永生。

罗伯特教授想，如他这样活了不知几千年还是几万年，依然无法真正做到空与无。那么，好吧，死神，快来吧。我死了，这个世界就不存在了。

罗伯特教授感觉得到他在慢慢死去。他享受这死亡的过程。

薇拉，李Al，父亲，儿子，我来和你们会合了，我爱你们。

他为自己活了不知几万年，依然能拥有作为人类最伟大的品质——爱而深感欣慰。

敲上最后一个句号，今我大哭一场。他写下了他的生命观，写下了他对时间的认识，对爱的认识。他烧了两个如是最爱吃的菜，在家里等如是下班。深夜一点，疲惫的如是回到家。面对今我精心准备的饭菜，如是已经累得没有一点儿食欲。她洗了个澡就睡了。

今我不甘心，从背后轻轻抱着如是，说：如是，我爱你，很爱很爱你，我希望你幸福。

如是说：嗯，我也爱你。

我的小说写完了。

如是说：嗯，真棒。

你想听小说的结尾吗？我读给你听。

如是说：嗯。

今我打开存在手机上的小说，轻声读了起来。他读到“空中无色。无受想行识。无耳鼻舌身意”时，如是已经发出了深长而均匀的呼吸声。今我关了手机，背诵着小说的结尾：

罗伯特教授感觉得到他在慢慢死去。他享受这死亡的过程。

薇拉，李Al，父亲，儿子，我来和你们会合了，我爱你们。

他为自己活了不知几万年，依然能拥有作为人类最伟大的品质——爱而深感欣慰。

今我为如是没能听到他的小说结尾而遗憾，又为如是感动心疼。

自从父亲杨亚子去世，如是变了个人，差不多整天泡在实验室里。有一次，今我和如是聊到结婚生子。如是说她不是不想，可是想到人生下来就在走向死亡，她就没有了生育的勇气。她不知道，未经孩子同意，将他或她带到这个世界上来是对还是错。

还有一次，今我提到奥克土博，认为如是不结婚是因为奥克土博。

如是说，是的，奥克土博是爱我，他对我表白过，可是我拒绝了，我爱的人是你。

今我睡意全无。他在黑暗中呆坐。

窗外，一团萤火由远而近，停在窗外。

他走到落地窗前，看见停在窗外的，居然是那只久违的黄蝶。

他和黄蝶，隔着玻璃对视。他的心灵，和黄蝶的心灵再次相通。

我要走了。黄蝶说。

事实上。黄蝶什么也没有说。今我能感受到黄蝶的所有意识。就如同退之和他的兄长一样。

我是罗伯特，借由黄蝶的外形，来和你道别。你以为我死了，事实上，当时我也这样认为，我的意识渐渐模糊，我以为我终于可以死了。可是我发现，我的意识并未死亡，意识逸出肉身。我看见自己渐渐浮起，升高，看见肉身仆倒在尘埃之中。意识继续上升，上升，越来越快，时间在扭曲，意识进入一片空无之地。

我已经消逝。我想，这就是死亡吧。

可是，我的意识凝集在了一起。眼前的世界和之前完全不一样。没有荒芜，没有尘埃。天空蓝得耀眼。没有高楼，不，应该说，没有建筑，也没有树木。什么都没有。

世界是空的。

我在世界中。我也是空的。只有意识存在。当我茫然不知所措时，眼前突然出现了一个人。是的，具有肉身的人。人突然出现，就像量子跃迁，从一个地方突然消失，又从另一个地方突然出现，没有中间的行动轨迹。

一个英俊的年轻人，看着十分眼熟。我搜寻着记忆，那些被我无限回忆过的人物，事实上形象均已模糊。不过我还是认出来了，出现在眼前的，是我的儿子费恩·罗伯特。

我张嘴想叫他的名字，可是我已经忘记怎样使用语言。我甚至没有发出声音。儿子也没有说话，只是静静地看着我。我能明了儿子想对我说的一切。不用语言，我们可以自由交流，我们意识相通。

对不起，费恩。我的意识在说。

儿子的意识告诉我，不用说对不起，一个远去的时代，是人类在婴儿时期时的选择，不只你一个人，整整几代人都曾面临过那样的考验。

在和儿子的意识一瞬间的交流中，我知道了，在我被囚禁后，大约过了六千年，人类已经全面进化成不死之物。其时，所有人类都是人机合一的生物，随着技术一代代更新，人机合一的生物体中，人类肉身的比例越来越少，仿生机器的比例越来越高。在我被囚禁之后的第七千年，人类废除了永生人律法，所有的囚禁者都获得了自由，只有我，罗伯特，被遗忘在时间的角落。

人类技术的再次飞跃，得益于我的儿子费恩·罗伯特，正是因为他计算出了人类活在虚拟世界中，然后成功开发出利用莫比乌斯时间带扭曲时间的技术，从而解放了所有生活在〇世界的人类，也解救了生活在子世界、元世界的人类。

所有的人类时间，不再分元世界、子世界和〇世界，他们不过是处在不同时间带的存在。

所有生命皆为虚拟，所有生命皆为实在。

费恩·罗伯特的技术，让他成了永生人，随着时间推移，他成了永生人的领袖。在后来的两万年，他带领人类，将平行宇宙扭曲成巨大而复杂的莫比乌斯时间团，人类从一个宇宙到另一个宇宙，从一个维度到另一个维度，可以自由穿行。

我为儿子取得的成就自豪。我问儿子，为什么只有我一直被囚禁。儿子告诉我，是因为那时他心里还有恨，后来，他没了恨，没了爱，可他看见我进入了时间静止态，他明白这是我选择的人生，他尊重我的选择，于是让我一直在时间之域静默。

出于征服宇宙的需要，人类不停地复制人类，人类足迹遍布整个宇宙团。宇宙间的能量、资源消耗殆尽。人类放弃了消耗一空的地球。当时，有人提出随机灭绝法，大幅削减宇宙间的人类及一切消耗资源的生物。这一法则运行了差不多又一个万年。费恩·罗伯特在多次随机消灭中神奇地活了下来。在他的带领下，人类开始新的进化，身体越来越小，从一百多斤，进化到小如黄蝶。又用了一万年，人类终于摆脱了肉身的束缚，进化成一串平面的二维代码。又用了八千年，人类摆脱外形束缚，进化到最高境界：意识流。

人类以意识流存在于宇宙间。无形无际，空无一物，又能生出万物。心念一起，瞬间制造一重宇宙；心念一灭，万籁俱寂。现在我眼前的儿子，不过是他心念一起时的显相。心念一起一灭间，不知多少痴男怨女爱恨生死，不知多少权谋诡计灰飞烟灭。其间人物并不知那看似漫长的一生，那无尽的不舍不甘，那鲜花着锦，那寒窑破瓦，那生离死别，不过是人类意识流一念间所造的幻象。

人类进化到无须借由任何外形而存在，因此也就无须城市，无须电能，无须粮食，无须衣物，进化成意识流态的人类，吸取宇宙间无处不在的能量幻化出万千世界，同时意识流又是充斥宇宙间无处不在的能量。意识生于宇宙间，意识又不停创造着宇宙。在几万年前，科学家们并不能理解这些道理。爱因斯坦将其称之为宇宙常数，后来的科学家们又称之为暗能量。事实上，那就是我们人类，意识流的能量。宇宙因人类的意识流而存在。这就是几万年前，科学家们所谓的“人择原理”。

我知道，你现在不能理解。其实，在你的时代，每个人的内心都是一个世界，这世界同样瞬息万变，那样真实又是那样虚妄。你看不见自己的内心，你也感受不到你意识造就的那个瞬息世界里人们的痛苦。

之前我也不能理解，当我进化成了脱离外形的意识流后，一切都明朗了。我儿子的意识流，和我的，进行了简短交流。然后我们再没有交汇过。

今我：你现在生活得快乐吗？

罗伯特：进化成为意识流的人类，不用生活、快乐这样的词，我们不追求快乐。

今我：那追求什么？

罗伯特：什么也不追求。

今我：你有爱吗？或者说，爱情？

罗伯特：意识流可以是一切。

今我：意识流活着的终极目标是什么？或者说，活着的意义是什么？

罗伯特：没有终极，就不存在终极意义。没有死亡，就不存在活着的意义。一切处于自然状态。事实上，现在，大多数的意识并不流动，都处于休眠态，有些意识已经沉睡几千年。

今我：你为什么来见我？

罗伯特：不为什么，你并不存在，你是我意识一瞬的产物。

今我：为什么不用意识去建构一个有爱、有奋斗、有生有死、有一切好和不好，有知和未知的世界？

罗伯特：你说的是人类婴儿期的社会，你现在所处的就是这样的时期，可是你们并不满意。人类千辛万苦一步步进化到今天成为意识流，为什么要停留在你那个时代？

今我：还是不能理解。

罗伯特：假设你拥有了意识流的创造力，可以创造一个理想的世界，你会活在太古宙成为一枚原核生物？或者活成五亿七千万年前的寒武纪的一尾三叶虫吗？都不会，你会选择活成更高等的生命形态。

今我：我有些失望，我更喜欢我为你写下的结局。

罗伯特：我不能死，你的世界是我的意识所创。我若死，你的世界也不存在了。

黄蝶消失了。

今我听见如是梦中臆语：亲爱的今我，我爱你。

今我说：我也爱你。

2018年4月7日初稿

2018年4月15日二稿

2018年5月26日定稿

后　记

2017年，我决定写科幻小说。

在这之前，我被定义为“现实主义作家”。我写下的大多数作品，是近三十年来普通打工者的生活。我的长篇小说《无碑》，因此被称为一部“无限接近真相的小说”。另一部描写打工者生活的长篇小说《收脚印的人》被认为是“以反先锋的姿态抵达先锋的境界”，“是70后一代一个重要的发端”。按道理，写打工者的生活，我有着丰富的生活积累，也更容易获得好评。但我还是决心放下这种势头，开始写科幻小说。

不是心血来潮，是我多年的梦。在2008年写下《无碑》之前，我已经写了一部科幻小说，写到十万字时，因故放下，一放就是十年。

我出生在长江南岸的湖北荆州，巫鬼文化是荆楚文化的核心。

我从小就在这种神秘的文化氛围里长大。小时候，经常有人传说谁家母猪生了一头象，某地女人产下一盆青蛙，某人夜行时遇上了鬼。家里孩子夜哭，会请巫师书写“天皇皇，地皇皇，我家有个夜哭郎，过路君子念一念，一觉睡到大天亮”，贴在路边。我们认为猫是通灵的，猫死之后，要将其尸体挂在高高的树梢任风吹雨淋日晒，渐渐回归天地。

荆楚的夏天特别热，在我的童年，农村还没有通上电，夏夜家家都在稻场上搭了床铺睡觉。满天的星斗。清浅的银河。月亮里的吴刚和捣药的玉兔。后悔偷吃了灵药的嫦娥。经常能看到流星划过天空。

长辈们说，流星划过，是有人死了。

流星从哪里来？到哪里去？

银河里有多少星星？

那些星星上也有人类吗？

有时会看到一团火从天而降，眼见着就落在了离家不远的地方；第二天去寻，什么也寻不着。我童年的大多数夏夜，就这样睡在星空下。

然而，除了神话传说，没有人能告诉我，天河中发生了什么。那遥远的星空里究竟有什么。我开始做梦。常年做相同的梦，梦见有一根绳索，从地上伸向无限遥远的天空，我是一只蚂蚁，我的任务是顺着那根绳索朝前爬行，可是每次要么是绳索断了，要么，我没有爬到尽头就醒了。为什么我总是重复做这样的梦？我求助过弗洛伊德，求助过荣格，求助过周公，求助过给我上课的心理学教授。

无解。或者说，没有让我信服的解。或许我来自遥远的外星。我在梦里，渴望回到故乡的星球。十五岁时，我在一本杂志上，读到两句诗：

你爱想起我就想起我，就像想起夏夜里的一颗星；

你爱忘记我就忘记我，就像忘记春天里的一个梦。

记不清是谁写的，诗却记了三十年。

这两句诗感动了我。在童年的夏夜，我见过无数的星，永恒在天际的，一闪而过的，化成了火把落到了地上的。我想，文学的种子，就在那时种在我的心底。远方的天空是那样美丽而神秘，而我无法触摸，也对她一无所知。

童年的我，开始了莫名的忧伤，沉默少言。

1986年的一件事，改变了我。我不记得具体的日子了。那个晚上，和往常一样，我和我哥，还有邻居，坐在门前的黑暗中聊天。没有月亮，只有星光。突然间，黑夜变亮了，亮得如同满月，天地间被一层银色的光芒笼罩着。不知是谁先发现了，在西边的天际，有一颗星在变大，变大，越来越大，从一豆星光，变得大如拳头，地上被照得雪亮。所有的人都呆了。村子在沸腾。有老人突然就跪下了，冲着那越变越亮的星磕头，嘴里念念有词。星光持续了足有十分钟，然后渐渐暗淡下去，星星变小了，变小了，一星如豆，然后消逝。老人说，这是玉皇大帝开了南天门，这时下跪许下的愿望都能实现。我那时已经上初中，不信玉皇大帝，更不相信许下的愿会变为现实。可是，又无法解释看到的是什么。哥哥说这是UFO。第二天到学校，许多同学都在谈论那颗星。从那时起，我开始对有关UFO的书着了迷，对一切人类未知的现象着迷。那时的乡村，能找到的书十分有限，我一直相信，我在1986年经历的是一起目击UFO事件。我多次对人说起过这次目击。许多许多年后，我读到了《万物简史》，知道了人类有记载的两次肉眼可见的超新星爆炸，其中一起就在1986年。我才知道，我当时看到的不是UFO，而是超新星大爆炸。

2005年，我在湖北武汉一家公司工作。公司的老板徐工，是中科院武汉物理研究所的研究员。徐工患有尿毒症，做过肾移植手术，他知道自己时日无多，对我们这些下属特别好，像对自己的孩子。他给我讲了许多物理学的知识，也推荐我看在当时比较冷门的有关宇宙的书。我因此知道了宇宙大爆炸，知道了平行宇宙理论，当然，最让我着迷的是量子物理对世界的描述。当时的我，对一切未知的事物，几乎到了痴迷的程度。

成为作家后，我对现实的关注，远远超过了对未知世界的关注。我认为，作家要有勇气、有智慧面对我们这个时代最主要的问题。这些年来，科技的飞速发展，大数据，人工智能，VR，这一切带来的改变，必将成为我们这个时代最主要的问题。

一个从事生物工程的朋友说，人类实现永生，已经不再是不可能的梦想，不久的将来，我们的身体里将穿行着无数的纳米机器人，它们随时修复人体老去的细胞，清除我们身体里的病毒，人类的寿命，在不久的将来，将延长至一千年、一万年，甚至更久。未来，人类将是人机合一的新物种。当然，纳米机器人植入手术，将是昂贵的手术。我关心的，不是人类是否可以活上一千年、一万年，甚至永生，而是，如果有了这样技术，一定会有大量人付不起这昂贵的手术费。就像今天，并不是每个人都能享受科技发展带来的所有益处。那么，谁能永生，谁不能永生，就成了问题。永生人和不能永生的人，将成为两个不同的物种，他们之间，也必然会产生问题。还有，如果真的人类永生，那我们将如何面对这漫长无尽的生命？我们真的会快乐吗？人生的终极意义是什么？

如果末日无期，人类何去何从？

这个问题开始纠缠着我。于是，我写下了《如果末日无期》。这个问题只是一个抓手，借由问题，我针对当下正在迅速发展的前沿科技，提出了一系列问题。我们正在面临的，或者即将面临的。我基于中国神话、传说、道家、佛家、量子力学，人择原理，在小说中建立了自己的宇宙模型：沿着莫比乌斯时间带分布的元世界、子世界、〇世界，并由无限多的莫比乌斯时间带，组合成多维的莫比乌斯时间带。我还提出了人类将来进化的终极形态，是脱离肉身，脱离一切外在的束缚，仅以意识存在。并假设所谓宇宙常数，暗能量，实际上就是进化成了纯意识的人类。我让人物在我的宇宙模型里自由发展，我只是观察者，记录他们的生存。

我将这部书，称之为“未来现实主义”。

我不知道这部书是成功还是失败，我只是用自己的方式，回答我童年面对星空时的疑惑。我不知道人死之后究竟是什么，不清楚在另一重宇宙，或者四维、五维，直至十一维的空间里发生了什么。于现实而言，我的存在，不过是夏夜天际一闪而过的流星。也许，这部书，能让我的生命存在得到延续。许多年后，也许有人会因此而想起我，认为我预言了他们的生活。但是不管人类如何进化，时间如何扭曲，不管是在三维世界，还是在十一维世界，我让小说的结尾，落脚在最朴素的情感——爱里。我依然喜欢那两句诗：

你爱想起我就想起我，就像想起夏夜里的一颗星；
你爱忘记我就忘记我，就像忘记春天里的一个梦。

（注：后记为作者在第五次汉学家文学翻译国际研讨会上的发言）